2021 中国短篇小说精选

主　编——王　蒙
分卷主编——黄　平

辽宁人民出版社

© 黄 平 2022

图书在版编目（CIP）数据

2021中国短篇小说精选 / 黄平分卷主编. —沈阳：辽宁人民出版社，2022.1

（太阳鸟文学年选 / 王蒙主编）

ISBN 978-7-205-10345-3

Ⅰ. ①2… Ⅱ. ①黄… Ⅲ. ①短篇小说—小说集—中国—当代 Ⅳ. ①I247.7

中国版本图书馆CIP数据核字（2021）第247182号

出版发行：	辽宁人民出版社
地址：	沈阳市和平区十一纬路25号　邮编：110003
电话：	024-23284321（邮　购）　024-23284324（发行部）
传真：	024-23284191（发行部）　024-23284304（办公室）
	http://www.lnpph.com.cn

印　　刷：辽宁新华印务有限公司
幅面尺寸：170mm×240mm
印　　张：13.25
字　　数：195千字
出版时间：2022年1月第1版
印刷时间：2022年1月第1次印刷
责任编辑：高　丹
装帧设计：丁末末
责任校对：耿　珺　等
书　　号：ISBN 978-7-205-10345-3
定　　价：58.00元

太阳鸟文学年选
编辑委员会

主　　编　王　蒙
执行主编　林建法
编　　委　林　非　叶延滨　王得后
　　　　　　张东平　孙　郁

分卷主编

散　文　卷　王必胜　潘凯雄
随　笔　卷　潘凯雄　王必胜
杂　文　卷　王　侃
诗　歌　卷　宗仁发
中篇小说卷　金　理
短篇小说卷　黄　平

从追忆中突围：2021年短篇小说观察

黄 平

一

当今的我们，在经历疫情带来的停顿以后，已然意识到身处一个需要不断处理记忆与经验的时代。小说写作面对的疑难，不再只是在形式与内容上构造出不同的美学模型，而是如何在一个不再变动不居的世界里、在日新月异的感官体验当中紧紧把握住我们的生命。如果说不断在当下与追忆之间来回切换的意识流，是人类所独有的精神日常，那么超越当下，从追忆中突围便是这一日常的自反，也是文学所必须具有的价值。写作者一面采用不同的叙述技艺进一步建构自我感受与真实世界之间的关系，一面为防作品在各种经验的堆积中下沉，而自觉地创造出种种"突围"方式。

最直接的一种策略是借助单一视角的写作，塑造出高度风格化的现代独白，在各个人物对于事件、经历的追溯中，探讨可能的客观遮蔽或主观逃避。比如潘向黎的《荷花姜》，讲述日式料理店老板丁吾雍目睹了两位顾客的感情由发展至破灭。小说开篇的第一句话已指示了店主视角的单向特征："每一次看见那个女人，丁吾雍心里就有一个声音响起：应该去报案。"显然，此刻的丁吾雍仍陷于对"荷花姜"杀害恋人的误会之中，谜底还未揭开，而真相在握的作者徐徐叙述丁吾雍对这段爱情故事的追忆。情致万化的都市生活有遗忘，自然也有记忆，明媚而热烈的女子"荷花姜"便是丁吾雍记忆中的"不可溶晶体"。丁吾雍人如其名地致力于维持自身与世界之间的微妙和谐。如此地矜于世故，他对自身把控现实的能力高度自信，比如投入核心技术的学习，成为餐厅的主厨，以避免变动可能带来的困境；为得到窥察客人的方便，他竭力在沉默中让自己隐入背景，"甚至连每次对坐吧台的客人递上的微笑都减到半明半灭"。至于旁观造成的"不得其解"，他宁可不去求解，还暗自认定了他们是婚外恋关系，因为"他相信太阳底下，真的没有新鲜事"。丁吾雍之所以对"荷花姜"记忆深刻，正如他将其命名为"荷花姜"，是因为她拥有日常所罕见的非常滋味——"模样娇艳，味道奇特霸道"。然而这滋味又在他的神游中，被指认为上海都市女郎的"气场"，由此不无矛盾地揭示了这位厨师对"荷花姜"的偏爱实为一种"现代口味"。只要人有口味选择，一件寻常物便可被看作不寻常，正如荷花姜这一草本植物，可以是菜，也可以是花。

因此，当女子绝望地告诉丁吾雍她杀害了自己的爱人，好比在水中引爆炸药，无声而震荡，"荷花姜"的刺激程度超出了预设："这么好看，怎么可能杀人？"丁吾雍发现自己"过于自信"了，生活并不在他的掌控之中，这位女子带来的体验远不止是某种口味的"性感"想象。在这一刻，"荷花姜"突破了审美的边界："那一瞬间，丁吾雍感到在她的身后，是一大片空虚。"女子把丁吾雍视作知己显然是表象造成的错觉，后者终究只是一个有品位的男人。在丁吾雍的视野里，他既不能洞察事件的真相，也无法真正穿透"荷花姜"的内心；他在不安中确认了一直以来摇摆着的、对于平静生活的理想，而向多年同居的女友求婚。即使"荷花姜"关于杀人的自白因黑衣男人的重新出现而被证实为一句气话，对内心漂浮的丁吾雍来说，这仍是一场激荡的白日梦、一次华丽的冒险，犹如一位男性的精神出轨最终草草收场。不管怎样，他的隐藏在口味背后的不安分——对于危险魅惑的梦幻在这一事件的结尾宣告消亡。《荷花姜》透露的真实是，人们自以为熟悉的日常经验将在某一次抵达边界之时爆破，将错就错、得过且过的想象掩饰了不可靠的习惯合理性与蠢蠢欲动的好奇心，正如丁吾雍眼中一向气势非凡的黑衣男子，只有在面对前妻时"萎靡里透出轻松"才"显得真实"。当事件由震荡归于平常，它在人物的内部铸就了某种终极失落，这一点震荡的残余、日常的溢出使丁吾雍从一种无法得到的口味的追思中突围，某种程度上平复了他当初放弃到日企闯荡一番的遗憾，真正在"吾雍"所寓意的从容和谐中达至自我圆满。

同样采取限制性视角独白叙述的，还有鲁敏的《味甘微苦》。小说在夫妻两人的视角间来回切换：徐雷认定近来心不在焉的妻子已经出轨，为避免让儿子重复自己丧母的遭遇，他选择忍辱负重勉强维持婚姻；另一头，金文的13万私房钱在一次诈骗中被全数卷走。参加苦主讨债群的集体行动时，她认识了独自抚养脑瘫女儿双全的老展，三人发展出"相濡以沫"的情谊。金文从中体验到家庭生活逐渐丧失的凝合感，渐渐看不得徐雷"那种忍让的、装糊涂的样子"："每次一浸入到讨债闹事的情境里，就觉得她跟老展、双全、轮椅，是完全一体化的，是整个儿的捆绑，那种彻底的交付，倒让她放松。反而是回到家里，在徐雷、小雷身边，三心二意的，人裂成几瓣，很不舒服。"金文、老展和双全三人共同的性格、遭遇和目标激发了同一社会阶层内部的"亲和力"，无数细碎的挫败组合成一种绵延可感的生活状况："这回，算得上是一次特别的重创吗，也谈不上。一直都是屡战屡败吧。……她自己可能都没有意识到，她的语速像泥石流一样，带着灾难的气势，而泥石流中的笑，可真有点儿硌耳朵。"

无论是徐雷撒网、小雷放风筝，或金文把欲望列成了一张"浮华的小资产阶级清单"，他们总有办法营造一种愿景，打发自己的生活。好奇的双全乐于听金文细陈这13万是如何在零碎的算法和延迟满足中逐渐积攒起来，姨娘给自己找起了墓地。生活的泥石流下并非只是不堪重负，也有别样的负隅顽抗。另一视角，耽于自伤的徐雷希望金文想起两人当初在病房相知相恋的记忆，但本来也不是机缘，而是丧失引发的共情使他们结合："她跟徐雷的最开始，不就因为两人都刚刚割掉了阑尾吗。她和老展，所被割掉的，可远远不止是那节子无用的小肉肠。人们哪，都会因为失去而共同沉陷吧。"一开始，徐雷的养母姨娘和金文也"确实不亲"。退休后她在市区里闲逛，一次偶然撞见金文带双全在广场讨债，才打破了过去对金文"傲滋滋"的误解。姨娘不仅没有追究金文藏私房钱，还"像是突然被启蒙"，和她们热烈地讨论起"清单"所罗列的奢侈生活。在故事的结尾，她主动向金文提出想要"入伙"："加个老太太，效果肯定更加好。"一种奇妙的情感作用力代替血缘，在婆媳之间建立起联结，甚至比她与养子不生不熟的关系更为亲近。正如小说的题目"味甘微苦"，人物在世俗的疑难中打转，不能脱身，但这些经历就像饮中药一般，略微苦涩却有回甘。在"当下性"之迫切与"现世性"之追求的交织下，小说结尾在琐碎的日常描写中稳稳停住，作者最终没有消除夫妻两种视角之间暗含的冲突与隔膜，然而经由姨娘这一中间人的介入、她与金文和老展父女组成的情感共同体，完成了双重视角内在裂缝的"缝合"。

二

记忆远不止是对过往事物的表象。以动名词的方式，它"构造"着一切实体经验的形态，同时也是超越性经验的真实原点。《荷花姜》《味甘微苦》两篇小说呈现了现实的进程如何从人物既定的记忆或认知中突围，借视角的遮蔽来冲破认知表象的遮蔽，描述生活的特定真相。在当今时代，写作者们要求从表象经验中突围，不仅是创作层面对于低层次现实主义的不满足，对于名牌包、咖啡厅、玻璃大楼等组装的"都市认同式书写"的抵触，更是要从一种浅尝辄止的碎片化体验中挣脱出来，在对于过去历史和当下经验的追索中穿透隐含的遮蔽，整合出一个完整的自我。自先锋写作、新历史/新写实主义、"新生代"及青春文学在文学史中逐个消沉以后，文学形式与现实经验的磨合仍在磕磕绊绊地进行着。当经验的追忆拒绝下沉为特定意识表象的堆积，它便不是全然无用，相反，它将使我们靠近一种更为原初的意识。如此，追忆作为一种动态的探寻，融入故事的结构，甚至化为结构本身而超脱其外。今年的小说选中，《恍惚概要》《喝汤的声音》《雪山大士》《海与荒漠之间》不约而同地提及2020年以来在全球暴发的新冠疫情。疫情以前的时间激流中，科技快速发展，引申出未来主义的世界图景，体现在人工智能、赛博格的热烈讨论中。写作者也试图将既有的历史与未来叙事接轨，比如，在郝景芳的小说《2050杀人事件》中，发祥于美国作家爱伦·坡的侦探小说叙事有趣地依托于未来AI技术的理论推演。但在今天，疫情却让人类的时间之流减缓暂停了。这一事件既使得现实从经验中脱落，在另一层面上又使现实从中突围，个人的时空感受发生了改变而带来一种新的反思："人其实没自己想象的那么恋旧，对过去的记忆总会被新发生的事覆盖甚至替换，不管深层里埋着什么样的石头、矿物，人们都只看见表面的浮尘和枯叶。那才是人对生活最主要的感知。"同时，它在人与历史时间之间形成一道阻隔，成为人们面对现实生活乃至整个文明时一种新的参照系。

在遥远的黑龙江，食客们举起手中的酒杯时，"五颜六色的口罩有点鸟儿挣脱樊笼的意味，向上冲去"。居于后疫情的时空坐标上，《喝汤的声音》这个有关乌苏里江畔少数民族百年历史的传奇故事，被"当下"赋予了别样奇异的历史意趣。在"摆渡人"对"我"讲述这个传奇的同时，传奇里的哈喇泊和他父辈、祖辈也不断向同时代人讲述着这个爱恨交缠的故事。他们以咬碎牙齿的代价，近乎顽固地保存着这个家族的记忆。直到历史的航标来到眼前，人们已听烦了这个故事，就连奶牛听了他讲的故事都将无法产奶。史诗之死是每一历史阶段的必然，同样，哈喇泊也没有后人传承故事，犹如牙齿铭刻一个人的一生，哈喇泊几代人伴随牙齿之疾的家族史注定是"满嘴的残垣断壁"，是"无后"的历史废墟。唯一得到延续的是这个没有牙齿的族人喝汤的声音，它化为一种"要把大千世界都收入腹中"的生命力量，被收纳到乌苏里江的强风、江水之中。而当下"我"的爱人被山洪卷走，与哈喇泊族人所遭遇的丧失，在这不可挡的生命之流中叠合。唯有"摆渡人"以自然之名传递着人类的故事，向正经历疫情余震的我们确证：人们的生命、魂灵终究与山河的血脉连成一体，而生命之树长青。

《雪山大士》呈现了个体对历史变幻的另一种体认。在著名足球运动员D对于历史的感知中，柏林墙倒塌对生活的影响还不如几年后一场小火灾造成的失落来得真实深刻，后者烧光了家中一切与民主德国记忆相关的什物，包括曾外祖父从中国带回的佛像。因为这种真诚，D将后来的职业视作一门艺术：相比于快节奏和高强度的现代足球，他宁可优雅从容地踢古典前腰，尽管这种踢法富有观赏性而无益于胜负。和D享受球与脚的触感一样，他的理疗师赫尔曼仅凭听觉就能作诊断，对于内在感受的诚实与敏感使他们彼此欣赏。然而极致的外在体验伴随着对生命的同等损耗，D终究难以摆脱职业生涯带来的情感激荡，于比赛失利的压力和重伤后的漫长疗养中自暴自弃："渴望逃离自己，逃离这一塌糊涂的剧本。"在雪山大士像与释迦牟尼传说的启示之下，D一度释放自我意识，跟随苍鹭飞出足球赛场的绿色背景，但这一超脱只不过是某种虚伪的排解，"仅限于诸事不顺的时候"。与虚无的第二次缠斗中，D模仿赫尔曼低下头倾听自己的膝盖，在"积液的湖底"听见缓缓升起的一声"唵"，那是尝遍世间情爱而深陷虚无的释迦年尼在自杀前听到的救赎之声。

更有意思的是，与第一次宗教式的精神出走相比，"唵"的声音不源于超验："与其说是精神遭遇，不如说是生理体验。"它来源于D对内在生命的倾听，来自体内"只有自己能听见"的真实声音。在海德格尔的意义上，它是存在的声音或绝对的声音，而非某种语言。D不再将身体的伤痕损耗当作外在秩序所要求的条件和结果，而是自我生命的痕迹。正如《局外人》中的默尔索临死前，回想起家具的每一道划痕，那是生命的痕迹，是一个人的历史，不带有任何功利的悬想。D清空了职业的负累，从持久的外部负累中突围，回到了原初空白，因而具备了向广阔未知空间开放的可能："一切乐趣都是新鲜的，像孩童一样无知而欢乐。"当他放弃成为一个"演员"，便与其"背景"不再离异，不再时刻面临自身价值形象堕落的危险。也可以说，D已经是一个没有"社会背景"的人，正如"我"在故事开头陈述"没有一眼认出D来也许是因为背景"："他惬意地陷在角落的软椅中，而不像过去我所熟识的那样，置身于一片翠绿和山呼海啸间。"

从自然崇高者处追溯生命之源，或蛰伏于内在经验探寻出路，文学对记忆的超越还在于自反式的想象——从历史的连续性中浮出，观看它的流动本身。这是人所独有的对于记忆最高层次的追索。李宏伟的《神奇五侠》将流动的时间切割开，并剪辑成一篇和谐的宇宙乐章，时间在人生追溯和当下现实、细碎思绪和整体思考之间来回跳跃。当下的他第一次邀请她到宿舍做客并看了一部漫威电影《神奇四侠》，其间叙述不断穿插与这次经历有着模糊关联，却从属于他们此后五十八年间生活的片段，当下与历史在场景的频繁切换中交汇："后续的时间段……""是那儿往后跳至……""场景连续跳跃至……"在这里，他和她的过去和未来并非线性发展的关系，而是在浪漫的想象中被立体地结构起来。当"神奇四侠"在一次云团加速中获得了各种超能力，她问他想要拥有哪种超能力，他冒出穿梭时间的念头——仅仅是往时间内里探看，看看他的未来里面有没有她。尽管沉浸于当下的生活，他有时看不清时空的面貌，甚至不小心"忘掉坐在身边的她"，"把她还原成了可能坐在旁边的任何人"。但在主人公的想象之中，"宇宙流如此强大，云团的速度如此之快"，时间将映照在他朝向她"绽放"的每一个瞬间（桃花），最终凝成一朵拥有无限层叠空间的红玫瑰。

《海与荒漠之间》将破碎的现实和诗性的想象结合，从梦境、现实、寓言打开了后疫情世界的整体视野。美国籍主人公在阿富汗战争中失去了自己的左腿，并且不得不面对这场战争虚无的终结。随后疫情暴发，主人公装上假肢艰难地适应着隔离生活，和中东男、俄籍斯拉夫女人乌托邦式地同居在美国北部沿海城市的中心。世界在帝国、战争和瘟疫种种阴影下运转，不断"被丧失"的生活早已支离破碎，主人公重拾漫画家的梦想，创作了《我的左腿》：在另一个平行世界的荒漠上，左腿、地雷、海星相互和解，结成逃出荒漠的友盟。他们期盼回到南部的大海——在海里，海星就能长回原来的样子；在海滨，地雷碎片可以生成铲子挖土种花；而那条左腿将在主人公梦里南海的新年舞会上重新变成人。正如海星说，天上的星星拥有各自的海但都已干涸，"地球也是星星，可是幸运的地球这颗星还有海"。在小说中，"海洋"成为希望所在的应许之地、关于和平的浪漫寓言。人们被驱离水域之后，世界经历了种种痛楚，因此当主人公从顶楼眺望，城市始终是陌生的，"入海的河流之上横亘着连成一片的钢铁桥梁"。但在脚手架和海水之间，隐藏的不止是结构的欲望和侵占，还有对生命最后的爱意以及突围的希望。

三

或许可以说，一切追忆的行动都面临着一系列创伤性遭遇。在小说《跳马》中，阿毛和福元到芦苇荡躲避即将到来的敌人，一派祥和的乡野风景舒缓了战争时期的紧张情绪。沿着这样的节奏，小说图绘了战时上海留存于日常生活的民间人情。如果是孙犁、汪曾祺等作家田园牧歌式的战争书写，那么背后总有一个和谐统一的思想信念，而路内的《跳马》却暴露了连续的日常情景之下人们内心的破碎，将随性的玩笑或粗话揭示为创伤的后遗。前者日常化的平淡叙述往往自然化地过滤掉不寻常的经验信息。故事开端，主人公阿毛的身份不明，只知道是上海本地人，家人都死了，讨饭时不知怎么跟定了游击队副队长；阿毛原本读过点书，只是满嘴脏话，极憎恨日本人；跟福元和芳蕙的两次对话中，他没来由地认定日军轰炸时"宁可跳水里，不可躲树林里"，还遭到了福元的嘲笑。与此相关的真相被掩盖于轻快和谐的牧歌背后,直到后来才被揭开:日军战机轰炸上海时,阿毛的家人跟随人群躲进树林,炸弹引起树林大火,人们被烧成了焦炭。他在桥洞下面逃过一劫,却目睹了一切。面对战争的恐怖,阿毛既像大人一样早熟,也有小孩本来的恐惧。因此小说从不称阿毛为阿毛,而是反复提醒读者一般,称他为"小孩"。正如射击在和平年代是奥运会上争夺国际荣誉的竞技,是日常的体育运动,但在战争年代是残忍的杀人行径。原本从事体育教员的大队长让阿毛练习跳马,期盼阿毛将来能得奥运奖牌。对这两个人来说,跳马与其说是对和平的期许,不如说是同田园生活一体的、浪漫化的自我疗愈。通过跳马,通过田园日常,他们对和平进行演练和预习,而暂时忘却战争时期扭曲的人性和创伤记忆,找到当下自我的支撑。最终大队长还没能看到阿毛跳过木箱便牺牲了。以田园为表象的诗意叙述,也无法遮蔽战争当下救赎的无望。

《小野先生》则从抗日战争的加害者一方印证了救赎的不可能性。历史学家小野先生在"我"的带领下参观伪满洲国的遗留建筑,途中他试图从墙壁照片中找寻父亲的身影,并向"我"讲述了他的父亲——老小野先生作为一个侵华者充满负罪感的一生。过去小野先生曾在学校里被霸凌,父亲到场制服了霸凌者,却不若其他父亲那样责备他的怯懦。侵华时期的屠杀记忆造成父亲长久的梦魇,他认为自己和战友都不配宁静地死去,因此临终前"抹掉了他所有的生活痕迹"。与此形成对比的是,当下伪满洲国遗址堆满了迎合旅游需求而刻意"做旧"的物件,"真"的历史被消费景观所掩盖。抗日战争的宏大历史默然退场,唯有"小人物"的创伤经验变成了活生生的记忆,并被后代隐秘地传承:"用字词和叙述把老小野先生清除掉的东西一点一滴地还原回来","总好过一片虚空"。小野先生直面与反思历史的勇气,不是丁香花下面对歹徒不假思索的肉搏,而是反抗遗忘和虚无的力量。同样探讨勇气的话题,董夏青青的《礼堂》写实地记录了驻中俄边境艇队士兵的集体生活与个人记忆。小说开头,教导员在惊恐中误将草甸子当成了死人的头颅,相比于淡定上前查看的艇组长,他发现自己"怂了"。反思之余,他追溯起父亲在前线当炮兵的经历,以此重获对抗恐惧的能量。因为荣誉军人进礼堂需要家属在场观礼,艇组长一直对争取荣誉不积极,他内心深处埋藏着一段往事:野熊闯进家里时他抛下母亲和妹妹自己跳窗求生,受到母亲的谴责,后来当兵是为了改变当地人对他"没长心"的评价。两个士兵的讲述在追忆和当下间横跳:即使他们是军人,面对生活的意志也并非与生俱来。在朝向创伤的反复回归与对位中,自我不断地挣扎、解脱和生长。

不同的是,班宇《缓步》中的主人公拒绝欺骗性地将记忆中的裂缝"缝合"起来,或任何形式上对创伤的自我调解,他甚至不想拥有"自我":"人一旦有了这种意识,就很可怕,像岛屿上丛生的密林,沙沙生长,不止不歇,直至遮蔽全部的光芒与道路,长久困在噩梦之中。"从小说本身来看,缺乏实体填充的"裂缝"遍布于主人公的生活,叙述因此呈现出残缺的形态:缓步台"左侧如悬崖,下面是无声的幽暗",居民们拉着帘布的北窗,白色的墙壁,荧光屏里的海水,在风中飘着的答案,没有声音的手语和始终不得要领的手势,突然脱离小说背景的想象、童话以及其中(如希区柯克的"群鸟"一般充满非理性敌意的)数万只企鹅。它们是实在界之物——来自虚空世界的事物,被作者呈现在不可穿透的界面之上。由于只有其表面可被捕捉,这些事物深不见底,而无法归入现实世界的平面当中。主人公缓步在深渊旁,凝视着深渊——这条内在于他和理性世界("一个科学的、可被计量的体系")本身的伤痕:"这并不是我们个人情爱之事,无所谓奉献与亏欠,忠贞与背弃,而是生命本身存有的无可弥合的裂隙,凡途经此者,必然陷落于一种更大的痛苦、神秘与真实。"对这一失落构成喻指的是小林和木木的耳朵,随着器质性的衰变,关于声音的记忆也逐渐失去。被忘却的声音指向现实的终极失落,主人公从"解救者"木木混沌而圆满的世界汲取能量,在深渊里长久地浮游着。

理解一个时空的本质需要无数相互独立的参照系。通过肉眼,我们只能观察宇宙在三维空间下的投影。《缓步》在投影中打开了一个黑暗的"居间维度",其中居住着人类不可控的无意识,以及无数从现实中掉落的创伤结果。在这里,梦境就是"真实"。正如庄周梦蝶并不导向一个怀疑论的认知程式,而是人在包含着现实与梦幻的"真实"面前如此被动,以至于不能认识它。郭爽《峡谷边》的开头作了一个逆反的尝试。小说主人公是一个外科医生,为了更深地了解亡父陶勇,他凭借自己"可靠的大脑"练习控制梦境,并成功地代入到父亲的身体,"还原"出一段记忆。和《盗梦空间》一样,这一描写可以说是充满了技术意味的人类寓言，人物自如地操控和驯服着梦境，并且清晰意识到"边界"的存在。对于这一行为的僭越性，主人公并非不自知，它被描述为象征界向实在界的反抗："梦神在惩罚我。我竟然用人类的语言和文字来与之对抗。"但重要的是，《峡谷边》梦境对记忆的重现，仅仅是追寻关于父亲的"真相"的开始。在"我"小时候关于电站的一幅涂鸦里，父亲充当着"龙"的角色，主角却是"龙"喷出的一个个"三角形，绿色的"的火焰，揭示了父亲作为下游三角洲的"发电者"，被嵌在一个无法挣脱的结构性位置。此外，父亲远在新加坡的好友彭宥年向"我"说明了——"我"从梦境的练习中无法得知的——时代的压抑与释放：那是个特殊时期（小说指为1992年），人想的事、做的事，离疯狂近一点，但反过来说，是生存的本能。不这样，就会真的疯狂。彭宥年认为陶勇留守原地，是代他"把一半补上"；相应地，陶勇也感受到另一半的"失落"。或许可以说，这两半分别是开拓的欲望和本性的纯真。即使梦境被理性化，也无法还原一个总体的父亲形象，只能呈现出现实的裂隙，正如"我"不信神，却被God在计算机的投影震撼了，最终计算机并不能取代God本身。这一追寻的结果是，为了对抗父亲而远赴澳大利亚的"我"，发现了内在于"我"、作为"我"另一半的父亲。

后疫情时代，文学既要负载生活不断发送给我们的新信息，还要"被迫地"重新追忆我们的历史，回应我们对理解时空与自我关系的需求和问题。以上的小说给出了各不相同的答案，它们在回溯的结构中暴露出关于"真实"的不同面貌，尤其突出了叙述对时空秩序的多重整合，这种整合并非逃离历史的连续性，而是让"真实"在虚构中得以回归，展现出经验的多重维度。

（本篇序言由黄平和华东师范大学中文系博士生李晓晴同学合作完成）

001	**序** 从追忆中突围：2021年短篇小说观察	黄　平
001	礼　堂	董夏青青
016	神奇五侠	李宏伟
026	小野先生	金仁顺
039	恍惚概要	刘　汀
055	荷花姜	潘向黎
069	喝汤的声音	迟子建
086	跳　马	路　内
095	2050年杀人事件	郝景芳
108	缓　步	班　宇
124	海与荒漠之间	倪湛舸
136	雪山大士	陈春成
147	峡谷边	郭　爽
168	味甘微苦	鲁　敏

礼 堂

◎董夏青青

码头上拴着一艘铁焊的、能住人的趸船，离艇组在岸上的活动板房不到二百米。艇组的组长和分队的教导员睡在舱室。

半夜，教导员醒了。船头有个声音，持续的"铛、铛、铛"。某个东西正在撞击。教导员弓着腰从驾驶座后头的长条椅上坐起，披上大衣爬到甲板。凭他的第一感觉，应当是江水洄流里的浪在推船，绑在船头的碰垫撞在岸上发出响声。

他探出身看，发现碰垫离岸有一定距离，缆绳也没松。仔细听，刚才的声音也停了。钻回舱房，他脑袋刚挨上椅垫，那个声音又来了，"铛、铛、铛"。他辨认着听，越听越像一个人落水了，在用脑袋撞击船壳。大队有通知，上游翻了艘渔船，要是见了尸体漂下来就给队里报一声。

教导员叼上手电，爬到舱外再次检查碰垫和码头。水中无浪，船头也一动不动。他往船尾走时，手电朝水里晃了一下。电筒刹那照见一个东西。

他倒退到驾驶舱窗前，使劲敲了几下玻璃。舱里的艇组长从驾驶台上爬起来，扭头四处看了看，过会儿跳上甲板，接过教导员手里的手电，走到船尾往水里照。

乍看，黢黑的江水里有一个长发披散的圆形头颅，被洄流推着撞向船尾，弹开后又被水流卷回来。艇组长蹲下来瞅了瞅。

"是个塔头墩子。"艇组长回过身对教导员说。

"啥墩子？"教导员反问。

"就是从沼泽湿地上漂出来的一块草甸子。"艇组长说。

艇组长从教导员手里接过探水竿，捅进江水里来回摆弄。过会儿挑起塔头，叫教导员到跟前看。腐坏的草根密密地扎紧一小块土，草枝子湿塌塌的，腥臭。

岸上的香杨、柴桦和沼柳条叶交错，在风中摆动时发出沙沙声。夜鸟唧唧直叫。一条麻蛇钻出水蓼，蹭上渗水的泥地，顺着逶迤伸展的小路虬曲向前，月光下的皮纹灼灼发亮。

教导员双臂交抱，噙着烟望着江心。他听县文化馆的霞姨唱过一个故事。荒古，挠力河边一个叫满格木莫日根的人被猛兽叼走，他14岁的儿子，希尔达鲁莫日根听闻噩耗痛断肠肚，上仓房拿起父亲的弓箭，挎上母亲手缝的马哈鱼皮箭囊。父亲已不在仓房了，他用过的东西，晒的肉干、鱼皮和鱼都在。希尔达鲁莫日根环顾其间，喊了声爸爸就昏倒在地。

前年，从江对岸游过来一只东北虎，吃掉了拴在活动板房门前的小笨狗。留下一条狗尾巴和一只前爪。次日清晨，被一个准备去江边提水的新兵发现了。那只小笨狗是刚回舱补觉的艇组长从家里抱过来的。

教导员直抽到烟快燃完了才扔掉烟屁股。艇组长比他小好几岁，见了水里的塔头淡定处之。自己父亲还是从前线退下来的炮兵，反倒尿了。

"前线铺满黄金龟儿子敢去、阵地布满地雷老子敢上"是当年父亲参战时期的口号。父亲那一拨入伍的战士，有一大部分是铁路职工子弟。运兵的军列停靠在火车站听候开动，坐父亲旁边的一个战士指着对面楼上亮灯的窗户，说这就是我的家。很多战士的家长赶到站台，围上前呼喊自己儿子的名字。遵照纪律，谁也不能下车，有人就钻到座位底下不让家里人看见。汽笛声响时，藏起来的人和扒着窗户招手的人一同大哭，有几个人唱起了《再见吧，妈妈》。

父亲他们经过三天三夜的铁路输送和一天两夜的摩托化机动才到前线。刚上战场那些天，24小时趴在工事上捕捉目标。白天炮击不断，夜里，敌方特工频频偷袭。前半个月，大家困了就靠在工事上打个盹，连背包都没有打开过。过后打开背包时，才发现已经成了老鼠窝。里面钻着大大小小的老鼠，被子都给咬烂了。有人吃罐头不过瘾，就烤老鼠仔吃。

教导员刚到艇上巡江那段日子，背上摞着层地起疹子。艇队的老班长几乎人人有风湿病、骨膜炎，后背上长潮疙瘩。父亲给他寄来两盒草本药膏。父亲说起在前线时，那地方十天九雾。洞里闷热潮湿，不见阳光，衣服、被子都发了霉。衣料粘在皮肤上，不光痒、起疹子，还烂裆。有人身上的湿疹化了脓，和衣服粘在一起。后来不少人干脆光身子，或者套个编织袋在身上当衣服。

有时一开船，就得好一阵子没地方蹲坑。父亲他们那时在洞里，有人用空罐头盒解决，有人就地痛快了再拿铁锹培上一层土。

一天，一个步兵防化班长要父亲陪他出去解手，帮他听着点儿迫击炮的动静。出了工事，班长到一个隐蔽的地方蹲下，父亲猫着腰警戒观察。班长刚蹲一会儿，父亲就听见迫击炮的发射声。估摸射击方向不好，父亲上前拽起那个防化班长就跑。刚离开，炮弹就在防化班长蹲过的地方爆炸了。他俩被冲击波顶飞出去，父亲落在土坑里侥幸没受伤，防化班长提裤子那只手的腕子撅断了。

复员后，父亲回老家当了警察。父亲推着坐轮椅的战友去监狱做战斗事迹报告，散会以后进号子教犯人怎么把被子叠成豆腐块。用母亲的话说，父亲起点不错，就是做事老不赶趟。母亲说父亲跟美白牙膏似的，能刷鞋、刷首饰，刷抠不掉的双面胶，就是把牙刷不白。

教导员从武装部出发往分配地走的那天，父亲在从单位赶来送大红花的路上遇着个抢包贼，翻墙去追的时候把裤裆撕了。摁倒小偷时，又给胳膊划了一道豁口。他母亲蹬着车走了老远，都没有找见卖大红花的，就买了一朵新郎结婚戴的小红花给他别在胸前。教导员有个同学，背包是家里当兵的干部亲手打的，挺板正，背着怎么跑也没事。他的背包是自己打的，没等挤上火车就松了架，只好抱着。

到山东烟台时已经黑了天。候船大厅，带队干部发给每人一份面包、火腿肠和矿泉水，通知他们准备换乘轮船到大连。原本计划八点钟登船，又突然接到大风警报，说推迟到凌晨两点再出航。一群人困得睁不开眼，搂着背囊埋头打盹。凌晨两点半，带队干部叫醒所有人登船。教导员迷迷瞪瞪走上码头，到海洋岛号近前抬头一看，那客轮有五层楼那么高。

船顶着大风警报开进了，在浪里晃得额外厉害。教导员蜷在床上头疼恶心，浑身发冷。过会儿爬起来扶着床架子，蹲在垃圾篓边上把刚吃的全吐出来了。反复几次，就开始吐黄绿色的胆汁。他走出屋，扶着楼道把手慢慢往前挪。到了前台，看见带队干部坐在地上抽烟。教导员问他有没有晕船药，带队干部说他带的药都分完了，问问前台吧。

找到前台，女服务员说她手里的药也分完了，建议他往甲板上走，那里通风,能透口气。教导员又摸着墙去找甲板,拽错了好几个门把手才找到通风口。

站在甲板上,涌上高空的浪峰通体银白。风与浪的尖啸声令他毛骨悚然。衣服还未被水汽泡透,他就缩回了船舱。

教导员想到这,觉得那恐惧更胜今晚方才。

艇组长躺回舱里,觉着刚才起来这顿折腾,把他弄饿了。不多时,想起他跟奶奶去村外的河沟里摸螃蟹。

那是一条下游河,河道窄,水流急。长年流水,水底下长满了长长的水草。脚踩上去特别滑,一不小心就栽跟头。奶奶在岸边的石头上铺了块手帕坐下,指挥他下水。

那天的河水正好漫到他两个腿叉之间。奶奶一再叫他别把腰弯得太狠,别把上半身衣服打湿了。他在水里一脚深一脚浅地倒退着走,感觉踩到水底下有东西就赶快弯腰下手摸出来。有好几次他出手的速度太慢,脚一碰着螃蟹,螃蟹就顺水跑了。过会儿他掏上来正在交配的一对,还有一只母蟹裹着一只小蟹,奶奶叫他都给扔回水里去。

带回家的一桶螃蟹,他捞出来几只个头大的放进水缸。缸里有从河道捞的水草和鹅卵石。夜静的时候,能听见缸里"唰唰唰"的声音。

等把螃蟹养大一圈,他也攒够了一塑料瓶的瘪眼子花生米。他记得母亲临到晚上睡前总嗳气、烧心,嚼上几粒瘪眼子花生就会好些。

"又寻思给你妈送?"奶奶问他。

他最不爱和奶奶说这个,就光点头。

"送她是白送,"奶奶说,"熊啊,年年端午给你抱走一只胖大母鸡,你个兔崽子。"

他给母亲送第一只老母鸡的时候,母亲就托带东西的人捎回过话,往后什么也别给她拿,她不缺。他也寻思过,是不是带东西的叔可怜他孝心,明知道送不了也给拿走了,不然为什么这两年连句回话都再没有过。

奶奶评价,他母亲这种人就跟脚底下的黑土地一样,见太阳死硬死硬,一下雨光刺溜儿光刺溜儿,不是杠硬,就是贼拉软。当初那个变故,换作别人家的妈,肯定不会找上儿子跟丈夫。

这些话奶奶叨叨了很多年，从起初一口气说完，到后来得喘上好几次才能数落明白。奶奶查出肺癌晚期的时候，已经开始时不时昏迷。在县医院治疗效果不大，又转回了镇上的卫生院。奶奶临终前，他在单位带队集训走不开，是奶奶的亲侄女，他表姑在床前伺候。等回家给奶奶奔丧才听表姑说，卫生院的人都觉着奶奶的病虽然没得救治，可不至于走那么快，也许是自己偷喝了药。

他觉得这挺像奶奶能干出来的事，奶奶最烦拖累。当初他母亲离家不久，奶奶就把他接回自己的住处。奶奶对他讲，他父亲小时候在山里吃了一把野蚕豆，回到家口吐白沫，脑子给毒坏了，模样正常其实有点傻。要是带着他这个拖累，更不好再找对象。

把他安顿下不久，奶奶托人给他父亲介绍了带着个丫头的寡妇，比父亲大四岁。奶奶回家开了瓶小烧，给他倒了一盅。奶奶说，她欠熊孙子一个交代，往后定会尽心尽力，不亏待他的人生。

中考前一个月，中午他坐在教室吃奶奶给带的馒头，嚼了几口觉着味道不对，胃里发烧还犯恶心。同桌拿起他装馒头的袋子一看，是个洗衣粉袋。

曙色微明。已能依稀看清连队板房松松砌就的砖头院墙和掩映在草丛里的防兽铁丝网。教导员望见有战士从活动板房里走出来，就敲敲窗玻璃，叫醒艇组长。

两个人在江边漱了漱口。教导员双手舀起一点水，在脸上抹了两把。

"导，你多弄点水洗，再不洗洗不出来了。"艇组长说。

教导员蹲下又舀了几捧水浇到脸上，来回搓了搓。艇组长弯下腰，把从陆战靴筒里冒出来的裤腿扎紧，解开鞋带系了个十字结。

板房里，炊事班长给备好了饭菜。小塑料圆桌上摆着炒茄子丝、炒白菜、炖豆腐、炒菜花、炒角瓜、炖土豆、两个凉碟的小咸菜。

教导员坐在艇组长对面的小凳上，边嚼烙饼边瞅他。

"你真是享了长相的福。"教导员说。

"啥意思？"

"虎林艇组的那个老太太，谁能给她处明白了？全大队也就是你没挨过她的告状。"教导员说。

"跟小白脸子没关系，"艇组长说，"我刚去的时候她也闹，早上带队跑操喊个口号她也举报我扰民。我就琢磨，问题到底出在哪儿。最后叫我给想明白了，她是埋怨我们不带她玩。老太太是大姑娘的时候，和艇队关系处得相当好，有来有往，后来上年纪，成老婆子了，艇队这些小年轻的就不爱再上她家去，这不就整出隔膜了么。"

"那你咋哄的，找她跳皮筋啊？"

"我那会儿上她家去谈的，"艇组长说，"我跟她说，大娘，艇组挨着您家住，这个种菜我们不懂，您要多帮我们。老太太就说，那是你们的地，我可管不着。我就再跟她说，您这话说得太生分，什么你的我的，我们出力气种地，您和我们一块儿吃好不好？往后供给到了，我都叫人先挑点好看的水果给她拿过去。每回放下仨瓜俩枣，走的时候老太太都给杀一只鸡，要么一只大鹅带上，还有一大包鸡蛋、鹅蛋、山核桃、红薯干、蕨菜。有要复员的战士跟着巡江，我就去找老太太，跟她说这小孩要回老家了，饯行饭就在你家吃啊，可说好了。每回老太太都张罗一大桌菜，吃完撑着我们走，不让留下帮忙收拾。"

"老太太的心理你给把握得挺到位。"教导员说。

"我是老太太给从小带大的，"艇组长说，"那只叫老虎吃了的小狗，就是我奶奶养的，叫我抱过来了。"

"你奶奶舍得叫你抱走？"

"我奶奶在茶缸里泡她的假牙，叫那狗叼出来套自己牙上了，"艇组长说，"我奶奶掰完苞米回家一看，牙没了，晚上喂狗才见它嘴里戴着牙呢。直接牙留下，狗给踹出去了。"

艇组长扎开一盒牛奶递给教导员，自己掰了块馒头，蹲到门框边撕一点喂进嘴里。左手边就是过去拴他那条小狗的空地。

听岛上哨所的老班长说，1996年夏天，从俄方游过来两个喝醉的士兵，到老百姓家踹门砸窗户要酒喝。那户人家是鄂伦春族，家里的老头从梁上取下一把土枪，架到窗户跟前比画。那两个士兵一见，扭头跳进江里游跑了。从那边跟过来的狗，爪子受了伤，被老头抱回鹅圈养起来。时隔二十多年，俄方的老虎又游过来吃了他的狗。一来一去，谁的狗也没多，也没少。

临到中午开饭前，教导员接到上级电话。说俄方刚发来通报，他们的海军巡逻艇捞到了那具渔民尸体，下午让教导员和艇组长领队，带上一分队的翻译过去交接。渔民家属的船会跟上，艇组的船将渔民家属带到码头再返回。

俄方的一名中尉和一名战士用渔网兜着那个渔民，放到渔民家属的小铁船上。翻译从挎包里掏出一瓶百老泉，浇在泡胀的尸体上遮味。

教导员和艇组长在982艇上的驾驶舱里等。过会儿翻译从小铁船上跳到艇上，隔着舱玻璃冲他俩挥手。

"快走快走。"翻译钻进舱门时使劲摆手。

艇组长发动了一下船，发现点不着火，连打了三回船才有反应。这两三分钟间，翻译扯下帽子，跳到驾驶座和副驾驶座之间使劲拍打座椅，催他们赶快把船开走。

船起了航翻译才说，江面和地界上一样，讲究不能和死人抢道。渔民家属开的小铁船走得慢，要是被它抢在道前，回程这一路就得跟在它屁股后头荡悠，天黑前未必能赶回驻点。

"俄方那两个水兵是不是把人交过来以后，又把渔网给收走了？"翻译问。

"那玩意儿对他们来说可金贵。"教导员说。

"估计翻译都不知道他们那网咋来的。"艇组长说。

"编的呗。"翻译说。

"那是有渔民把网下到了人家那边，叫人家给缴了，"艇组长说，"他们拿到那网比得着一筐鱼还高兴。"

正说着话。艇组长发现船艇的转速从1200一下提到将近1600，船艇瞬时直朝前方猛冲。

艇组长眼瞅着艇要失控飞起，向着航道方向，大力打了把舵。

"日他哥的！"艇组长揽住舵大喊，"我把舵绳干折了！"

"快关柴油机油阀，堵死进气道！"教导员边喊边冲上去拉下油门。

熄火后，船艇一头插进江汊子里的滩涂中。

"仔细瞅瞅，是供油部件卡死了还是高压油泵坏了。"教导员带人爬出舱去。

这地方没有明确的岸形。教导员张望了一眼，滩地上遍布柳毛子、山丁子和臭李子树。远处水面，一只山狸子露着半截脑袋，正在过江。

艇组长随后跟出来，叫人把撑杆放进水里将船头别出去。试了几回，肌疙瘩最粗的班长也没撑动。教导员又走到船尾看船屁股，底下坐得有点实，看样子也没法一下给船拖到水深的地方。

"上缆绳拉船头吧，"艇组长叉着腰喊，"船头跟江汊子水面平行的，能拉出来。"

艇组长说这话时并无十分把握。刚下江开艇那年他就浅过船，拽艇的时候缆绳给扯断了。上级找地方协调的钢绳送到之前，艇上的人没吃少喝地原地扛了三天。

解缆时，一只江鸥从天顶落下，停在船舷。待缆绳绑在浅了滩的船艇的羊角上，准备往外拖拽时，江鸥扑棱翅膀飞进一旁的灌丛。当船艇回到水中，它又从水里的矮林中飞起，落了回来。

船艇再次开动，舱里有一种嗡嗡叫的寂静。舱外那只伴着艇低飞的江鸥，正用一双亮闪闪的眼睛看着副驾驶座上的艇组长。

那年集训结束后，艇组长连夜赶回家，表姑和表姑父在等着他。表姑说奶奶临走前交代了话，意思是自己很有可能搁心不下，不情愿走。要是那样再在家里整出什么动静来，就叫熊孙子上屋外折一棵桃树枝子，在屋里各个房间的地上抽打抽打，把她撑走。

如今这只鸟，水浪打着它也没走，叫艇组长想到奶奶说过的话。

收江后不久，冬季来了。下午四点，天黑下来，教导员在办公室泡了杯茶，一边噘溜一边想，还是夏天能出船的时候有意思。两国的口岸也在夏季时往来最热闹。县城广场一到傍晚，好些长得和瓷娃娃一样的混血小孩，只穿着一条纸尿裤到处跑。每每有头一回到县里消夏的外地人，问他们的爷爷奶奶怎么不给小孩穿件上衣，老人们就会有几分得意地说，小孩的妈妈是俄罗斯人，天生体质好，穿多穿少都不生病。

跟着在俄罗斯做生意的中国丈夫回县城的俄罗斯女人，入夜后和她们的丈夫各人手里边拎一瓶冰啤，要么坐在路边长椅上饮酒，要么溜达进十元店，边喝边选货。逛十元店是她们最乐得的消遣。

教导员赶着年根儿办了件大事。队里以前在锅炉房工作的一名三期士官，烧锅炉那些年间弄得腰间盘突出，压迫神经疼得晚上也休息不好。去年又遇上全队锅炉改造，他一天到晚往楼上抬暖气片，把腰累完了。今年这名士官要退伍，找到教导员，说想让单位给开个证明，讲明他腰上的毛病是在经年累月的工作中落下的。这件事教导员一口应承了，可新来搭班子的队长年轻，怕担责任，就跟士官推脱，说开这种玩意儿到社会上不好使，再说腰间盘的毛病也够不上评残。

教导员趁上级找他谈转退意愿的时候提了这事。他表示虽说自己近两年的工作有瑕疵，自认还是有个面子提一个要求。他恳请领导找军医给这名士官开个制式证明，最好领导能签上字。领导痛快地允了，不光签上字，还给盖了单位的章。

那天晚饭，领导留教导员在大队的小灶上吃。领导问他，还有什么要求和想法，可以再提。教导员尝了口领导给他舀进碗里的小鸡榛蘑汤，点着脑袋说还真有一件事要托领导多上心。

前年，一名刚转上士官的战士借探亲休假，瞒着队里更改了返家的车票日期，跟几个渔民去湖上打鱼，被大风刮进了湖面上没有冻实的"龙口"里。这件事叫教导员背了个处分，当年的职务也没解决。按他的年龄，级别上不去就只能等转业。

父亲跟教导员讲过一个自己救自己的故事。一天晚上，大雨如注，天黑如夜。狂风掀开了前线防御工事的表面伪装，工事里进水塌方。敌对双方一时间都顾不上战事，先投入自救。父亲所在连队的观察所工事里边，水深已达40厘米。全连只留了一个侦察兵在观察孔警戒，其余人员悉数参加工事的排水和抢修。就在抢修进行一个来小时后，父亲抡下去的铁锹挖断了一枚埋在土中的已朽手榴弹木柄，眼看泥里蹿上一股白烟。这时，父亲又狠劲抡了一铲子下去，将那枚冒着烟的手榴弹扬起十几米后爆炸。

教导员打小总听这样的事，觉得人比猫不差，不说九条命，起码没那么容易被干完蛋。可这名战士说完就完，自己的事业也跟东北冬至时候的大鹅一样，枪眼子顶了屁眼子。

这两年的清明节，教导员都叫上那名战士的老班长一起到湖边烧纸。逢上中秋和春节，他就上网挑点好吃好用的，给那名战士的母亲寄过去。赶上老士官回家休探亲假，他就给人家转个红包，叫他们在老家当地买点特产快递给那名战士的母亲。不管是谁从什么地方邮寄，留的寄件人姓名都是"您松阿察河的儿子"。

教导员对领导讲，自己转业以后，领导得让这特产接着邮走。不能让人家母亲觉得这里的人忘记了她儿子。这名战士打小没有父亲，全靠母亲养大。为了能留士官，他当义务兵那两年里没少受累。春天，他给营区每棵树刷上80厘米高的白石灰。夏天，一个人带着自己的脸盆去掏旱厕，掏完又拿水管子把地刷得干干净净，墙根撒上驱虫药。秋天扫树叶，接着入冬铲雪、做冰雕。他领的津贴基本全转给了母亲，探亲休假穿走的那件外套都是找同班战友借的。他去湖上也不是贪玩，是觉得市场卖的大白鱼太贵，想自己捕两条带回去给他母亲尝鲜。

教导员又说，再过上几年，知道这事的人差不多就走没了。领导不管，也不会再有人管。

领导答应下来。领导问教导员，心里边是不是记恨上级的处理，教导员听罢摇头。

当时，教导员的处分下来以后，上边要进一步处理这名战士所在班的代理排长，一位四期士官。教导员听说后，跑了一趟领导办公室。他说，可以把给他的处分再加重，让他按战士复员都可以。那位代理排长兢兢业业十六年，马上就要脱军装回老家，为这样一件事背个处分实在说不过去。况且奖励过头了，收回一张奖状就成，处分下重了谁收得回来？教导员一再坚持，不但不能给人家处分，之前预备给这名四期士官的三等功也不能给整黄了。领导把他骂了一顿，叫他赶紧滚蛋。他一听，摔了领导桌上的一个文件夹。

饭桌前，教导员起身给领导打了一碗粥。坐下时说自己谈不上记恨，这些年间另有一件事情意难平，得讲一讲。那年他刚分到艇队，对周边地理环境很不熟悉。一天，领导叫他带队机动到一个叫黑鱼泡子的地方，他找错了方位。

教导员对领导讲，手机装上定位以后，他又到了一趟那附近，方圆二十里地就有六个地方叫黑鱼泡子，哪分得清哪里是哪里。领导端着碗直乐，说就那个，贼黑贼黑的那个。

屋外寒风正造出刺耳、粗嗄的响动。窗坡璃上有一大朵透明的毛茸茸的霜花，晶体蜷曲而流动。教导员放下手中杯子，掏出手机来看。刷到一条朋友圈时，"腾"地起身照窗户捣了一拳。

等教导员打车赶到那家烤串店，前年从艇队退伍的一名士官跑出来接他。

"你这干吗？"教导员说，"要害我啊？"

士官赔着笑脸说："导，艇组长对我挺好，不能打他小报告。可我瞅着这事儿还得让你知道，就拍了个酒瓶子的照片，那条状态就你能见。"

士官领教导员进屋之前还在叮嘱，要教导员一定讲是过来打包烤串遇上的。

教导员拉椅子坐下时，原本趴在桌上的艇组长直起身子，瞅了教导员一眼。

"导，"艇组长说，"来了啊。"

"你这是啥意思？"教导员推了推艇组长的肩膀。

"我是真不乐意休假，不是假的。"艇组长说着打了个嗝。

"每年的探亲休假都是按照规定走，人家想休的休不上，你这打死不休，休了也不回家，是想干啥？"教导员在艇组长又要倒酒时夺下他手里的酒瓶。

"我这不违规，"艇组长伸手去够那个酒瓶，"休假期间适量饮酒不违规。"

"说说，为啥不回家。"教导员推开凑上来抢瓶子的艇组长，把他一把摁回座椅上。

艇组长摊开腿，抄起胳膊将脑袋朝后一仰，不多时就张开嘴睡着了。

教导员叫烤串店的老板娘过来收拾桌上的酒瓶，冷了的串拿去加热，又点了一盘炸鸡蛋馒头片。

"他不回家，跟你在这儿是要干啥？"教导员问士官。

士官摸起桌上一根牙签扎了扎艇组长的胳膊，看艇组长没反应，才跟教导员小声说起话来。

"他不是不回家，是没家可回。"士官说。

"啥叫没家可回？"教导员问。

"我也是这之前，他奶奶没了以后听他说的，"士官说，"他小学刚毕业，他妈就离家走了，在外头又成了家。过后他爸也新找了个媳妇。就剩他跟他奶奶过，奶奶一走，他就单蹦了。这一休假，你叫他上哪去。"

"那要么去爹家，要么上妈家，再成家就不认儿子了？"

"不是那么回事，"士官说着直摆手，"您知道他有个小名叫小熊不？"

"听人这么叫过。"教导员说。

"他们光知道艇组长有个小名，可就我知道他这名儿咋来的，"士官说，"他小时候，家里在一个小学旁边开小卖部，一家四口，他爸妈还有他和他妹。有天晚上，他爸忘了锁门，正好一头熊下山，从门外一巴掌把小卖部的门给拍开了。当时他全家人就睡在柜台里边，柜台外边都是大货架子。那头熊在里边好一阵祸害。这时候你猜咋的，艇组长他爹吓得钻进他们平常码货和烧火做饭的小房间，还把门关上了。艇组长呢，睡在窗户跟前的木头板子上。一睁眼看见那熊，他啥都没想，拉开窗闩跳出去跑了。"

"还有他妈和他妹呢？"教导员问。

"是艇组长的妈后来给他说，他妹当时正要往他妈跟前去，那头熊推倒一个货架，把他妹给砸倒了。他妈一看，也不再想法子逃，就坐在地上等着。没想到那熊一个转身，见窗户开着，就从窗户翻出去走了。这事儿后来传出去，当地人就称呼他们一家子'熊到家'，往后也不叫艇组长的大名，就叫他'熊'。"

"这是他妈的真事儿吗？"教导员闭上眼，双手搓了把脸。再睁眼时，见艇组长已经坐起来，正瞅着他。

"真的，"艇组长小声说，"怎么不是真的呢？"

"我让我妈寒心了，"艇组长又说，"我奶奶说，她年轻时候在大兴安岭的林场里边给工队做饭，当地有一个插队的知青叫黄鼠狼迷了，成天见着人就上去啃人家的手，说馋鸡爪子，嘎巴脆。我奶奶说这种人就是魂儿叫大仙赶跑了，厉害的人两嗓子就能给他叫回来。我奶奶厉害，她给叫回来好几个。可就我奶奶这样的，把人的魂都能给叫回来，她叫不回来我妈。"

"你自己去找你妈来着么？"教导员说。

"找了，"艇组长说，"我妈说，这个家里她就偏心我，有了我妹以后，她也偏着我。我妹三岁那会儿，我妈牵着我去买包子，我妹也非要跟上。家里当时差钱儿，只够买一个肉包子。我妈就抱起我快往前跑，想着我妹一看我俩走远了，就不能再跟过来。可我妹一直在后边追着跑，跑到岔路口摔倒了，叫我奶奶追过去抱回家的。我妈说，家里有点啥钱，都花在我身上，有点啥好吃的，都先拿给我和我爸,我们是男人,是最大的指望。可事到临头,有难了,我和我爸第一时间跑个没影儿。在她眼里,我和我爸也不是心有多坏,是压根没长心。我咋来当的兵?是我奶奶说的,部队就出活雷锋。当了兵,人家就不能再说我是没长心的东西了。"

那晚,教导员躺在队部的床上,回想艇组长在几个小时前说的话。

去年同俄方会晤,俄方的船艇领航。眼看要到主航道时,俄艇突然熄了火,顺着主流往下漂。开船的俄方老兵钻进机舱鼓捣了近半个钟头也没找到故障原因,无奈准备中止检查,将艇拖回去时,艇组长找到翻译,表示他估摸是油路出了故障,可以帮忙看看。艇组长上了俄艇,没管主机是没见过的型号,铭牌上也全是俄文字母,就沿着燃油走向查了一遍,发现是油管连接处松动进气。艇组长找来工具紧固,又排了排气,五分钟后俄方老兵按动点火开关,俄艇顺利启动。会晤结束时,俄方大队长取出一面海军军旗,亲自交到艇组长手里。可临到年底评选先进,艇组长自作主张把预备给他的先进名额让给了一名班长。

教导员觉得艇组长脑瓜很灵,有能力,就闹不明白他为什么对荣誉不积极,今时总算解了惑。这两年,队里的先进表彰大会都会邀请先进的家属到礼堂观礼。颁奖时,家属上台为先进献花,说上几句鼓励的话。照艇组长目前的个人情况,他必然不乐意以先进的身份进礼堂。

细碎的雪花在风中飘浮,旋转着,彼此推撞着,落地后不停地累积厚度。对面楼房面向马路的一侧,亮起五彩缤纷的新年彩灯。比前几日更硬、更厚的水坑结成的冰,也掺上一点颜色。

在屋内琥珀色的灯光里,艇组长安静地坐着。

霞姨的丈夫在厨房里焖肉。饭桌前,霞姨将热气腾腾的鱼块夹到艇组长和教导员面前的餐盘里。

"你们边吃,边听我把刚才的话说完。"霞姨说着又往艇组长的碗里搁了一块炸茄盒。

"教导员听我唱过赫呢哪调,说好听,"霞姨说,"我小的时候,我母亲就一边哼着那个调儿,一边烧火、做饭。锅里贴着大饼子,熬着鱼汤。那时候我母亲走的路是塔头墩子，住的房是小地窨子。地窨子里边用薄木板子铺了一层当地板，地板底下就是江水。我和三个哥哥都是她在地窨子里的鲜木头板上生的，木板上铺着鲜树叶。为了叫我们吃饱，生完小孩十天八天以后，我母亲就下地打鱼去了，孩子就放在屋梁上柳条编的吊筐里。每天回来做完饭，她都把我们挨个抱在她腿上。才四五十岁，我母亲的腿就变形得厉害，成了罗圈腿。我母亲去世以后，我经常梦到她，梦里她还要把我抱起来往她腿上放。后来等我有了孩子，我就知道不管当母亲的人在哪里，孩子永远都像还在她的腿上抱着一样。"

"我这种情况也是么？"艇组长问，"我妈也会在心里惦记我？"

"当然，"霞姨说，"是一定会的。"

"那就好了，"艇组长低下头笑了，"我奶奶安慰我的方式和您不一样，我奶奶查出病来以后，说话老是神神叨叨的。她说有时候闹不清是我们待的这个世界是'死'的，还是死了的人去的地方是'死'的。按理说，她带着我这些年，好些时候都快熬不下去了。比方说，念到初二那年，奶奶病了没法出去帮工。凑不齐学费，我开学就没去报到。过了几天，学校老师给我打电话，说有人帮我把学费交了。那人自称是半夜梦见有个小孩找他，哭自己上不起学了，还把学校地址、年级、班级都告诉了他。奶奶说，这样的事不止一回，每到山穷水尽快过不下去的时候，就会有谁拉我们一把。我奶奶觉得，我们在这个世界给走了的人烧纸，也许对那边的人来说，我们也是'死'了的人，也会有在那边的亲人、记挂我们的人，给我们送来最需要的东西。我奶奶叫我往后落单了也别害怕，总有人是念着我的。"

"你想过可能是你母亲托人去帮的你么？"教导员问。

艇组长点头。"可我不敢给自己这么大盼头。"

"姨，"艇组长抬头望着霞姨，"就像导刚跟您说的，要是哪天我真能上礼堂领奖，您一定得到场。替我妈看看，我不熊了。"

教导员转业回到家，和他父亲成了同事。端午节那天，父亲领着他去康复医院给战友送粽子。那位曾坐着轮椅被父亲推去监狱一起作报告的战友。

当年的一天深夜，敌方特工原计划偷袭团部通信枢纽，被哨兵发现后，撤离途中发现了父亲所在连队的维护哨。当时哨点一共四人在位，住在一顶班用帐篷里。每人躺在一块木头床板上，离地面有十来厘米高。

一名敌方特工绕过警戒哨，将两枚手榴弹塞在战友床板底下。手榴弹爆炸后，战友身下的床板被炸得粉碎，人也被炸起几米高后摔在地上昏死过去。父亲和帐篷里的其他两个人也被当场炸晕。等父亲醒来后爬过去看，战友躺着不动，两颗血红的眼珠暴突，鼻子、嘴、耳朵都在往外冒血。天亮时，等步兵在路上排过雷，卫生队来人将父亲的战友抬下阵地，送入后方。战争结束后，父亲回家又见到这位战友。战友当着父亲的面自夸，说托那床板上铺着的几块棕垫的福，他只有两条腿落下毛病。

父亲没有告诉战友，当天早上，过来塞手榴弹偷袭的特工在撤离时被一枚挂雷炸掉了左边胳膊。被俘后，那名特工住在卫生队养伤期间，父亲还给那人送了几天的饭。

医院里，父亲的战友躺在床上瞪着天花板，一声不吱。战友的女儿告诉他们，她父亲的老年痴呆越来越重，再往后，连一句囫囵的话可能都说不成了。

教导员陪着父亲在床边坐了半个来钟头，两个人各吃了一个战友女儿削的苹果。走出住院楼时，教导员的父亲抬头看了看傍晚的天。

"你看啊，"父亲对教导员说，"就这一小会儿时间，太阳和月亮都在。"

教导员也仰起头，过会儿又看了眼自己父亲。"有一个在的，就不赖了。"

（原载《人民文学》2020年第10期）

神奇五侠

◎李宏伟

时间差不多。他再看一圈屋内,三张床静默无言,上面铺位不脏,下面书桌不乱。他的床……他的床太过整洁,床单没一个褶,被子叠成方块。书桌面上只有电脑,书在架子上、抽屉里。新买的马克杯,浅蓝釉面上,两匹变形的斑马,摩擦着脖颈,喁喁私语。他伸右手,转动马克杯,斑马的正面冲了墙,一根马尾甩过来。平常那个白杯子内里的茶垢显现出来,为什么没擦干净?拿起杯子,他往洗手间去。敲门声响。他赶回桌前,放下杯子,瞥一眼,挪到电脑另一侧,与马克杯遥相对望。再往里去一点。敲门声再响。紧走两步,又回来,踩着扶手梯,扯开方块被子。这才下来,跑两步。第三串敲门声的第二个"咚"后,拉开门。

五年八个月十三天后,他在第一串敲门声的第四个"咚"拉开门,门外全是深重又绚烂的瑰丽光芒。整十四年后,他在她掏出钥匙的一刹那,拉开门,居然有轻逸的浮动的浅粉涌进来。十四年一个月二十七天后,她使劲拍打门,他坐在书桌前,对着手机发呆,屏幕上是她蹲在两个女儿中间。整三十年后,还是现在这个时间,差两分钟十六点,他站在卧室门前,整理一下衣领,摸一下脸颊,伸手敲门,她在里面问:"怎么啦?"他在外面答:"今天是五月十五日。"现在,这一个五月十五日,他慌乱地在裤子上擦去手上的水,让自己镇定下来,拉开门,仿佛拉开世上的第一道门。她站在门外,穿着他第一次在食堂看见她时那一身,那件衬衣那条牛仔裤,脚下换了一双白中镶三道暗紫色条纹的运动鞋。两年三个月二十天后,他陪着她在专卖店看见更多的三道条纹的鞋子,问起,才知道这双鞋子不知道什么时候丢了。九年九个月九天后,她收拾衣柜,翻出这件衬衣这条牛仔裤,在身上比画一下,叹口气说:"穿不下了。"他还没来得及说什么,她就将它们扔进垃圾袋。

"你在干吗?这么长时间。"她问。

"没干吗,"他说,侧身,"请进,"又说,"他们不在——"马上住嘴。果然,她犹豫了一下。十四年一个月二十六天后,她对他说出那句话时,他在她眼中看到同样的犹豫。只不过,那犹豫比现在更短暂,转化得更坚决。

"他们干吗去了?"她问着,往里走,没往关着门的卫生间看,没往另外三张床张望,走向他的桌子,明确知道那是他的似的。到桌子前,她站在那里,像在打量,又像在发愣,在惊讶自己怎么在这里。

他慌张起来,"上自习,打球……出去了……"跟上两步。她回过头,目光里是询问是探究。他忙说:"请坐请坐。"指着自己的椅子。又把对面床的椅子往前拖一下,椅子腿擦着地砖,发出刺耳的"吱——"。她皱了皱眉。八个月一天后,比现在晚六个小时,仍旧在这个房间,她叫:"哎呀——"他在椅子上转过身,见她举起右手食指,白的指肚上正挂着一粒红色的血珠。他双腿在地上一蹬,椅子发出尖锐的重叠的"吱"声,靠向她。她来不及或者没顾得上皱眉,他就抓过那整只右手,将食指举到眼前。他坐下,她跟着坐下。他又马上站起,"喝点什么?"

她看他,歪歪头,"啤酒有吗?"一年十个月五天后,她推开他递过去的可乐,歪歪头,"啤酒有吗?必须庆祝一下。"那天她喝了三瓶,在座的他的每个朋友碰杯都接受,有时是单独,有时是和他一起。从火锅店出来,她猛地一下抱住他。在他低下头时,她说:"还能当学生,真好。"不等他回答,又轻声问:"你为什么喜欢我?"四年一个月一天后,她推开他递过去的茶,没有歪头,直接笑起来,"啤酒有吗?好好庆祝庆祝。"然后看着他拿过乌苏,倒在面前的杯子里,看着啤酒沫顺着杯子外壁,流到桌面上。她等了一会儿,仿佛在等时间和啤酒沫一起沉静下来,才端起杯子,和他用力碰碰,说:"太好了!你也留下来了。"她喝掉一大口,又和他碰碰,"还是最想去的地儿。"她喝完。马上,笑开了,"不是说我不喜欢我的工作啊。"看他给两个杯子再次倒满,她又问:"知道为什么我不让你叫别的人吗?"她周围看一圈,俯身过来,他凑上去,她却坐了回去,从椅子上望过来,是他一生都记得的笑容。

三十六年十七天后,面对满座的亲朋,看着一身白色婚纱的大女儿,她低声对他说:"拿杯啤酒给我。"他摆摆手,止住小女儿,走过去,打开一瓶啤酒,小心翼翼倒上半玻璃杯,不让一点儿泡沫溢出来。举起杯子,先抿一口,这才回到她身旁,递过去。

现在，他被打了个措手不及，摇摇头，"没有。我马上去买。燕京行吗？还是青岛……"她笑起来，笑得他明白自己很傻，挠挠头，"有可乐。也有茶。说是龙井……""茶吧。"她说，"尝尝你的龙井。"说着，她拿过马克杯，转了转，刚好与斑马六目相对。

"拿这个泡茶的吧，杯子不错。斑马挺丑，丑得可爱。"她往里看一眼，"洗得很干净嘛。"

"当然。"他自在些了，拿过马克杯，又拿起自己的茶杯，"这个杯子新买的。这个——才是我自己用的。"

"有什么必要！"她说着，突然停住，不自在地看看他的茶杯，"谢谢啊！不然你这个杯子我真的没法用。"说完，看他一眼。他又不自在了，比之前更加不自在。总算可以拿着杯子进到卫生间，拧开水龙头，在盥洗池上又冲洗一遍。茶垢仍在，他放下马克杯，伸出右手食指，又止住抠的动作。她又坐下了，仰着头扫视书架，但没点评，也没抽出一本。他走过去，放下杯子，从书架上拿下茶叶罐，打开。

"淡一点，浓一点？"随着他问，她看过来，表情又丰富起来。"都成。"她说。"和你一样吧。"又说。噢，对。很多时间点跑过，里面都有这句话，太多太密，意思和情境的真真假假难以分辨，反而在一瞬间滑过去。自然，谁都没注意到，那些滑过的时段仍旧在底层留下痕迹，甚至决定整体的流速。于是，他并无停顿，只是更加小心地，往两个杯子抖入同样多的茶叶。然后，拎起水瓶，倒入开水。

"早上打的水。"他解释，"这个暖瓶不是特别保温，现在泡绿茶刚好。"

"精细！"她说，伸手抓住马克杯的把。

"也是听说的。"他说。六年两个月七天后，她伸过头，端详一会儿他的茶杯，看着泡开竖立的茶叶，端起来喝上一口，咂咂嘴。放下茶杯，过去打开行李箱，拿出两饼熟普，递过来，"今后喝这个，对你的胃好。"又说，"也是听说的。"又补充，"这次真是长见识，一路喝过来，各种年份的。一个老行家说的，尤其像你这样应酬不少，更得喝。"二十三年八个月十八天后，他照例在茶桌旁坐下，清洗茶具，煮好茶。她照例过来，在沙发上坐下，但伸手止住他，"你自己喝吧，今后晚上别给我倒了。睡不着。"又说，"也怪了，喝了几十年没事,突然一下就睡不着,不知道是不是和茶有关。"

茶叶还挤在上面,不过已经开始缓慢舒展,缕缕清香逸散开。她鼻翼翕张,微微用力吸两吸,再轻轻吹开贴着杯沿的茶叶,抿一小口。"真不赖。"说着,她放下杯子,往杯口望两眼。"第一次来你这儿,怎么招待我呀?"

"招待?哦——"他反应过来,"网上看个电影怎么样?"说着,他过去按一下,电脑嗡嗡响着,开了机。"我们买了个视频网站会员,看看有没有你喜欢的。"

她看他一眼,"视频网站会员?还买!你们不下载吗?"

"四个人用,半年续次费,轮着来,也没多少。"电脑已开,她起来挪挪椅子,让他更靠近键盘、鼠标。他点开浏览器,输入网址,"还是下载得多,但现在很多片子都被视频网站买了版权,资源不好找。"后续的时间段,两个人、三个人、四个人,坐在电视前、电脑前,商量看什么片子的场景同样过于密集,迅速滑过去,没太多痕迹。即使是互相推荐后,各自拿着手机,看同一部片子,照样痕迹浅淡。整三十年一天后,他怀念前一天的晚餐、回到家后断断续续的谈话,再请她。她说,"饭就免了,看个电影吧。"两个人到电影院,正碰上回顾展,其中就有他准备今天请她看的那部。当然,看的过程与看完回到家中,他没提往事。躺在床上时,电影在眼前回放。里面有一个镜头,男主人公坐在硬椅子上,看着电视机里一双一闪而过的手。

网站没有打开,瞥一眼电脑右下角,网络没有连接。鼠标挪过去,她止住他,"别看了,今天更换光缆,全校没网。"她拿过茶杯,喝上一口,笑起来,"你也太没诚意了,偏挑今天请我来宿舍看电影,网上电影。"

"啊——"他如遭雷击,拿过手机,移动网络还有。"要不,在手机上看吧。"

"不看,屏幕太小,"她直接否决,"两个人各自抱着手机,这是请人来玩吗?"

"可是这个电脑刚买的,没来得及下载什么,也没从他们那儿倒过来。要不在他们的电脑上看?"

"不好,电脑比床还私密。"她说。他都走到旁边那张桌前,手伸向启动键了,又停住看向她。她正看他,笑得有点诡异,但阻止的意思是明确的。他犹豫起来，用了对铺的电脑，这家伙倒不会生气，但万一有什么不合适的内容……她起来坐到他之前的椅子上，拿过鼠标在电脑上连续点击。"刚买的电脑，没什么见不得人的吧？"

没什么，他确定。十一年一个月十五天后，她貌似偶然地拿过他的手机，一面说"没什么见不得人的吧"一面伸到他面前。他确定没什么，伸过右手，指纹解锁。她看他一眼，递回手机，"你真要我看啊？"但现在他还是退回来，盯着光标跟从她的手指，从"我的电脑"进到E盘，有个"影片"文件夹。再点进去，果然是空的。"一无所有。"她点评着，光标移到"开始"，点一下，看一眼程序列表。忽然又退回去，在"影片"里上方的"工具栏"点开"文件夹选项"。"查看"，然后"显示隐藏的文件、文件夹和驱动器"，然后"应用"。一个"新建文件夹"赫然出现。她抬头看他，笑容淘气得有点儿鬼魅。

他们干的？藏什么了？他有点慌，阻止来不及。眼睁睁看着"新建文件夹"被点开，一部MKV格式的电影，文件名"神奇四侠"。"可以看吧？"嗒嗒双连击，自动播放，他喉咙一下发紧，像是体内的气被人抽走。要是那些片子改成这个名字……四声鼓响，两两成对，一串鼓声带出一阵熟悉的旋律，它松开卡住他咽喉的手，气体再次注入，他又站得住了。射灯扫过纪念碑一样的标识，一帧帧漫画叠加中，漫威的标志从蓝色澄清为白，接着是片商名，圆圈中大众标识一样的4，同时英文出现FANTASTIC FOUR。他拉过椅子坐下，这质地，真身无疑。为什么是这部片子？他对漫威的英雄片历来兴趣不大，也没听说他们仨有迷这个的。难道是装程序的兄弟捣的鬼，或者干脆就是随手而已？

"你喜欢看这些？"她点下鼠标，暂停画面，伸手拿杯子。她的动作，让他意识到，她之前也紧张，甚至……他判断不了，是否比他更紧张，可这一发现让他愧疚，因她执意打开文件的那一点点不快，消退无形。他过去拿起暖瓶，添上水，她说"谢谢"。"我记得你不喜欢超级英雄，说不真实。不真实就没法理解生活。"两年十个月十一天后，她说。"你还真把自己当英雄啊？你以为自己是谁？"十三年三个月十三天后，她问。问完，抬起右脚，在他的左脚尖上使劲踩下去。"搞得像是在演戏。"她说。唯一的一次，场景连续跳跃至五十八年一个月十七天之后。等等，是从那儿往后跳至四十四年十个月四天后，她坐在床边，让他握住她的手，听他说出最后一句话："我就是成了你的英雄。"

"……不怎么喜欢……咱们玩别的吧。"他把杯子推给她,她端起,吹吹茶叶,喝上一口。"别的也没什么好玩的。看吧,隐藏文件都被我找到了。"又点下鼠标。焊花喷射,沥青黑般的雕像,似盔甲的片状物缀成的衣服,两只手各托着类似分子式的东西。"维克托·冯·杜姆就喜欢替自己造这种9厘米高的塑像。"声音先出,两个后脑勺紧跟,左面的光溜溜,右面的头发有点长。随后,切换到正面,两张主要角色的脸,他一个都不认识,但彻底放下心,索性坐下。

情节并不复杂,说幼稚都不为过。女主出现时,他看着面熟,当她转身,他从左侧脸认出她演过《罪恶之城》,随即想起是杰西卡·阿尔巴。可他始终记不住她在这部电影里的名字,另三个人别说角色名字,就是演员名他也不知道。脸或许在别的电影里见过,但绝对不熟。他看她一眼,右侧脸,比正面看着瘦一些。比左脸的线条柔和,他在食堂看见的是她的左脸,硬朗。吸引他过去搭话的硬朗。十四年一个月二十六天后,他先看见的是她的右脸,然后才目光交接,她说出那句话。

她盯着电脑。事故的预兆出现,遇上宇宙流的时间突然变成9分47秒。时间的变化,孕育一切。杰西卡·阿尔巴正面对男友的求婚——以自己的雕塑先声夺人,出场时坐在阴影里,注定他将会沿着反派的道路狂奔——因此就让他求吧,也让她展现一下激动,反正不会有结果。果然,反派等不到想要的四个字,但等来了四个真正"永远改变我俩生命的字"——The cloud is accelerating。云团加速,世界跟着加速。反派的傲慢必不可少,但仍旧吝啬地只给了一点。极光一样的物质掠过,无一幸免。然后,就等着吧。这是最省特效钱的加持吗?

"这也行,那我也想。"他说。这话仿佛在哪儿说过,是梦里吗?显然不会应验,他知道。"都这样,被蜘蛛叮了就是蜘蛛侠。"她说,偏过头看他一眼,"你想拥有什么能力?"梦显然会应验,但他一时语塞。什么能力?他还不知道这四个人有什么能力呢。这电影如同梦的一部分,他断定自己看过,细节又模糊。"你想要我有什么能力?"他问。自发的一句。她没答,继续盯着电脑。五年八个月十天后,他说"搬过来和我一起住",她没答,但他知道她答应了。六年十一个月二十九天后,他说"嫁给我",她没答,但他知道她答应了。十一年十一个月二十八天后,他说"对不起"时,她没吱声,但他知道她不原谅。十九年四个月十四天后，他要开口，她用目光止住他。现在，她只是继续盯着电脑，看五个人各自面对必然的异常。他们是假装不知道吗？

他掐掉这个念头。从哪里开始苛责起几个演员了呢？就算不是冲着他们，至少是冲着几个角色。显然，这部电影并没设置他们穿梭时间的能力，没谁能未卜先知。"你想拥有什么能力？"他问，他现在问，问自己。他们开始展示，花花公子使唤火，男主无限柔韧，女主能隐身，大块头膨化得一身岩石般的肌肉。逻辑在哪里？大块头最好理解。花花公子因为火热吗？男主性格面，女主存在感不强？他出离了画面，"你想拥有什么能力？"再问自己。这四个人的？岩石肌肉和火技能肯定不要，这么柔韧当消防员吗？青少年时代，隐身无疑想要。现在拿来……当狗仔吗？五年八个月十三天后，他第三次自问，问完，抱着她，笑出声来，说了句令她莫名其妙的话，"什么额外的都不要。"二十七年四个月九天后，他看着大女儿满脸的哀伤，第四次问自己这个问题，他确定他需要，但无法描述那究竟是什么能力。也许，他需要先清楚那超能力是什么的超能力。五十八年一个月十六天后，清醒间歇，他最后一次想起这个问题，想到的瞬间，即做出回答，"平静"。随后不久，他得到了。

如果能够穿梭时间呢？不需要在时间中旅行，仅仅能往内里探看，知道未来的概貌。不能贪心，奢求看到整个世界的，就看看他的，就看看那里面有没有她，如果没有他要想办法让她在，如果她在更要想办法不让她走丢。"你想拥有这种能力吗？"她"啊"的一声，自己并未察觉，仍专注于电脑上。穿真丝睡裙的女人差点被车撞上，她仓皇的背影消失在楼门里。"无论如何都要在一起。"她说。她听到他的想法了？"什么？"他问。"你没看吗？"她有点生气，看他一眼。"黛比和本说过，无论如何都要在一起，他成了这个样子，她就吓跑了。"他，大块头，叫本。"没事，他们还会在一起的。"他说，"好莱坞剧情不都这样？""才不会呢。"她摇头，"他肯定会遇到完全接受他现在模样的人，但一定不是黛比，这才是好莱坞的逻辑。"

刚才想到哪儿了？人就不应该往时间深处探看。又能怎么样？他也摇头，放弃拥有这种能力。能力展示完毕，一场意外扬名立万，有了制服有了名称。反派则在继续黑化，挫折、失败统统向他淹过去。要么受本性的束缚，要么受限于对恶的想象，更主要的是，受剧情发展的需要，他的黑化那么小儿科，以至于只能显现邪恶那儿戏的部分。当然，中间夹杂升华的冲动、理论的俗套，四个超级英雄对变异后新身份的陌生、排斥，变异带来的生活障碍，试图恢复原样的尝试——标准的超级英雄故事的叙事模式。但再简单的情节在推进时，都具有裹挟能力，他正是这样跟着故事的变化，随着场景的切换，对善恶分明的对决生出共情并有了倾向。与此同时，还带着抵抗的意味，屡屡审视情节编织的难易度，腹诽其简单、粗暴，但他清楚，这种腹诽仍是情节推进生成的裹挟力量的产物。很显明的一点是，那四个人汲走他全部的注意力，让他忘掉坐在身边的她——从表层的字面或更严谨的深层两方面说，他并没忘记她，他只是把她还原成了可能坐在旁边的任何人。他不再记得，为邀请她，花过多少心思，连最简单的打招呼的话，都演练过多少遍。他不再记得，当他向他们描述她，请求他们回避时，他的语调、目光、身体的状态，它们由内向外散发的光芒多么强盛。他甚至忘了，他对离她更进一步的渴望，那是他邀请她来宿舍的最终目的。两个人就这样像是划着两只小舟，在忘川那黑乎乎的水面上漂流，周围一丝光都没有，互相看不见、记不起。

倒是完美的隐喻。反派在四个人的联合下，成为一尊雕塑，回应了他的出场。他僵化的凝固的身体将某个瞬间移出时间外，获得永恒的哑光，他那鲜活的充满人欲的躯体，被牢牢锁闭在内，成为最直白也是最强大的隐喻。同样作为隐喻的，是他对闪电的召唤，与四个人一样，只能来自自然的原生的能量。花花公子用火在空中写出4，众人享受胜利，反派被装上船运出美国本土时，字幕出现，故事暂告段落。天下人都知道，有续集在前方等着。

"她是个盲人。"她说，这句话真正阻断他思绪的发散。"她是你的投影——""她是你的继续——""她是你的陌生人——"手指向后，停在任何节点上，都能找到同样两个字开头的话，或轻或重，或喜或怒，指向的人和事会变化，"她"不妨替换成"他"，因此可以跳过这些段落。"这样处理更符合实际情况，可也违背应有的意思。"她说，"无论如何都要在一起，他失去的必须同等补偿才行。只有同等，才算补偿。"十九年四个月二十天后，她愿意说说过去这一周的感受，说说过去八年两个月二十三天的经历，以同样这句话开头："只有同等，才算补偿。"她停顿好一会儿，让他紧张起来，又说："我以前这么认为。其实，说补偿就意味着，不可能同等。老家有句话，补得再好也是个疤。"

随着这话，他想起"和大怨，必有余怨"，明白那些事都过去了。

"也不一定，这种事只看当事人，本和她在一起，两个人都挺开心，她看不看得见他什么样，不重要。"他说。是为尚未发生，可能永远不存在的事情辩护吗？是为要做什么做好铺垫吗？并没有。纯粹搭话，希望她不要那么快站起来，不要那么快说"走了"。她没有，她拿过马克杯，喝一口，再喝一口。杯子放下，他给续上水。"有网就好了，可以看续集。"他说，"要不手机……""不用。"她拒绝，"续集也不外乎这个意思。"她再次看着他，"你是不知道接下来该干吗？用续集打发时间吗？""当然不是……"他还没说完，她站起来，到阳台门口，推开门，走出去。

六点多，太阳还斜挂着，烧得西边通红，阳台也被上了色，威力倒是大减。她扶着栏杆，望向下面，几个人匆匆走过，向食堂而去。他要走上前，面对她的背影却迟疑起来，这一下午过去，一部电影结束，他始终坐在旁边，却没有与她更熟悉，但他前所未有地渴望离她更近一些。生命中第一次对另一个人这么渴望。再近一些。从这里望去，她的身影正好被敞开的门框框住，像是……像是数字"1"。哦，神奇一侠。他想到这里，仿佛看见在花花公子燃起的滚滚烈焰中，大块头举起须弥山般巨大的冰川，柔韧的橡皮男左支右绌地遮挡着，不让冰川融化。在冰川的顶端，杰西卡·阿尔巴摆脱隐身，在她身上显影。于是，他站起来，向她走去。

跨过门的一刹那，门框消失，她仍站在那里，让他笃定，她是神奇一侠，与他有关也只能与他有关的神奇一侠，唯一的那个。他停了停，等待宇宙流经过，等待它激发她。这宇宙流如此强大，云团的速度如此之快，不仅激发她，还从她身上传递给他，定向的恰好能被他接收到的传递。于是他上前，站在几步远的地方，看着她。"怎么啦？"她转过来。他要开口，开口时却有虚弱袭过，只好就地取材、因地制宜，和花花公子、大块头、橡皮男还有杰西卡·阿尔巴在一起，被融化的冰川混为一谈，面向在山巅浪尖抛掷自己而毫不惊慌的她，"我是神奇五侠。"他脱口而出。一即是五，只有这样，才能把她说成自己。

"什么？"她看看他，瞬间明白。"你拥有什么超能力？""你喜欢什么花？"他问。她笑起来，"桃花！"他看着那笑脸，向她走去，心里念诵着："就这一次！就这一回！"如他所愿，走完第二步，借着霞光，他成了一棵桃树，长在阳台上。树干沉稳,枝条舒展。桃花成串又疏密有致,挨着新生的翠嫩的叶子,朵朵绽放,每一朵都朝向她,每一朵都映着她的笑靥。这还没完,在离她最近的枝条上,桃花让开一点空间,露出一个骨朵。无须用力,只要注视,只需她的呼吸,它挺身而出,迅速生长,绽放成一朵花瓣层叠,仿佛永远开不败,永远有新的空间可以打开的,红玫瑰。

(原载《小说界》2020年第6期)

小野先生

◎金仁顺

小野先生是我的朋友莉央介绍来的。他是大学历史学教授,近年来,很多精力放在东北亚近当代史的研究上。他对中国并不陌生,汉语也讲得不错。他要来长春,莉央跟他提起了我,或许我可以抽出一天时间陪他四处转转?

我跟小野先生约好上午9点在酒店大堂见面。那家酒店有七八十年的历史,坐落在城市中心的林地中,树林的年头比酒店长得多,建酒店时,为了不破坏景观和尽可能多保留一部分树木,楼房建得不高,分成几栋散落在树林中。

我过去的时候,提前了半个小时,空气清新,我下车去庭院散步。太阳升起来没多久,树林间的空气仍然湿雾雾的,青草和树叶的清香把人浸润其间,鸟儿在枝头上欢闹,时不时地,几只喜鹊在我散步的石板路上起起落落,人走得很近了,它们才展翅飞走。一个男人也在散步,头发是鸽子灰的颜色,穿着同样颜色的棉麻衬衫,腰杆笔直,姿态克制而内敛,我们交错而过时,他停下来对我颔首致意。

"——小野先生?"我冒昧地问了一句。

他愣了愣,随即叫出了我的名字,当然,也是带着"?"的。

我说是的。

我们一起笑了。

我问他什么时候到的,这里的气温和酒店还习惯吗,吃过早餐没有。

他昨天夜里到的;长春的初夏,温度宜人,这个酒店他非常非常喜欢,从他的窗子里能看到湖水,还有这么大的院落,树林和鸟儿,真是惊喜;他已经吃过早饭了,"酒店早餐很丰盛"。

他的汉语除了口音略嫌生硬,说得好极了。以他的语言能力,即使没有我这个业余向导,也能畅行无阻。

我问他想去哪里,可有计划。

他说没有,客随主便。

我跟小野先生说，每次外地有朋友来，最让我发愁的就是长春没什么可看的，不像黄河流域长江流域，文明起源早，很多城市有几千年的政权交迭，宫廷官场战场诗坛各种抒写历史，人家清明上河、江山如画、诗情飞扬的时候，我们这里树林茂密，野草丰美，清朝时还是皇家狩猎之地，夏季碧波如海，冬季白雪皑皑，但朋友来的时候，你能带朋友看绿色或者白色吗？

"在我看来，"小野先生说，"长春是心灵幽深之地。"

他很认真，没有故弄玄虚也没有客气。

那就走着瞧吧。

我们往停车场走时，我给小野先生介绍说，他能从房间看到的湖是南湖，最早是日本人打造"新京"时，利用伊通河的支流，形成的人工湖，既是风景也是城市的备用水源地。当年很多重要机构的选址都围绕着这个湖，比如说当年的满映、后来的长春电影制片厂；我们现在开车要去的新民大街，也通过一个纽扣似的街心公园，把自己跟南湖缀在了一起。

新民大街是近一百年前规划、建造的，八十年对于建筑物来说，不年轻，但也远远说不上老。街道中心有两条车道那么宽的街心花园，绿荫如盖，芳草青青，桃花李花杏花刚谢，丁香花开得正当时，香气馥郁，远看像一条蓝紫色的河流。

伪满洲国的国务院和八大部——司法部、军事部、交通部等——都在这条路附近。这些楼房的外观还大致是当年的模样儿——虽然有几栋楼后来又加盖了两三层，但为了协调，加盖时考虑了原建筑的风格——土黄色基调，清水红砖，楼的转角弧度优美典雅，带着韵律，窗户原本是窄细的，其中有一半被现在的使用单位扩充加宽了；楼里面的举架很高，老旋转楼梯大部分都保留着，但有些局部结构被现在使用单位改建了。新民大街的"T"字形尽头的"一"，是当时预备盖的伪满皇宫。最早参与设计的还有梁思成。

小野先生知道他，"了不起的建筑家"。

伪满皇宫刚打完地基，伪满洲国就覆灭了。新楼盖起来以后给了地质学院，这个生不逢时的宫殿被称为地质宫。

梁思成和他的夫人林徽因还在吉林省设计了另外一些建筑，火车站之类的。在高铁时代，这些幸存的火车站风尘仆仆，小而倔强，有绝世独立的况味。

我们在伪满司法部的门前转了转，小野先生拍了很多照片，跟另外两栋变成了医院的老楼相比，这栋楼是医科大学的基础部。来来往往的人少，闹中有静。沿着楼房墙面，种着密密麻麻的丁香花，有一人多高，紫色白色开得烂漫无匹。

我跟小野先生说，很多年前我有个好朋友是在这里读医科大学的，我读书的学院离这里不远，上大学时经常走路或者骑自行车过来玩儿。这栋楼的地下一层，全是供医学院学生解剖学习用的尸体，泡在福尔马林溶液里。夜里在这里散步的时候，难免会觉得整栋楼阴森恐怖。但我朋友就不在乎这个。不过她谈恋爱的时候，有一次约会时在丁香花下面被几个男人劫持，他们带了刀，让他们把钱掏出来，他们乖乖就范了。事后我们讨论过那种状况下应不应该反抗，还因此质疑过她男朋友的男子气概和血性、勇气之类的问题。他现在是外科医生，手术刀用得很熟练，但即便如此，再遇到当年的情况，他仍旧会一言不发地把钱给他们。

"勇气是很难定义的。"小野先生说。

他说他从小到大，在学校里面一直被人欺负。

"我不知道为什么他们总是会选中我，我照镜子研究过自己的脸，也在商场玻璃橱窗的反光中审视过自己的步态，我看不出我哪里不对劲儿。但显然那些人是能看出来的，他们总是能从人群中把我挑出来。开我的玩笑，骂我，打我，抢我的零用钱。"小野先生语气温和，说到最后笑了起来，"我的青春期过得非常悲惨。"

"您从来没反抗过？"

"没有。我总想着，忍一忍就过去了。语言上的侮辱，身体上的疼痛——"他说，"有一次我父亲悄悄跟在我后面——他早就发现我有些不对劲儿了，跟了我好几天也说不定——我被三个家伙拦住了，他们把我逼到墙角，骂我打我，让我把钱交出来。我父亲走过去，抓住最中间、个头也最高的那个家伙，薅着他的头发——"小野先生抬手薅着自己的头发，比画给我看，"就这样，把他掼到了墙上，他的鼻子差点儿被砸进他的脸里，鼻血流得衣服都被染红了。另外两个家伙吓呆了，我父亲给了其中一个人一个大耳光，把他扇得蹲在了地上，另外一个被踢在肚子上,在地上打了两个滚。"

"哇——"

"当时我也是这样的反应,呀,好厉害!父亲平时经常一天几乎说不上一句话。那天他修理完那几个小子,盯着我看,我很惭愧,我觉得自己很丢脸,我后悔自己没跟那几个家伙决一死战,现在我在父亲眼里,是懦夫、蠢货、垃圾。我差不多能看到涌上他舌尖的话语:'我没有你这样的儿子,滚蛋!'但他什么也没说,他拉了我一把,让我站稳了,冲我点一点头,说了句,'去上学吧',转身走了。晚上我放学回家时,他也没提这件事。说来也怪,这次事情过后,再也没有人欺负我了。虽然我照镜子时,看到的还是原来的自己。"

我们从新民大街转到松苑宾馆。开车的话,是一个很大的弧形,如果直线走路,其实并不算远。这里有栋老楼是当年日本关东军司令的宅邸,一样是庭院阔朗,树木高大。楼是欧式建筑,有尖状塔楼、老虎窗和壁柱,外墙的棕褐色面砖和灰白色沙岩石形成了色彩上的对比,正门入口处修建了喷水池。

这栋宅邸建成以后,没有谁能住得长久,第一位是南次郎,然后是植田谦吉、梅津美治郎,山田乙三是最后一位入住的日本高官,他从这里被苏联红军押到了南湖的战俘营;他前脚被押走,苏联红军的司令官后脚就住了进来,但很快,苏联司令官也离开了,国民党的一个军长变成这里的临时主人。这栋楼的际遇,应了那句老话:铁打的营盘流水的官。庭院中的景致倒是岁岁年年相似,流水落花,空自嗟呀。

老房子里面,通常藏着些老故事。这栋楼也不会例外。战争年代,生离死别都是常态。但官方资料上面鲜有记载。现在这里变成了酒店,人来人往,雨打风吹,又有多少人关心这里面曾经发生过什么。

酒店大堂有个用屏风隔开的茶吧,很清静,我们去喝了杯绿茶,新茶和热水是分别端上来的,我们自己把茶叶倒进杯里,然后看着杯底的小小碧螺,慢慢舒展开来,变成鲜嫩的叶片,水变成了浅淡的绿色。

我对小野先生说,去年我和莉央在这里喝的是红茶,那时候是秋天,院子里枫叶正红,是另外的景致和心情。

当时莉央就住在这个酒店,我按约定的时候过来跟她见面。"你的心跳得很快，"我们坐下后，莉央看着我说，"你正在经历一些事情。"

我愣了愣，她说得对，前一天夜里我几乎没睡，心脏就像抗议似的，时不时地闹闹脾气。莉央是看出来的吗？心脏是由骨骼肌肉皮肤包裹着的，还有一个橱柜似的胸腔，而这些又都隐藏在衣服下面；我更相信她是感觉出了什么——

"我读出来的。"莉央镇定而又从容，直视着我。

"——怎么读出来的?!"

莉央说她最近参加了一个小组，解释这个小组的性质成分过于繁杂麻烦，就算她能讲清楚，我可能也很难理解，但简而言之，现在，莉央的大脑仿佛伸出了很多无形的触角，能捕捉到很多隐秘的信息。当然，只针对她关心的人。

我讲了我最近发生的事情，粗线条地阐述，不用莉央开解，已经豁然开朗：多么简单的事情，为什么之前我却觉得身处重重迷雾？

莉央也讲了她发生的事情——要不然，她也不会想到去参加那个小组——她出轨了。那个男人比她大十几岁，善解人意，非常温柔。

"跟他在一起，我才知道什么是爱！"莉央的语气变成了窗外的秋日暖阳，她的表情也被浇铸了阳光似的，有着黄金般的质感，"有那么半年的时间，每一天都很幸福。"

她跟她老公说了一切，然后从家里搬了出来。她现在没有办法专心写作，她要打两份零工赚钱付房租，养活自己。

"那他呢？"

"他离不了婚，即使离婚了，他也不会跟我结婚的。"

"这算什么啊？"我替她不值。他把她领到井底下，割断绳索就走了。当然，以"爱情"的名义。"你不恨他？"

"你怎么可能会恨一个教会你爱的人呢?!"

"您和莉央，"我问小野先生。"是怎么认识的？"

"我们在同一个大学参加创意写作班。"

"您不是研究历史的教授吗？怎么会去教创意写作？"

"我不是去教课，是去上课，"小野先生解释，"我教历史课，历史是浩荡博大的，它们记载的是大事件和大人物，可是，普通人在历史里面，像一粒灰尘，什么都不是，它们能起的作用可能是让历史学家们因为灰尘过敏而咳嗽几声，可有的时候，在某些光柱里面，这些灰尘是能够被看见的，它们微小、轻盈，在光影里面颤动，舞蹈。我想，或许学习好写作技巧，就相当于有了一束能让灰尘显形、跳舞的光吧。"

"您想当作家？"

"不敢当，想学习写作。"

"可是，"我想起另外的事情，"莉央是很成熟的作家，她好像不需要参加写作班啊？"

"她不是学员，她是授课教授的助教。而那个教授是我大学的同事。我们三个人经常在下课以后，去居酒屋喝一杯。"

"我和莉央是在中、日、韩三国的笔会上认识的。她看到作家简介上面写着我来自长春，就来找我，她的汉语把我吓着了，后来我才知道，她是在长春上完了初中才回的日本。"

"是的，"小野先生点着头，"我们聊过很多关于长春、关于战争的话题。"

"除了长春和战争，你们聊过别的吗？"我看着小野先生，非常非常想问他，"比如说爱情？婚姻？"

出门的时候，我把话题又转回建筑上来。现在的长春宾馆，其中有栋楼也是伪满时期的建筑，曾经是日本高官们欢聚的俱乐部，里面有个能容纳百人的小剧场，还有适合开派对的客厅，水晶吊灯，图案漂亮的地毯——对了，那栋楼的门楼很别致，很多摄影师都去拍过照片。有些年轻人拍婚纱照也会去那里。

长春宾馆对面原来是一个日本官员的私人宅邸，日式建筑，一条环形走廊把房间一间间连起来，走廊和所有的房间都铺着木条地板，上面刷着油漆。我曾经工作过的杂志社就在这套老房子里办公。后院有个天井，种着花花草草，下雨或者下雪时端杯热茶看着窗外，既文艺又治愈，那个地方适合棉布、丝竹音乐、老电影、忧伤以及沉默。十几年前这套宅邸被拆掉了，取而代之的是巨大火柴盒似的高楼。那个宅邸被连根拔掉，再也不会生长故事和情绪了。

我们在伪满皇宫呆了一下午。

这个地方我平均一年来一次。每次来，发现它都有变化，首先是越变越大——不知道它原本就很大，正在逐步复原呢，还是为了日益繁荣的旅游需求，变得越来越大——其次是越变越新，很多家具和用品都是新的，刻意做旧后摆在那里，结果就像涂了脂粉的脸，没有变好看，还失去了本色。

伪满皇宫是溥仪帝国梦的最后一程。真正操纵这个地方以及溥仪本人的，是当时的日本政府。无论是末代皇帝还是傀儡皇帝，都难脱悲伤和绝望。溥仪在长春住的房子和办公场所，房间狭小，空间逼仄，气息破落凋零，其中一个天井，一棵树生得很好，但风水师说了，这恰恰是个"困"字。溥仪幼年少年都是在紫禁城里度过，纵使清末民不聊生，但他登上大位时，瘦死的骆驼比马大，气派还是有的。流落到长春这个伪满皇宫时，帝国于他，只剩下一个梦了。这是他的囚困地和伤心处：对外他是个摆设，是日本人的牵线木偶；对内，婉容不只是跟他情感破裂，还有了私情和私生子；他惟一的情感慰藉谭玉玲，得了场感冒被日本军医借机害死，他连替她讨个公道的机会都没有。末世的皇帝都悲凉，故国不堪回首，愁情一江春水向东流。

旧楼，做旧的家具，蜡像人物，小野先生都看得很认真，但真正让他驻足的，是游客们最走马观花的展览厅。厅里挂满了很多当年的老照片，有原件复制品，也有放大件，黑白照片时间久了，变成了浅黄色，加上翻拍，人影有些恍惚。

每张照片都认真地看过，尤其是有很多人的群照和合照。我在他身后跟着他，发现最吸引他的是那些次要人物，他们站在照片的后面或者边缘，为了认清他们，小野先生戴上了眼镜，一会儿踮起脚尖一会儿弯下腰去，一会儿蹲一会儿站，有时候靠得太近，鼻尖都快要贴到照片上了。

"您在找什么人吗？"我问他。

"啊，"小野先生好像考试打小抄被人抓住那样，笑了，"我父亲年轻的时候，曾经在长春服役过，我在想有没有可能因为某种机缘，他被拍下来过。"

"哦。"

小野先生是天真，还是忘了时间距离？一百年前，拍照是个大事儿。哪里像现在，人手一只手机，有的人还不止一只，随时随地拍，什么都拍。就算他父亲被拍下来过，他认不认得出也是个问题，人的面相在一生中变化是非常大的。

"我也知道,这想法很愚蠢。"

说是这么说,在下一张照片面前,小野先生又像翻出多年前毕业照那样,目光从一张张脸孔上筛过。

"小野先生——我是说您父亲,当年是做什么的?"

"是高级将领的卫兵。"小野先生说。

怪不得他和莉央能成为好朋友,他们确实有很多很多话题可以聊。

日本投降的时候,有一些日侨由于种种原因没能回国。莉央的外祖母死在长春,母亲直到"文化大革命"结束才回去,莉央一度被寄居在亲戚家里,80年代末被接回日本。莉央在长春时,有自己的中文名字,很多人都不知道她是日本人。第一个知道内情的男同学是她的初恋。

我们在展厅里花费的时间太多了,出来的时候已经到了闭馆的时间,也是下班的晚高峰时间。伪满皇宫周围,集中了几大批发市场。光是服装城就好几栋楼,此外还有餐具厨具、日常用品、生鲜食品等。行人、货物、私人汽车、公交糅杂在一起,就像滞重、黏稠的胶带,把交通焊住了。

"我在照片墙那里耽误太多时间了,"小野先生跟我说,"太抱歉了。"

我和小野先生在车里聊起另外一位小野先生。

"他是哪年在长春的?除了长春,还去过哪里?"

"他1940年入伍。1945年战败后回国,在长春的时候,在关东军司令部服役,"小野先生说,"那以后他去过哪里,我也不知道,他从来不说。"

"那您是怎么知道他曾经在长春的?"

"是他战友说的。"

小野先生高中时,父母离婚了。他妈妈跟别的男人好上了,留了封道歉信,离家出走。他问起妈妈去哪儿了,老小野先生把信给儿子看了一下。

"这么多年忍受着我,"他说,"辛苦她了。"

当时还是高中生的小野先生不知道说什么才好。父亲是个无趣的人。母亲经常跟他抱怨。他自己也感同身受。在家里父亲很少说话,也没什么笑容。惟一的爱好就是读书,似乎也没有什么目的,只是读而已。有心事的时候,父亲独自坐在客厅窗前,或者门外木廊台上,一坐就是几个小时。父亲从来没讲过笑话，逗家人开心，也从来没对妻子甜言蜜语过，父亲好像从来没注意到她是个端庄雅致的女人，性情温良，厨艺极佳，她出门买东西时，男人们的目光总是围着她转。

小野先生停顿了一下，难为情地笑了笑，"您是作家，说出来只怕您也能理解。"

小野先生小学的时候就发现过妈妈出轨。那是樱花季的一天，下着雨。他放学买文具时，换了一条路回家，在一个胡同口，看见妈妈跟男人在伞下拥抱。那个人好像在讲什么好玩的事情，他妈妈笑软了身子，倚在那个男人身上。他转身跑开了，他怀疑妈妈也看见了他，他不知道怎么办才好，心乱得像那一地被雨打落的花瓣，在外面磨蹭了一个多小时才回家。

他妈妈正往饭桌上摆晚饭，笑着对他说，"你回来了？"

他父亲那天没回家吃晚饭，这让他松了口气。母亲像平时一样，边吃饭边讲讲鱼店老板的玩笑，菜店伙计的闲话，茶叶店老板夫人的新衣服。她是那么神色自若，小野先生想，她其实一直在外面谈恋爱吧。

"我能理解母亲，"小野先生说，"母亲像朵花，父亲像块冰，冰不能滋养花朵，泥土、水、阳光才可以。"

但他同样理解母亲。父亲固然没有优点，但也没有缺点。他是银行职员，工作兢兢业业，不争不抢，深得上司和同事们的喜欢。家里需要男人做的事情，他做得一丝不苟，邻居家的事情也都帮忙做。他不酗酒，不打骂妻子儿子，也几乎没发过脾气。妻子花钱他从不限制，也不过问。妻子离开时，从他那冷静理智的反应来看，他或许早就知道她出轨。跟这样的男人生活在一起，小野先生的母亲只怕是怀着一种"食之无味，弃之可惜"的心情吧。

老小野先生对儿子只有一个要求，好好读书，考上好的大学，能一直深造下去。小野先生年少时，以为这是父亲望子成龙的心情，后来发现并不是。他父亲并不在乎他是否出人头地，他只是希望儿子能通过知识变得强大。

少年时代，小野先生如果考试考得好，不只能得到零花钱，他父亲还会让妻子买牛肉和贵重的鱼回来吃。他妈妈离家出走以后，他考出好成绩的时候，老小野先生会带他出去下馆子。

有一次他们去吃寿喜烧，遇到了老小野先生的战友。

他们坐下来点好了餐，陆续上菜的时候，一个包着头巾的男人从厨房出来，拍了老小野先生一下，"我看着就像你！"寿喜烧店老板激动地说，"我想过也许哪一天你会走进我的店，原来就是今天啊！"

"我记得父亲当时的样子，"小野先生说，"他的脸瞬间白了，整个人就像被咒语定住了，那个人好像没注意到这个，在他身上又拍又打的，父亲慢慢缓过来，恢复正常。"

那个人跟老小野先生年纪差不多大，但性格截然不同，当年他们一起被征入伍，一起到了中国，战败后回了日本。他们拿到遣散费抚恤金，老小野先生利用当时对退伍军人的政策，去上了大学，读了个学位，毕业以后在银行当了职员；他的这位战友则开了寿喜烧店。

他们喝了一下午的酒，大部分时间，老小野先生只喝酒，不说话。即使他想说，只怕也插不上嘴。寿喜烧老板话又多又密，话语从他的嘴里倾倒似的奔涌而出。他们是在去中国的船上认识的，因为大风，他们在海上颠簸了一天一夜。他们的心情也像海浪，对异国他乡，对战场，对生离死别，思绪波涛翻涌。很多人都吐了，哪怕什么都不吃，也吐个不停，满嘴苦涩。他们没想到参军以后第一次对他们进行袭击的是海上的暴风雨。

在长春，他们俩在一个小分队，经常一起执勤。他们被长官骂过，被扇过耳光，也被踢过；他们一起去电影院看过电影，最喜欢的女演员都是山口淑子；他们一起去过妓院，为了掩饰心里的紧张，他们讲话很大声，说任何话之前先骂别人是蠢货、混蛋。他们都没想到，苏联红军打过来的那天，从飞机上扔下来的第一颗炸弹正好落在那个妓院；他们还一起杀过人，三个中国人，中国人死前的哀求声哭喊声现在还经常出现在他的梦里，还有中国人的血，那么多的血，像红油漆一样，弄脏了他们军靴的靴底——

那天他们喝了很多很多酒。开始的时候，寿喜烧店的老板娘把酒烫好后端上来给他们，顺便把他们喝空的酒壶拿走——她还应丈夫的要求，为小小野先生多上了两盘牛肉——后来太晚了，她不再出来了。寿喜烧店老板摇摇晃晃地抱来一坛清酒，打开后，把桌子上所有的空酒壶都倒满。

老小野先生醉了二天，他在房间里沉睡，偶尔起来喝杯水。银行的电话打到家里来，老小野先生从来没有无故不来上班，他们不知道他发生了什么事情。小野先生替父亲道歉，说他感冒发高烧，头脑不清醒，没有及时请假。

老小野先生酒醒后，瘦了一圈儿，脸色灰败，仿佛大病初愈。

小野先生试图跟父亲聊聊，他对那天酒桌上所有的故事都很感兴趣，他试着提了几次话头儿，但他父亲就像没听见似的。他在垃圾桶里发现父亲扔掉了那天离开时寿喜烧店老板塞进他衣服口袋里的名片。于是他明白，父亲再也不会去那家店了，偶然被推开的回忆之门，被父亲重新关闭了。

两年以后，他考上了大学。老小野先生以方便学习为理由，建议他在学校附近租房子住。假期的时候，他打工赚钱，跟朋友结伴旅行，回家也只是待上一两天就离开。他又去过那家寿喜烧店。老板娘没认出他来。他自我介绍了一下，提起那个喝了无数清酒的下午。

老板娘告诉他，三个月前，老板突发心梗过世了。前一天夜里他喝了很多酒——他天天喝，喝多也是经常的——早晨起床时，让妻子给他倒一杯水，她端着水杯走到他身边时，他抬起来的手臂突然垂落下来，眼神儿飘向她身后，"就好像我身后站着什么人，"她说，"把他的魂儿从身体里吸走了。"

小野先生大学毕业的时候，老小野先生来参加毕业典礼。典礼结束后他们一起去吃日本料理。小野先生对父亲提起他曾去过寿喜烧店，告诉他他的战友去世了。

"——死在自己的床上？"老小野先生问。

是的。

"死在洁白干净的床单上？"

小野先生不知道寿喜烧店老板家的床单是什么样儿的。洁白还是蓝色，有条纹还是印花图案。

"他不配，"老小野先生说，"我们都不配！"

老小野先生20年前过世。他给小野先生所在的办公室打电话，请他那天晚上务必回家。小野先生下课后回到家，发现父亲穿着和服，雕塑般地坐在窗前，他叫了一声，没有回应。走到跟前才发现不对劲儿。

老小野先生把家里的东西都处理掉了，日用品杂物衣服鞋一样没留，房子空空荡荡的，他的身边只留了一盆兰草，遗书夹在草叶之间。

"他抹掉了他所有的生活痕迹。"小野先生说。

随着小野先生的讲述，汽车像一粒胶囊，在城市的胃肠里时快时慢地移动，夕阳的光一度强得让我们放下遮阳板，眯起了眼睛，而当我们来到预订饭店的门口时，天空的蓝色变得幽远深沉，夜晚前的光线平易柔和。

晚餐我订在"长春1939"。在停车场停好车，往里面走时，一个穿马褂的男服务员替我们撩开了门帘，朝里面扬声喊道："贵客到——"声音朝店堂里面一直飘摇过去。

餐馆的装修更像个博物馆或者杂物馆，走廊设计成了百年前的老胡同，包房弄成了民国时代各种店铺的门脸，米店、布店、药店、杂货店，应有尽有，除了招牌，墙面上还贴了些旧海报和老照片。胡同中间铺了条有轨电车道，车是小型的，最多能坐四个人，移动的速度比人步行还慢，一路"咣当，咣当"响，眼下坐在上面的是两个七八岁的小朋友。

"餐馆为了强调特色，打怀旧牌，形式大于内容，"我对小野先生说，"有些虚假，但感受一下也无妨。"

"您太费心了，"小野先生冲我点头，打量着四周，感慨了一句，"时光走廊。"

往包房走时，他很认真地打量墙壁上面糊的老报纸和海报。

"很有意思。"他说。

"是什么契机，让您有了写作的念头？"吃饭的时候，我问小野先生，"如果我没猜错的话，您是想写写您父亲吧？"

"是的，"小野先生点点头，"当初考大学时我报了历史系，跟金融、国际贸易比起来，这是个冷门儿、很不受人欢迎的专业，可我觉得很有意思，回过头来想想，这其实是受了父亲和他那位战友的影响。寿喜烧店里那个夜晚的谈话就像一出戏剧，虽然我只看到几个碎片儿，却被深深吸引住了，我想知道更多的故事。"他顿了顿，又说，"如果我父亲是另外一种性情，比如说，像那位寿喜烧店老板一样喜欢回忆，喜欢交流，喜欢讲述。那我还会不会去学历史，研究东北亚的前世今生？可能恰恰是因为我父亲什么都不想说，我对历史才那么感兴趣。"

为什么他保持沉默？为什么他撑了那么多年，80岁的时候选择了自杀？那场在小野先生出生前就结束了的战争，从未在老小野先生的生命中结束，它微缩成了一个刺猬潜伏在老小野先生的体内，跟它战斗花费了老小野先生太多的精力，因此他无暇顾及妻子的出轨，对儿子的成长也关心有限。

年纪越大，对历史研究得越多，小野先生研究父亲的兴趣也越来越浓厚。最让他难以释怀的不是父亲的自杀，而是老小野先生对自己生活的清零。他是以什么样的心情，把一切杂事处理好，在空无一物的家中孤寂地死去？一想到这个小野先生就内心酸楚，为了缓释这种痛苦，他想改变一些东西，或许他可以用字词和叙述把老小野先生清除掉的东西一点一滴地还原回来。

"我知道这样做会漏洞百出，"小野先生说，"即使如此，也总好过一片虚空。"

吃完饭我们离开餐馆时，走到门口处，小野先生停下了脚步，他回头打量着拥有有轨电车的这一条仿古街道。

"假如真的有时光走廊，"小野先生问我，"我在这条走廊里遇见父亲，您猜会发生什么？"

我想象了一下，"——他会装作不认识您。"

"没错！"他双手击掌。

我们一起笑，笑得很大声，笑得停不下来，到最后，小野先生的眼泪都笑出来了。

（原载《人民文学》2021年第2期）

恍惚概要

◎ 刘 汀

2020年的春天，人们几乎都被病毒关在家里。除了每天必要的通风，他们几乎是彻底把自己封存起来，像冬眠的动物，或者缩在蛹里等着破茧而出的蚕。可以预见，在以后许多年的生活中，只要一想起这个春天，他们的耳朵里响起的第一个音节都是"咔哒"——锁簧被钥匙咬开的呻吟声。日复一日，他们昏昏沉沉地睡去，再迷迷糊糊地醒来，透过尘迹斑驳的窗玻璃，眼瞅着外面的树一点一点从枯黄变得嫩绿，再变得郁郁葱葱、蝉鸣叶噪。

仲春之后，疫情稍解，动物们终于渐渐醒过来，先是窸窸窣窣地下楼，继而走出小区，在附近的公园里伸胳膊蹬腿。最先醒的是孩子，他们早就憋坏了，天天求大人带他们出门，玩水挖沙子捉小蜗牛、骑滑板车在公园的小路上飞驰，干什么都行。

长久的穴居生活，让人的时空感受发生了隐秘而轻微的改变，那是一种不易察觉的、甚至有点愉悦的眩晕感。

贺云也如此。

尽管此刻已是深秋，偶尔想起春天的时光，恍惚仍然是他最主要的感受。首先是人们都戴着口罩，仿佛这个世界的一半都因此消失，他只能看见躲闪、戒备的眼睛。这种情形下遇见的人和事，都像是在梦中，一个真切得让人疲惫厌倦的梦，一个找不到缘由的梦。其次呢，是夏天刚刚过完，他就搬家了，离开了住了七年的老旧小区。新租住的房子附近都是高楼大厦，临着四环，晚上睡觉时，喧嚣的汽车声如荡漾在头顶的水，覆盖着他的全部感官。他总觉得身下的床在微微颠簸、旋转。多年前，从老家去学校要坐长途卧铺车，车在深夜的盘山路上左摇右晃，就是这种感觉。但只过了一周，他就习惯了新家的一切，再想起旧居时，印象竟然模糊了。新搬去的那家人，还好心地拍了照片发给他，房子还是那个小房子，家具也基本上没变，可看起来像从不曾在那里待过一样。人其实没自己想象的那么恋旧，对过去的记忆总会被新发生的事覆盖甚至替换，像地壳，不管深层里埋着什么样的石头、矿物，人们都只看见表面的浮尘和枯叶。那才是人对生活最主要的感知。

中秋节前一周，他带孩子去旧居附近的公园上最后一节轮滑课。课还是疫情之前报的，也因为疫情的关系，六月末才开始学，学到一半，北京新发地疫情暴发，又停了一个月。八月份终于正常开课，连着上了几次，搬家时还剩最后一节。他的想法是不上了，孩子已经掌握动作要领，滑得还不错，没必要再去上一节。但孩子妈妈不同意，说我们交了钱的，又不给退，凭什么不上？他从来没有她这种毫无顾忌的笃定，遇到什么事，他都是能将就绝不强求。于是说，好，那就上，反正也不远，骑电动车都用不了二十分钟。

下午四点钟的太阳，完全没有秋老虎的样子，倒像一只毛发光洁的猫，明亮温顺。儿子晓晓穿好装备，很快跟着教练和几个小伙伴滑起来。他们像一群贴地飞行的燕子，穿梭在公园的水泥小路上，轻盈迅捷。晓晓在队伍的前面，速度很快，猫着腰，"嗖"的一声从他身边滑过，带起的秋风让他的脸有了几秒水洗般的凉爽感。他突然想抽根烟，刚把烟盒掏出来，晓晓又一次从他身边疾驰而过。望着晓晓的身影，他走到不远处大树下的一个长椅坐下，粗壮的树干挡住了他大半个身子。晓晓不喜欢烟味，他曾答应他尽量少抽烟的，所以，还是别让儿子看见的好。

他点好烟，救命般地深吸了一口，阳光把他喷出的烟雾打上了一层光晕。吸烟和暖阳都让他放松，发福的身体不自觉地沿着椅背向下瘫了几厘米，到了一个相对舒服的位置，停了下来。烟抽完，他很快陷入恍惚中。正飘飘渺渺着，猛然一惊，春天的奇特遭遇瞬间从记忆里跳脱出来。那真是他四十年生活中经历过的最诡异的事，连电影电视里都没听过、看过，他一度以为那是梦，但不是。

也是这样的天气，也是这张椅子，只不过太阳和微风是春天的。那时候，第一波疫情基本结束，整个京城气氛渐渐松弛下来，小区已开放快递员进出。每天妻子去单位上班，他居家办公，顺便带孩子上网课。午饭后，晓晓休息一小时，三点左右，两个人去小区附近的小公园活动。这是他一天中难得的轻松时刻。

那天和往常一样,晓晓跟小伙伴在沙坑里挖沙子、堆沙堡;旁边一群带孩子的老头老太太,终于不用时时刻刻盯着孩子,使开了小音箱,跳起舞来。昨晚打游戏熬到二点,他有些犯困,躺在长椅上想眯一会儿。

并没有睡着,处在将要入睡但仍然清醒的恍惚阶段。他感到有个高大的影子站在面前,挡住了原本就细细碎碎的阳光,一抬眼,看见一张戴着口罩的脸。他恍然想起,自己刚才见周围人不多,把口罩扯到了下巴位置,赶紧又拉起来,顺势坐直了身子。

贺云?那个人问。

哦,我是,你是……他有点儿蒙。他本来就有点脸盲症,又加上口罩,实在认不出是谁。

我是黄耀啊,大学同学。那人说。

他并不确定,但是记得大学确实有个叫黄耀的同学,住隔壁宿舍,喜欢打篮球,个子高得能扣篮。

黄耀见他犹犹豫豫的,果断把口罩摘下,露出整张脸。

那是一张完全陌生的脸,跟记忆中对黄耀的模糊印象对不上——只是,他也不敢说自己的记忆可靠,毕竟已经十五六年没见了,当年也不是朝夕相处。这个人年龄看起来有点儿大,至少比他大,头发浓密乌黑。黄耀不是少白头吗?他记得当年的班级里,自己才是年纪最大的那个。此人唯一和黄耀一致的是身高,贺云站直常年微驼的腰,才到他下巴颏。这说明,许多年过去了,他们的身体要么是一点儿没变,要么是按照一定比例同时变矮了。

黄耀也掏出一盒烟,弹出一根,他很自然地伸过打火机,给他点燃。黄耀坐下,然后,在带着特殊香味的烟雾中,说起共同的同学,说起学校里的老师,说起2003年闹"非典"的时候他们一起去打篮球,他给了贺云一个大帽,把他扇在地上。很不幸,贺云倒地时碰到了头,造成了轻微的脑震荡。也是黄耀把他背到校医院里看大夫。大夫开了一瓶防眩晕的药,就让他回去了。黄耀还要背他,他实在不好意思,坚持自己走,走得歪歪扭扭,像是一个看不准路的醉汉。

这些事他记得很清楚,黄耀所描述的跟记忆中一模一样。黄耀还说起很多上学时候的事,也全都对得上,除了他的样子,其他一切都严丝合缝,无可怀疑。

聊了一会儿之后，他告诉自己别再去想长得像不像这件事了，这世界总会有些你了解不到的情况，也总有些事儿不在你想象之内。再说，一个人样子随着时间的变化而面目全非，也不是没可能。所有人都在变，只是自己没注意罢了。有时候，他翻看十几二十年的照片，不是也会对当年的自己产生疑问：那是我吗？

黄耀竟然跟他住同一个小区，也是带女儿出来玩儿的。黄耀指给他看，那是个穿着蓝色艾莎公主裙的小女孩，四岁左右，正把一桶沙子倒在塑料制成的沙漏上。沙漏齿轮转动，细密的沙子滑向沙坑，很快形成一个小小的沙堆。小女孩抬了抬头，他刚好看见她的脸，这张脸和他记忆中的黄耀很像——高颧骨，尖下巴，大眼睛。于是，他心里想，这个人应该就是黄耀。

接下来的聊天主要是黄耀说，他只有听的份儿，既是插不上嘴，也是因为不少事已印象模糊，无从说起。上大学时，从来不知道黄耀记忆力这么好，每讲起一件往事，他不但记得细节，甚至能把当时的场景完整地复述出来。一开始，黄耀说的人和事他都能想起些许片段，但随着过去浮现得越来越多，他竟然一片空白和茫然了。黄耀说得确凿而肯定，让他甚至怀疑自己脑子出了问题。老年痴呆？怎么可能，家族没有这个遗传，再说自己才刚过四十岁，远不至于。没有人能记得所有事情，不是有科学家说么，人的记忆都是选择性记忆，你只会记住想记住的事儿。他心里默默安慰了自己几句。

黄耀说起一件当年轰动全校的爱情惨案。黄耀说，有一个体育系喜欢攀岩的男生，为了跟一个美丽的女孩表白，竟然徒手爬上女生宿舍楼四楼。体育男孩挂在窗台上，为了显示自己的英武，只用单手抠住窗沿，另一只手挥舞着一束花，大喊"我爱你"。整栋楼的人都吓一跳，不知道什么情况，五楼有人猛地开窗子，碰倒了一个花盆。花盆从身旁坠落时，男孩一恍惚，手松了，直接掉在水泥地上，摔得脑浆迸裂。

他对这件事毫无记忆，只能耸耸肩膀，给出一副听故事的表情。

黄耀摇摇头，说，怎么可能，你跟他追求的那个女孩很熟，你俩在学生会是同一个部门的，还一起主持过迎新活动。经黄耀提醒，他想起了那个女孩，也想起了她的名字，好像叫游弋。但是，她的模样很模糊，似乎——跟美丽不怎么沾边,那应该是个头发很长、个子很小的女孩,永远一副衰衰的表情。听说,她因为从小体弱多病,对什么事都充满悲观。她总是觉得自己活不过二十岁。

自从不再纠结黄耀改变的模样之后,他对那些无法在记忆中找到留存的事儿,也都不在意了。他也开始尝试着说一些自己印象深刻的大学往事,得到了黄耀热烈的回应。两人像所有老同学重逢那样,聊得火热开心,直到孩子们跑过来说饿了,想回家。于是一起回小区。黄耀住在17号楼,他住13号楼,两栋楼之间只隔着一个自行车棚。后来又知道,黄耀站在自家的阳台上,能看见他家的后窗。黄耀说,我经常看见你在厨房做饭呀,颠勺的姿势很专业嘛。他嗯了一声,心里挺不自在的,感觉像是被偷窥了一样。厨房在家里的一个拐角,朝北,通风不好,他做饭时常常把窗子全部打开。自从黄耀说了之后,他就很少开窗了,宁可热得满身汗津津的。后来,他还装了一个简易的窗帘,一进厨房就拉上。

因为他跟妻子也是同学,所以她自然也认识黄耀,继而就认识了黄耀的老婆,两人还成了闺蜜。有一天晚上,他们两家人一起在附近的饭馆吃饭,回家之后,他问妻子:

"你有没有觉得黄耀变了?"

妻子不明所以,说:

"啥变了?"

"我是说他跟大学时不一样了,你没发现吗?"

妻子想了想,又摇摇头说:

"大学的时候,我跟他也没什么接触,还真记不太清。人总是会变的嘛,这不奇怪。"

他又说:

"我怎么都感觉他不是黄耀,或者和当年跟咱们一起念书的黄耀不是一个人。"

"你是不喝多了,还是发烧了?"妻子说着赶紧摸摸他的额头,虚惊一场,不热。还在疫情期间,如果真是发烧,可不是小事情。

北京的管控政策越来越松弛,小区能随便进,不测体温,有时连健康码都不看了。很多演出场所和户内活动也陆续开门营业，一切都在向过去的轨道靠拢。两家人的集体活动越来越多，要么是去看电影，要么是去奥森公园玩水，或者只是在小区外的公园玩玩沙子。又过些日子，两家女人不知道怎么说起和决定的，打算周末去古北水镇，还要在那里住一晚。

两家都没车，黄耀说简单，去租车，这会儿便宜得要死。就租了一个七座车，六个人坐绰绰有余。

不比往年，古北水镇游客不多，挺适合带着孩子随意走走看看。各类店铺门庭冷落，以前热闹的戏台子也空着，景色倒是不错。午后，天下起毛毛雨，两个孩子的兴奋劲儿过了，也逛累了，就说直接去旅店吧，饭也在那儿吃。由于订旅馆的时候没细问，住的地方并不在古北水镇，而是在镇子外半山腰建起的一栋民居。小区建在山坡的平缓处，再往下就是土崖，雨雾中远远看去，有点儿世外隐居的意思。小区没有多少住户，见到的人都拖着行李箱，显然是跟他们一样的游客。他们订的房间是个复式，楼上楼下两层，有三个卧室，足够住。

那天晚上，孩子们一起玩，大人就感到放松，点了丰盛的外卖，黄耀还变魔术一样掏出了一瓶赖茅来，说：咱哥儿俩晚上喝点儿。他平常不太喝酒，但现在是休假，第二天不上班，也没什么操心的事，不喝点儿酒好像说不过去，就说，我酒量浅，只能喝一点儿。他其实酒量还好，只是怕喝醉，一喝醉就断片，第二天醒了头不疼、胃也不难受，就是记不清喝酒之后的一切事。断了几次，他便控制着自己尽量别喝到这一步。

黄昏时，山野水汽氤氲，灯光加重了雾霭霭的感觉，让整个世界显得不够真实。吃过饭，女人们带着孩子睡了，他俩还在喝酒，那瓶酒总也喝不完的样子。其实是他们喝得慢，一小口一小口地抿，后一杯酒还没喝下去，前一杯都快分解掉了，所以始终保持着一种醉而不倒的舒服状态，人就彻底放松下来。夜色深浓时，他们喝到半醉，意外发现从阳台上能直接看见长城，而且，晚上灯亮起来，长城远望如蜿蜒火龙，伏在山脊上。好像就是从这一刻开始，酒下得快了，不过两人都没注意。

黄耀先醉的。黄耀似乎一直在等这样的机会，开始滔滔不绝讲起自己这些年的生活，平凡中有波澜，挫折里有希望，至少是自以为有希望。黄耀说，大学毕业不久，他就和同级不同班的女友结婚了——你应该认识，就那个不管冬夏，永远穿着裙子和高跟鞋的女孩。她的高跟鞋踩在阶梯教室的台阶上，哒哒哒响，这时整个教室的人都会屏气凝神听着——人他一时半会没想起，但哒哒声有印象，清脆响亮。两个人蛮幸运，毕业时工作都找到了福建的一所中学，工资不错，只是辛苦，一周要上六天班。他们毕业就结婚，日子过得平静如水。一年后，老婆有一天回来，突然跟他说要离婚。黄耀有点儿发愣，日子不是过得挺好、挺正常吗，怎么就要离婚？老婆说，就是因为过得太正常了，没有激情。作为中学老师，一切都是按部就班，连穿衣服都有限制，不能烫头发，不能戴首饰，裙子必须过膝，学校的钟声总是定时响起，不论冬夏。家庭生活也没有新鲜感，她撑不住了，不想再这样过下去。

黄耀不想离，老婆也不跟他闹，但从此再没和他讲过一句话。

"是真的一个字都不说，"黄耀耸耸肩说，"就好像她突然成了哑巴。就算是哑巴，也可能支支吾吾、比比画画的，她没有，连个语气词都没有，一个冰冷的机器人。"

几个月后，黄耀知道一切不可挽回，便认了，好在两人还没生孩子，也没买房，住的是学校的周转房，财产对半分掉，手续很快就办好。

"像两个合租的人一起退租了。"黄耀说。

然后，黄耀只身北上，回到了北京，又去财大读了一个市场营销的硕士，毕业后进了中关村一家科技公司。再然后认识了现在的妻子小婉。小婉是他带的一个实习生，比他小五岁，还没转正就转化成了老婆。

这些故事听着也无甚特别，他认识的人里，大都是如此，有的结了，有的离了，有的离了又结。有关黄耀和前妻——也是他们的同学，他想起隐隐约约听过另一个版本，当然是女方的说法，和黄耀讲的不尽相同。他不好判断谁说得更真实，或许，这些事就没有一个所谓的真实，每个讲述者都觉得自己说的才是真的。

说着说着，黄耀变得很伤感，甚至哭起来。

面对一个接近一米九的中年男人的眼泪，他有点儿不知所措。他本就不太会安慰人，何况是一个曾经并不特别熟悉，多年后重新接上头也没多久的同学。除了大学生活和孩子，他俩找不到其他共同语言。黄耀重回北京后的生活，跟他差不多，就是城市里的工薪阶层，收入不多不少，日子不咸不淡。只是，这无法成为他们的谈资。据老婆说，黄耀后来的妻子小婉人很好，相当能干，而且上进，现在在一家大型培训机构做财务，最近想晋升为注册会计师，正准备考会计证。他不知道黄耀到底经历过什么糟心事，就刚才所谈，似乎不至于如此难过，但你总不能让你一个悲伤的人去证明他的悲伤吧？

他沉默还有一个更主要的原因，在来之前的一天，大学班级群里有人发了一张照片。照片上有四个人，在酒桌前举着杯，一脸中年人的疲惫和笑意。发照片的同学留言说：十年后再到北京，见到了同宿舍的兄弟黄耀、浩东、老何，真是开心。那张照片上并没有黄耀，或者说，并没有他眼前的这个黄耀。他们同学群一直都不太活跃，除了有人需要打榜、投票或者拼多多砍一刀，几乎从没人说话。这张照片放出来，也无人跟进留言，连被点名的三个人都没有。他进群名单里查了查，发现通信录里并无黄耀这个人，他压根就没加入同学群。

望着眼前那张哭泣的胖脸，他脑海里仍浮动着那张照片。其他的三个人在他脑海里都清晰明确，甚至能想起他们脸上的某颗痣，只有黄耀——也不是，照片上的黄耀和他印象里的黄耀很像，虽然沧桑发福了点儿，但高颧骨、尖下巴、大眼睛一切如昨。

他把那张照片保存下来，心里一直揣着疑问，想问问黄耀到底怎么回事。

问题是，黄耀现在喝醉了，还在哭，这会儿拿出来给他看，他又能说什么呢？而没喝酒的时候，他又不是很有勇气这么干。你怎么能当着一个人的面，问他是不是他自己呢？如果有人这么问他，他肯定会崩溃的。

算了，不管眼前的这个黄耀是哪个次元的，他哭得如此伤心，而且是一种醉酒后的伤心，他不能无动于衷。对两个男人来说，唯一的安慰也只能是再次把酒杯倒满，递给他，说：都在酒里了。

黄耀喝掉酒，抹了一把脸说：那年的8月份，天奇热无比，你和几个人从学校里跑出来，去爬一座小山。

哪年？你说的是大学时候吗？

1998，你高二，就是发洪水那年嘛。

我们……你……怎么可能……他开始语无伦次，黄耀是他大学同学，但绝对不是他高中同学,怎么可能知道1998年的事儿?问题是,此前他说起的很多大学往事,有的他能记起,有的完全没有印象,但高中时的这件事,他永远记忆犹新。

"那的确是个极其闷热的夏天,在北方,夏日会炎热,但很少如此湿闷。三天的闷热酝酿了一场大暴雨。暴雨来临之前,忽然有一阵风吹过小镇高中,那阵风真是清凉极了。他们在教室里刷数学题,风把卷子吹起,哗啦啦的声响让所有人都蠢蠢欲动。几个男生果断地放下笔,跑出了教室。天空上有一层厚厚的积雨云,地面的热气蒸腾着,校园里因为比教室空间大,风反而显得小了,闷热加上蝉烦躁的鸣叫,让他们想立刻退回教室。这时有人提议说,上学校后面的小山吧,山顶上一定特别凉快。没有应答,你们几个人直接跑了起来。"

——到此为止,黄耀所叙述的都和他的记忆一致——他们到了半山腰,大雨就下起来了,天地一片混沌。几个人气喘吁吁地站下,对继续爬上去还是下山回学校犹豫不决。他的记忆和黄耀的讲述,就是从这一刻分道扬镳的。

"你说,不能半途而废,反正已全身湿透,一定要跑上山顶。他们都有点儿下不了决心,你又说了一句:你们见过山顶的雨嘛?所有人都摇摇头。那还等什么,冲啊。你第一个跑起来,然后他们也跑起来。在狂暴的雨中,山路泥泞不堪,你们随时摔倒,滚得满身泥浆,但站起来后雨水很快又能把身体冲刷干净。你们大喊大叫,仿佛要跟雷声和雨声叫板。

"但是你们并没能到达山顶,功亏一篑,被一块巨石挡在了一百米处。那块巨石像是飞来的,不知怎么就到了这里。你们不可能绕过它,也没法爬上去越过,不免有些沮丧。这时雨小了些,但仍让人难以睁开双眼。有人提议原路返回,他的鞋子已经快掉底儿了。你又提出了反对意见,你说应该找另一条路回去。还有其他的路?他们问。有,你回答。其实你并不知道其他的路,但你心里想,这个世界上的每条路都会有一条其他的路,何况是这样一个对镇子上的人来说公园一样熟悉的小山,其他的路肯定不止一条。

"于是,你带着大家从左侧向下攀爬,有时候甚至就是滑动和翻滚,像几个土豆。"

黄耀讲到这里,忽然没有了任何醉态,整个人显得冷静。他却感到酒劲儿起来了,心也有些发慌,好像黄耀正准备揭开一个无比可怕的秘密,好像他隐藏了什么见不得人的东西，而他对此一无所知。

"李宜春。"黄耀说。

"李宜春？"

"你不会说不记得了吧？"

这个名字有点儿熟悉，但他一时真的想不起来具体是谁，便没说话。

"死在洪水中的那个，记起了吧？"

他打了个寒战，一个被石块撞击得到处是伤口、被洪水泡得发胀如橡胶的身体立刻浮现在脑海。他记起来了，不只是记起了这个人，还有无数细节洪流一样从记忆中向外涌。李宜春被洪水冲走，一直到山脚下的浅滩处，卡在一棵歪脖子树上。人们第二天才发现他的尸体。他不敢再细想下去。

黄耀看着他，眼神仿佛在说：你还有什么可狡辩的？

他没有狡辩，更主要的是，李宜春的死只是个意外，和他有什么关系呢？

"他被抬到学校的时候，你偷偷趴在教室的窗口看，不敢下楼。"

"咱们有点儿喝多了。"他欠欠身，想把桌子上的酒瓶子和杯子收起来，回去睡觉。

"是你提议冒雨登山的。"

"太晚了，你也早点儿睡，明天咱们回城不能太晚，有可能堵车。"

"也是你要找其他的路的，你说总会有另一条路。"

"我得去看看，我们家那小子睡觉爱蹬被子，空调开着呢，可别给吹感冒了。"

"世界上的路，并不是都有其他路的，有时候，连一条路都没有。"

黄耀喝多了，他不想跟他说话，全是醉话。黄耀拉着他，不让他走，他不敢太挣扎，怕吵醒老婆孩子。就这样，黄耀又絮叨了半个小时，他怀着戒备，好应对黄耀突然又曝出个什么秘密。好在黄耀这回说的都是自己的事，他也就听着，没有细想其中到底有什么关联。

困意加酒意，让他的眼睛缓缓合了起来，他隐约地听到黄耀的声音，和他拉着自己手臂的感觉，而这些感觉越来越模糊……

这时，他听见有人喊：爸爸，爸爸。声音里透着急切的哭腔，他心头一震,赶紧起身向声音跑过去。半路上,他被什么东西绊倒,摔了一下。等他匆忙爬起来,一抬眼,就看见了晓晓在沙坑那里,举着断成两截的小铲子在哭。

他冲过去,问怎么回事。晓晓说,他跟旁边的一个小哥哥吵架了,小哥哥就把他的铲子弄坏了。他一通安抚,但儿子始终平复不了情绪,最后,他在口袋里找到一枚不知道放了多久的棒棒糖,给晓晓叼在嘴里,他才啜泣着慢慢安静下来。

他抱着晓晓到旁边的长椅上,让他好好坐着吃。头有点儿晕,是宿醉后的感觉,他揉了揉太阳穴。不远处的小广场上,跳舞的老人们终于停了下来,《小苹果》的旋律还在继续,他们松开彼此的手,依依不舍地相约着明天同一时间再见。

一个老头哼着歌朝他们这个方向走过来。

他看见了他的脸,忍不住啊了一声。

那是一张似曾相识的脸,他揉了揉眼睛,再仔细看,终于确认了那是黄耀的脸。

不,那是至少二十年后的黄耀的脸。他才恍然发现,自己此刻在小区外的公园里。秋天的阳光温暖和煦,草木贪婪着它的今日最后的照拂。

"黄耀?"

他试探着喊了一声。老人真的停了脚步,扭过头来。

"你是……黄耀?"

老人一脸茫然,但表情能看出来,他确实叫黄耀,只是不认识他。

"我能跟您说几句话吗?"

老人沉默了几秒钟后,说:什么事?

没等他开口,晓晓说:"爸爸,我饿了。"棒棒糖已经被他嚼碎吃光,只剩下嘴里一根细小的塑料棍儿,嵌在不久前掉的一颗牙齿留下的缝隙里。

他看了看时间,已经下午五点,的确该回去吃晚饭了,晓晓一会儿还有个网课得上。

"抱歉,"他跟老人说,"能留您一个联系方式吗?我今天时间有点儿紧张,得赶紧回去,我再给您打电话,我请您吃饭,怎么样?"

"你到底什么事?咱们不认识吧?"老人没答应他。

"应该说……我碰巧知道了些您过去的一些事,我觉得有必要跟您说说,那些也许你都忘了的事。"

老人神情有些恍惚,拍拍脑袋,说:"哎,我记性的确是越来越差了,医生说我有老年痴呆的征兆了。你是知道我什么重要的事,还是什么秘密?"

他摇摇头,说:"也不是,就是一段往事,您听听,没坏处。"

老人犹豫了一下,最终还是给了他电话,让他再联系。临走,他还补了一句:用电话号码就能加我微信。

一个人影快速地冲向他,就在快要撞到的时候,猛然刹住,停在了身前几十厘米处。是滑轮滑的晓晓,他下课了。眼前有微弱的光芒闪过,他从有关春天和春天发生的那件奇异之事中缓过神来。

哦,此刻是秋天。

爸爸,我饿了。儿子喘着气说。他渐渐看清他脸上细密的汗珠,抬手给他擦了擦。那种接触到亲人肌肤的感觉,让他心里一暖,确定此刻并不是梦境,是真实的。

我饿了。儿子又说了一句。他赶紧说,好,马上带你去吃饭。这句话让他立刻想起,自己后来并没有给那个老人打电话,甚至也没加他的微信。和老人的有关事,在被遗忘了近一个月之后,忽然间翻涌着要冲出他的嘴。他马上拿出手机,在备忘中找到老人的电话号码,加上微信。

那天晚上十点多,好友申请才通过。他赶快发信息,说自己是在公园遇见的那个人,想跟他说一个往事的那个人。问他哪天有时间,请他吃饭,边吃边聊。过了很久,对方才回了一段语音,说:好的,周六,就在地铁站附近的烤鱼店。

剩下的几天里,他都对这次见面充满不安的期待,因为要讲述老人过去的经历。"这经历是他自己讲给我的,现在我要还给他,把那个年轻的黄耀说的话,还给一个年老的黄耀。"

周六下午五点半,他们如约见面。他点了一条五香口味的烤鱼,要了两瓶啤酒。黄耀摆摆手,说不能喝,痛风很多年了,海鲜啤酒一点不敢碰。他便让服务员给他倒了杯开水。

鱼的味道不错，黄耀的胃口也很好，他吃得不多，几乎前半个小时都在跟那个没什么东西的鱼头较劲，主要是想不好怎么开始。等黄耀终于吃饱了，眼神里显出因为血液集中在胃里而大脑缺氧的发呆神情时，他问：你还记得你前妻吗？老人一下坐直了身体，眼睛瞪大，盯着他说：你……认识……是她让你找我的？

他摇摇头，说，不是，如果我说是你自己，你信吗？

老人当然不信，他自己都不信。但故事已经开始，他必须坚持讲下去，于是，他把那个晚上黄耀后来讲给他的事，一字不差地重复了一遍。

老人越听越惊讶，没等他说完，就插嘴问：这些你是怎么知道的？你见过小雅？

他说没有，是你自己告诉我的。我说的这些你都有印象？

废话，我自己的事我当然记得？老人疑惑中带着些许愤怒，他或许觉得自己碰到了一个故意玩弄他的人，恶作剧。他能感觉到，老人在一边压制一边释放自己的愤怒，至于二者的比例，他心里掌握着一个小小的开关，可以随意滑动。

那我说一件你可能不记得的事吧。他说。

老人心里的小开关停住了，不再滑动，脸上的表情是你爱讲不讲，但掩饰不住一丝希望听的表情。

"先问个问题，古北水镇，去过吗？"

老人摇摇头，说：我听说过这个地方，可从没去过，怎么了，和这儿有什么关系？

咱们一起去过那儿，咱俩还喝了大半夜酒，你都哭了，跟我说了好多自己的事。

老人对此毫无印象，愣了一下，突然笑起来：你到底想干啥？

"其实，咱俩是大学同学，你前妻小雅也是咱们同学。你俩毕业后去了福建厦门，在一个中学里教书，后来你俩离婚了。你又回到北京，读研究生，毕业后重组家庭。你有个女儿，叫小豆子。"

老人更加发愣，是那种惊讶的愣。他知道，自己说的这些情况都对得上。

"可是……我至少比你大二十岁吧？"老人说。

"这事我也说不清楚,读大学的时候,你比我还小两岁呢。打篮球,你把我一个大帽扇在地上,摔得我脑震荡了都。"

"我想起来了,"老人突然激动地说,"我想起来了,打篮球的事、古北水的事儿,我都想起来。"

"我没说错吧?"

"事情都对,但就一样不对劲儿。"老人说。

"哪儿出问题了?"

"你,"老人指了指他,继续说,"问题就是你。你刚才说的那些事,全都对,一点儿不差,但是你不是我同学贺云。贺云是河南人,讲话有河南口音,我记得清清楚楚。那天从医院回去,为了表示歉意,我还请他在学校的第三食堂吃了羊肉烩面。他说那里的烩面特别地道,跟他老家的一个味儿。"

他没说话,老人继续道:"我的确有十几年没见贺云了,但是他的样子我可忘不掉,跟你长得完全不同。他今年春天退休,还招呼我去他家玩呢。这是他照片,你看。"

老人打开手机,翻出一张照片:贺云带着凉帽,站在一块石头旁,胸前挂着个单反,一只手指向远处。只是个侧脸,但很明显,那是一个跟他样貌迥异的老人。

"巧了啊,"他说,"跟我讲你这些事儿的黄耀,也跟我印象里的同学黄耀不一样。"

"所以呢?"老人专捡烤鱼里面的芹菜吃,一粒一粒夹起来,放在米饭上。

"你听过平行宇宙这种说法吗?"

"这个词……从网上看到过,但一直不明白到底是怎么个意思。"

"就是说,有些人认为我们生活的宇宙只是三维空间,而宇宙本身还存在着四维、五维甚至更多维度,只不过作为三维动物,人类既感觉不到,也很难理解。在其他维度里,可能存在着和我们完全一样的人,是完全一样,但未必处在同一年龄。有时候呢,这些维度会由于奇特的原因出现某种虫洞,也就是空间的变异,一些人和事就从这个洞里落到另一个维度上。比如从四维空间落入三维空间,类似这种。"

"就像是天花板有个洞,上面的老鼠突然掉到了饭桌上?"

"嗯,也可以这么理解。其实我自己也不是很懂这种高深的理论,因为我回到了年轻的黄耀,你又碰见了老年的我,我就想,总得有点什么缘由或逻辑才说得通。"

老人哈哈笑起来,说:"我这个年纪的贺云,才不会这么想,也不会在乎这些事的。"

"你就不好奇吗?"

老人摇摇头,说:"好奇,但是我不会去刨根问底。你想想,这些年来你执着去问的东西,都找到答案了?即便找到,那个答案也是你想要的吗?"

这话他还真没法接。烤鱼的上面已经被吃得七零八落,裸露着鱼骨。托盘底下的酒精炉,火还比较旺,烧得鱼和菜都有些焦煳味。他用筷子翻了翻,立刻看到鱼黑焦的另一面,然后是一阵热气蒸腾起来。

一抬头,发现对面的黄耀像幻灯片一样,从年老到年轻,从他认识的那个到他不认识的那个,走马灯一样不停地闪烁变幻着。一切都恍惚起来,仿佛醉酒后产生的轻微幻觉,又像是梦做到深处被突然惊醒。

后来,他在同学群里问,谁最近见过黄耀?第一个回复他的是个网名:光熙。他翻了翻他资料,除了知道是个男同学,看不出其他情况。就问,你啥时候见的?能不能把他联系方式给我一下。

光熙说:我正跟他在一起,亲密无间。

他说:太好了,把我电话给他也行,我有点儿事找他。然后他发了号码进群里。

几分钟后,有人打了过来。他接通电话,那头哈哈大笑说:猜猜我是谁?

他说:黄耀?

那边又是一阵大笑,说:贺云,好久不见啊。

你啥时候进的群?他问,我记得之前你不在同学群里的。

跟组织失联太久了,终于找回来了。黄耀说,我今天才加进来的,备注名还没来得及改呢。

他忽然明白了,那个在群里跟他聊天的光熙就是黄耀本人。

什么事,老同学?黄耀说。

也没什么正事，就是昨天在家翻看毕业照片，发现同学里就你一点儿消息没有，这么多年不见，有点儿想念。啥时候再约着一起打球啊。

还想让我给你帽个脑震荡？哈哈，得嘞兄弟，我在开着车呢，咱俩群里加微信，微信上详聊。

他说了句"一定"，挂断了电话。

但是后来，他俩谁也没主动添加好友。他不知道黄耀出于什么样的考虑，自己这边是突然不想见他了，或者说他不想见这个黄耀了。

他已经跟两个黄耀聊过天、喝过酒，倾诉过彼此的故事，无力再见第三个。他预感到，如果他去见，还会有第四个、第五个黄耀出现，无穷无尽，各不相同。

（原载《作家》2021年第2期）

荷花姜

◎潘向黎

每一次看见那个女人,丁吾雍心里就有一个声音响起:应该去报案。

开餐厅这么多年,丁吾雍记住了一些客人,他们的脸,他们的衣着,他们的点菜偏好,他们对钱的敏感度(不是经济能力,因为人是一种有趣的动物,支付能力是一回事,对钱的敏感度是另一回事),还有他们的姓,甚至有的是连名字都知道了(通过订座位、刷卡签字、在席间与别人通话的自报家门等)。但是丁吾雍不会一直记得他们,一般只要他们超过两年不出现,这些本来清晰如结晶体的印象就会在时间的水流里渐渐消融,那些晶体不是被水流冲走,而只是在水的浸泡中渐渐地钝了棱角、小了体积、模糊了边界,然后坍塌,直到消失在水中。你知道它们仍然在水里,但是水中已经看不到那些清晰的存在了,当然它们不至于消失得干干净净,假如那些客人在两年的边缘出现了,丁吾雍还是会觉得脸熟,他会笑着打招呼:好久不见。然后用那种久别重逢的笑容给对方照出一条路,让对方顺利地坐下来。然后慢慢回忆曾经了解的这人的喜好,以及对钱的敏感度。如果超过两年,这项功课就得重新进行。

但是有一个人,丁吾雍确定不会忘记。

人对某些人的记忆,是另一种质地,表面看上去也是晶体,但硬度很大,水不可能溶解它的,相反,不论过多少年,它都可以拿来划玻璃。哪怕被记忆的那一方已经从你的眼前甚至这个世界上消失很多年。

当这个女人第二次出现,丁吾雍就确定这是他的记忆中晶体不可溶的那一类。

第一次出现,她穿了一件沙滩色的麂皮猎装,牛仔裤,一双长到膝部的长筒靴,头发是盘起来的,但有一些细碎的鬓发,像小浪花一样到处飞溅。丁吾雍看了一眼她的脸,第一个反应是:哇。第二个反应,想起了很久以前在一本书里读到的两句——"身量苗条,体格风骚",那本书叫什么,想不起来了。后来多看了几眼之后,丁吾雍判断,她应该三十出头了。丁吾雍知道,五官是爹妈给的，满脸的胶原蛋白是年轻的附赠品，而这份苗条、这份动力十足的力量感和流畅的韵律感，却一定是多年运动和自律才能拥有的。

根据多年阅人无数的经验，这样的女人身边的男人，要么像鲜花下的泥土无法入画入眼，要么只能当陪衬的绿叶若有若无。但这女子不但自己亮眼，连和她一起来的男人也旗鼓相当。这男人浑身上下从里到外一身的黑灰色，全部是那种吸收光线的上佳质地，又无一不是半新不旧，中等身材，相貌端正而不出奇，记得在哪里读过：这样的男人适合当间谍，因为不容易引人注目，也不容易被记住。但是见了他两三次之后，丁吾雍就知道自己错了，这个男人绝对不适合当间谍——他寻常的身高和相貌是个看似平凡的灯笼，灯笼的光一旦亮起来，就看不见灯笼只看见光了。这个男人举手投足就是有一股子味道，和一般人不一样，一定要说出来有什么不一样，只能说：好像他每次出现，身后都跟着一队随从。好像他往哪里一站，追光就自动跟到哪里，他一抬眼，就有一个麦克风自动从空中挂下来，停在他的面前恰好的位置。

他很少说话，好像真的有一个麦克风正对着他，而他要说的话偏偏是惊天的大秘密一样。他几乎不说话，至少丁吾雍在很长一段时间里没有听到他说完整的一句话，只听到他说："谢谢。"这是用毛巾托递热毛巾给他。还有，他有时候对身边的女子说："好。"这是女子拿着菜单在问他要不要点一个金枪鱼toro，还是甜虾刺身。他也有主动开口的时候，比如说："走吧。"那是他们就着一大瓶的"菊正宗"吃完一整套的"旬之味"会席套菜加散点的煮物和渍物，又喝了两杯热茶之后。每次说出这两个字，女子的行动也很迅速，他们在两分钟之内一定会离开。那个男人总是在喝茶的中间已经把账付了，他还是不说话，只用手里的钱包和眼神示意，然后用现金把账付了。

一个很特别的男人。一身黑灰色，寡言，用现金。

女子则正好相反，她整个人像一挂瀑布。不但引人注意而且始终是热闹的，她说个不停，而且表情多，时而眉飞色舞，时而大笑，时而噘嘴，时而手托着下巴翻一个白眼，时而笑着笑着突然把脸埋在自己的臂弯里——她把双臂放在吧台上。也不知道是笑得累了，需要调整气息，还是笑着笑着变成了别的表情，又不想让别人看见。

令丁吾雍有些奇怪的是，他们经常坐吧台。只看一眼，丁吾雍就知道他们不是夫妻，也不是工作关系，更不是一般朋友。丁吾雍觉得他们会需要包间，这里有的是清雅安静的包间，那些包间每一间都有自己的名字：驿、涧、梅、雪、竹、兰、松、风、月……都适合一些希望清静的客人，也适合那些不愿意示人的对话和氛围。但是这两个人似乎不需要，他们大多数情况都只坐吧台。大概是那个女子喜欢高高在上的吧台？或者那个男子出于某个理由宁愿选择众目睽睽的吧台？一身黑灰的、用现金的、寡言的人，应该拒绝吧台的，为什么偏偏坐吧台呢？丁吾雍猜不出来，也就放过了。

日常里，许多事情都是这样的，再奇怪再想不通，发生的次数多了也就成了惯例成了自然，也就习惯了。许多百思不得其解的结局，并不是最终"得其解"，而是大家慢慢习以为常、不再求解。

丁吾雍这个老板，不是那种只投资、不掌握核心技术的老板，他自己就是主厨之一，而且是餐厅的招牌。当初日本留学回到上海，许多人都用带回来的钱买了房子然后进一家日企，而他，不喜欢朝九晚五的刻板，似乎对在人堆里谋生有一种天然的畏惧，于是选择了自己开餐厅。他知道，这样一选择，就再也不能回到正常上班族的轨道了，所以他必须掌握核心技术，才能不因为主厨的变动而使自己陷入困境。后面的事情也没什么可说，一个天赋高的人一旦投入，事情早晚总是会顺利的。唯一的痛苦，就是丁吾雍被捆在了店里，除了一年一次的春节休息七天，丁吾雍几乎一周六天都在店里，而且只要有客人，他的位置就是在吧台内的操作区，站着。休息的那一天，他睡觉、看书，有时候去钓鱼。作为一个四十多岁的男人，丁吾雍似乎没有任何中年危机。但他心里清楚，之所以没有中年危机，是因为他自从大学毕业就不再年轻，提前进入了中年，他觉得自己二十年前就是中年了。

和他相比，余清是个正常的女人。余清经常抱怨，说他回家太晚，害得她早睡不成，影响皮肤。余清不是丁太太，两个人在一起没什么不好的，但好像没想起来结婚，或者说缺乏动力去做这件事，当然也没有人用传宗接代生孩子之类的来烦他们，就这样，两个人同居十年了，关系稳定。

丁吾雍经常在吧台内的操作区，因为这一对男女总是坐在吧台一角，所以只要他抬头，不用刻意把脸转过去，用余光就可以知道他们的动静。相距不过六七米，他们说话的声音如果稍大，丁吾雍也能听个大概。这样的客人，丁吾雍希望他们能一直来，于是他采取了最稳妥的做法：保持距离。他们和其他客人不同，太不同了。丁吾雍不但不和他们攀谈，也暗示穿着和服的女侍者不要和他们攀谈，除了上菜和送饮料，不用给他们倒酒，尽量减少打扰他们的可能。丁吾雍自己，连目光都很少打扰他们，除了他们进来时例行的"欢迎光临"，丁吾雍甚至连每次对坐吧台的客人递上的微笑都减到半明半灭。丁吾雍想让他们觉得：自己在忙着呢，根本没太在意他们的出现，当然也不会记住他们，更不可能期待他们的到来。既然他们选择了离他很近的吧台，应该是一种对丁吾雍的信任，那么丁吾雍必须让这种信任的幼苗扎根、长大、枝繁叶茂。就要让自己隐入背景之中，虽然就是站在他们斜对面的一个大活人，但他要尽可能让自己就像店里的一架屏风（那架黑色底子上画着硕大宽纹黑脉绡蝶的漆艺屏风）、一盏灯笼（那盏白色的和纸上面飘着枫叶的灯笼）、一瓶花（那瓶吧台上每周更换的大型插花，经常是蝴蝶兰、菖蒲、绣球、洋水仙、六出、锦带），总之是一个自然、安静、绝不可能泄露任何秘密、令人毫不设防的存在。

他做到了。他们越来越无视他的存在，那个女子，丁吾雍始终不知道她的名字，连姓也不知道，但是丁吾雍知道她最喜欢的一道菜：荷花姜，于是丁吾雍在心里暗暗叫她"荷花姜"。

如果在网上查"荷花姜"，可以看到——

即阳藿，又叫茗荷。英文：myoga，或myoga ginger，日语：ミョウガ。

姜科姜属多年生草本植物。喜温，遇霜茎叶凋萎，耐荫湿，有较强的抗病虫性。食用部分为花蕾，味芳香微甘，可凉拌或炒食，也可酱藏、盐渍，富含蛋白质、脂肪、纤维及多种维生素等。有很多别名，俗称芽荷，又称蘘荷、野姜、蘘草，嘉草（《周礼》）、猼且（《史记》）、蒮菹（《说文》）、芋渠（《后汉书》）、复葅（《别录》）、阳藿（《广西志》）、阳荷（《黔志》）、山姜、观音花（《浙江中药资源名录》）、野老姜、土里开花、野生姜、野姜、莲花姜。在日本又称茗荷，应为阳荷的变音。

阳藿有特殊的香气，素有"亚洲人参"之美誉，是东南亚各国家、地区居民喜食的菜肴。一般七月中旬至九月中旬收获。在中国的江淮地区多有种植，常与毛豆或咸菜同炒，味香，当地人称为蛇禾或舌禾，又因为此地方言繁杂，又有一种叫法即阳荷。在中国分布于安徽省、陕西省、江苏省、江西省、福建省、湖北省、湖南省、海南省、广东省、广西壮族自治区、四川省、贵州省、云南省。

据《本草纲目》记载，阳藿不仅可作为蔬菜食用，还有活血调经、镇咳祛痰、消肿解毒、消积健胃等功效。

但是作为日式料理店老板的丁吾雍，当初之所以毫不犹豫地在菜单上加了这道菜，是因为他知道茗荷在日本是受重视的。在日本，高知县、群马县、秋田县、宫城县都有栽培。还有一个传说：释家的弟子因吃了美味的茗荷料理，饱食之后居然忘了应该做的事而睡着了。茗荷的花蕾和花茎具有特殊香气、色彩、辣味，是季节感明显的香菜君王，在小菜、汤、酢渍、油炸、酱菜等日本料理中到处可见。

也许是日本人一向重视粗纤维菜品的习惯吧，就像他们一向爱吃牛蒡一样。但是丁吾雍猜测也因为荷花姜的美。荷花姜的轮廓很像毛笔笔毫的部分，写大字的，蘸满了墨。又像迷你的竹笋，有交错覆盖的硬壳；可是顶端的颜色是花一般鲜艳的，中间大部分是嫣红或者玫瑰红，只有根部和顶端泛出一点儿淡黄色，有时是雪白。丁吾雍觉得荷花姜作为食物，太好看了，简直性感。

另外，这是在中国，而且是中国也出产的食材，还是叫它"荷花姜"好听，也好记。所以在菜谱上，丁吾雍日文写的是"茗荷（ミョウガ）"，中文写的就是"荷花姜"。

丁吾雍在"煮物"和"天婦羅"里都用了荷花姜，第一次看到的人，往往会"哇，真好看"，然后小心翼翼或者兴致勃勃地放到嘴里。接下来的情况就很难预料了，有人是新奇地辨析一会儿，然后说："这个很特别，嗯，一种特别的香。"有的人则是一下子吐出来："呸，这个什么味道啊？好奇怪！"荷花姜就是这个样子，模样娇艳，味道奇特霸道，不是人人都能接受的。

为了不让荷花姜受委屈，后来遇到有客人点，丁吾雍总是先问一句："您吃过荷花姜吗？"如果对方说没有吃过，丁吾雍会说一句："味道有点儿特别，不是人人都喜欢，您确定要试一试吗？"

但是那个女子，第一次吃了荷花姜——那是丁吾雍用笋、土豆、鱼鳃、猪肉片一起炖出来的荷花姜，马上大声说："老板，这个真好吃！从来没吃过！这么好吃！"

丁吾雍说:"你喜欢就好。"

那个女子问:"这个叫什么?"

丁吾雍说:"荷花姜。"

女子把筷子上的荷花姜转动着看,一边说:"这么好看,到底是花还是菜?"

丁吾雍说:"这个,不好说,是花,也是菜。"他把手里的金枪鱼中段切好了,加上一句,"明明是花,人把它当菜吃,它就是菜;明明是菜,你把它当花看,它就是花。"

一身黑灰色的男人深深地看了丁吾雍一眼。丁吾雍有点儿后悔自己话太多了。

那一眼,让丁吾雍想起了一句话"他的俊目一贯含有清莹的倦意",木心这样说罗马的培德路尼阿斯。丁吾雍喜欢过木心,《哥伦比亚的倒影》《即兴判断》都读得很熟。

那个女子,丁吾雍后来在心里叫她"荷花姜",不是因为她爱吃荷花姜,是因为她与荷花姜颇有几分神似:俏丽,鲜艳夺目,但不是"甜"那一路的,更不柔弱,相反从外表到质感到气味都是洗练明媚和动荡妖娆的奇异统一,具有一种容易引起争议的、特殊的刺激感。

但是这两个人罕见地般配。男子出色,女子也出色,而且男子像一个黑色的瓷碟子,托着荷花姜的尖、俏、艳,格外显出她的醒目,而荷花姜也反衬出他的不动声色和深不可测。

突然有一天,那个一身黑灰的男人不见了,荷花姜一个人来。

她一个人坐着,脸上的表情让丁吾雍知道今天那个男人不会出现。但是她的胃口还可以,和那个男人在的时候差不多,只是酒喝得多。她自己一个人喝,点的是烧酒。过去丁吾雍给她推荐过出羽樱和白波,她喝了几种之后选定了另一种——黑雾岛。每次都喝个半瓶左右,剩下的就存在这里,本来应该问她姓什么,但是丁吾雍当着她的面,写上了"姜",他说:"荷花姜的姜。"女人深深地看了丁吾雍一眼,眼光里似乎有遇上知己的感觉,又似乎第一次有了怨恨和委屈——在这里出没这么久了,连自己的姓名都不能公开。

每次吃完她都是自己走的。丁吾雍心想:以前他们两个都喝酒的时候,都是那个男人的司机开车吗,还是找人代驾?现在她一个人来,是另外有人接,还是干脆打车回家呢?

丁吾雍的好奇心仅止于此。因为这个城市里,盛产的就是男女间的各种相遇和离散,何况是这种女人遇到这种男人。女人越出色越不容易甘心,男人越出色越多顾忌,花落水流,无可奈何,那是一定的。但是,他们都是这个城市里的人,他们不会有太出格的举动,短则两个月,长则半年,个别死心眼的,也许一年?感情创伤是有期徒刑,刑期都不长,刑期一满,也就都过去了。释放了自己,新一季衣裳一着,换个发型,阳光下面,又是光鲜的、体面的、没有过去的城市栋梁了。

丁吾雍料错了。有一天,这女人出现,穿了一身黑色的吊带连衣裙,脸上没有化妆,素颜本来很好看,却偏偏突兀地涂了烈焰般的口红,让丁吾雍非常不习惯。当然,心情不好的女人,这个程度的反常才是正常。

她不坐平时的吧台角落,而是坐到吧台的中间,喝着喝着,对丁吾雍说:"我请你喝一杯。"

丁吾雍不废话,递过去一个杯子,她给他倒上,丁吾雍喝了一口,似乎出于礼貌地说:"吃得还可口吧?"

她抱歉地笑了一下:"一直忘了说,你的手艺真好。"

丁吾雍说:"谢谢。"

她看了看他,突然说:"你也话少。"

丁吾雍微笑,等着她往下说。

没想到她不说,而是反过来提问:"你怎么不问,他到哪儿去了?"

丁吾雍又喝了一口,他不知道该说什么,因为不知道对方是否愿意说,还有,酒醒之后会不会后悔。如果后悔,她就不会再来了,那样的话,这里就会失去一个喜欢荷花姜、长得也像荷花姜的客人。如果那样,他宁可她什么都不要说。况且,丁吾雍真的不算一个好奇的人,因为他相信太阳底下,真的没有新鲜事。

但是这一刻,这女人眼神里有某种东西,让丁吾雍突然觉得,自己可能太自信了。他的预感马上被证实了,她身子探过来,凑近了丁吾雍,用一种介于耳语和正常对话之间的音量说:"你不问,是因为你猜到了,对吗?"

丁吾雍只能含糊地点点头。

她说:"对,他不会再来了。"

她眼里碎玻璃一样凌乱而锋利的光芒,让丁吾雍确认:自己过于自信了,这件事,超出了他的想象。

她说:"对,他死了。"

说出这句话,荷花姜似乎用尽了力气,颓然坐回了吧椅,在这个半失控的过程中,她很哀伤很诚恳地说:"他死了。是我把他杀了。"

丁吾雍觉得整口烧酒突然卡在了喉咙里,而且像火一样烧了起来。这样的话,他本来以为只会在电影里听到,绝对不会和自己的生活、自己的店有任何关系。想当初,看见荷花姜和一身黑灰走进来的时候,他马上判断出了他们的关系,同时他也马上决定要长期欢迎他们,反正挣谁的钱不是钱呢?这种关系,在钱上总会格外大方的。加上客人养眼,不是福利吗?当然丁吾雍知道,短则一年,长则三年,他们一定会分开的,就像知道店里插花的蝴蝶兰可以开一个月,六出花一星期一样。但是丁吾雍没想到,有时候,还没到花谢的时候,半空中一个雷劈下来,连花带瓶震倒了,碎的碎,流的流。

丁吾雍觉得自己应该去报警,但是又没有把握自己一定会那么做。他不喜欢这种纠结,他只能希望那个女子不要再来了。那样,丁吾雍就不用纠结了。

可是荷花姜还是继续来,和原来的间隔差不多,就是一星期来一次。她还是坐吧台一角,总是继续喝她的黑雾岛,喝不完的存着,没有了就再来一瓶,菜交给丁吾雍安排。丁吾雍依然会按照她的喜好和时令,给她安排妥帖的三四个菜。她来者不拒,看着手机,一会儿看一下,一会儿写几句话,写的时候很专心,好像不是来吃饭喝酒,而是来写那些话的,写完了就把手机往旁边一丢,然后继续不紧不慢地吃喝着,有时候往门口看一眼,继续吃喝。吃喝完了,就自己走了,有一次走到门口,还会回头看一眼,好像奇怪身后的人怎么不跟上去似的。

身后哪里会有人?早就没有了。那一瞬间,丁吾雍感到在她的身后,是一大片空虚,空虚得连整个店和店里所有的人都不存在了。

那之后,她没有再和丁吾雍聊什么,似乎根本不记得曾经说过什么。丁吾雍怀疑她是洒醒之后忘记醉时一切的那种人。要不然她怎么敢继续出现在这里，还这么若无其事？难道在等丁吾雍下决心报案，好把她抓起来吗？丁吾雍又希望，那是她的醉后胡说，那个男人还活得好好的，这个女人只是这么说说出口恶气罢了。

可是，那个男人呢？丁吾雍也越来越不相信他还活得好好的了。

黄梅天了，有一天，荷花姜刚开始吃，雨下得大起来，下得都不像黄梅雨通常的那种慢脚雨，下成了瓢泼，下成了满城风雨、一世飘摇、充满末日感的那种阵仗。丁吾雍知道，这种天气特别容易喝醉，可能是湿度太大了，不利于酒气蒸发。果然，荷花姜喝着喝着，满脸红晕，一只手支着半边脸，眼神迷离。

丁吾雍破例说一句："差不多了，别再喝了。这个天气，你怎么回去？"

"我怎么回去？我回不去了。哪里都不是家，哪里都没有人等我回去，我怎么回去？我回哪里去啊？"她大哭起来。

酒气蒸腾，水汽弥漫，整个店里充满了一个女人的哭声，那种哭声很可怕，虽然很响，但又很压抑，既像一个旧时代的乡下女人苦候多年却听到丈夫死讯，又像一个五六岁的孩子被困下水道里挣扎不出来，用最后一点儿能量来拼命完成的号啕。

丁吾雍心里一凉：那个男人，恐怕真的是死了。要报警吗？

晚上回到家，看见余清在灯下插花，洗过的头发还半湿的披在肩上，他心里一动，上去对她说："简单一点儿结个婚，怎么样？"

见余清一脸不解，丁吾雍说："好像觉得还是结婚比较好，你说呢？"

余清说："你想和我结婚？"

丁吾雍说："是啊。"

"让我想想。"余清说。

丁吾雍说："你还要考虑啊。"

"有人求婚，然后自己考虑，这是待遇，总要享受一下吧。"余清说完，笑了起来。丁吾雍也笑了。

看见她的笑容，丁吾雍有一种说不出的感觉，好像是如释重负，好像是通过了一场原本担心通不过的考试，发现自己高估了考试的难度。多大的事？不就是结个婚吗？要弄得那么吓人，哪至于的。

第二天，荷花姜又出现了。才下午五点，店里还在准备。

她说："老板，今天不吃饭，我是来还你钱的。"

昨天晚上，她确实喝醉了，上了洗手间吐过之后，丁吾雍替她用打车软件叫了车，用店里的大伞送她上了车，谁都没顾上结账的事。

"下次来的时候顺便结就可以了，你还特地来。"丁吾雍说的是真心话。有的人，一看就知道是一辈子都不会赖账的。荷花姜，就是这种人。其实那个一身黑灰、眼睛里有清莹倦意的男人，也是这种人，只是不知道为什么欠了这个女子的。

荷花姜的脸看上去已经没有什么异样，要存了心仔细搜索，才能看出眼皮略略有点儿肿，脸色不如平时好，除此之外，依然是一个引人注目、打扮入时、举止得体、行动流畅的摩登女郎。上海的黄金乃至钻石地段有许多高级商务楼，而这些现代女郎的气场让人坚信她们有能力敲开其中的任何一扇门，在正南朝向、一尘不染，光线、温度和设备都无可挑剔的房间拥有一个任她自如挥洒的位置。

她们的妆容含蓄，皮肤白皙、五官精致、轮廓秀美、神情矜持而举止干练，在她们脸上，你看不到黑眼圈、细皱纹和斑斑点点，那些都在十分帖服的粉底霜下面；你更看不到哭泣、动怒、灰心、丧魂落魄的痕迹，那些都在她们心里，就像藏进了深海之中。女人心，海底针？说这话的人还是小看了女人。女人心，就是海本身。

"我要到外地去一段时间，接下来要几个月不来了，所以今天来一趟。"

丁吾雍马上想：太好了！他从此不用见到这个女人了。如果她是真的出差，离开一段时间，可能会因为换了环境而想开，总之应该不会再来这个伤心地了。如果她是逃走，那也帮了丁吾雍的一个忙，那样，她就和丁吾雍一点儿关系都没有了，丁吾雍也不需要再纠结了。

她真的消失了。半年过去了。

偶尔，看到钵里的荷花姜，丁吾雍会微微有点儿出神，这么好看，怎么可能杀人？可是，锋芒毕露，又好像有点儿杀气。这样的女人，会是什么命运呢？空闲的时候，丁吾雍有时会望着那两个位置。曾经坐在那里的那两个人，他们都在哪里呢？甚至，那个男人，还在这个世界上吗？从今以后，不可能再看到那样悦目的一对，出现在自己的店里了。不知道为什么，丁吾雍真心觉得遗憾。

到了年底，生意忙了起来，丁吾雍渐渐不再想起那两个人。

一天，七点的时候，正在忙碌的丁吾雍，看见当班领座的小茉莉带进来两个人。一个中年女人，风韵犹存，一身讲究得稍微有点儿过分的打扮，脸色倨傲中有几分阴郁。走近几步，她身后的人露了出来，竟然是那个男人，那个一身黑灰。

丁吾雍大吃一惊，以至于习惯性的"欢迎光临"都中途变了调门，小茉莉不无疑惑地看了他一眼。

这个男人没有死？他还好好的，那么就是他不要荷花姜了。荷花姜说的是气话。不要荷花姜，居然还带着自己的老婆到这里来？丁吾雍觉得自己错看了这个男人，谁知道是这样的人，完全不在道上。上海滩的餐厅酒家天上繁星似的，这个人带不同的女人，偏偏来同一家，胆子倒也不小。他就不怕这么多眼睛吗？

小茉莉直接把他们带进了包间，丁吾雍心里冷笑一声。等到小茉莉过来，丁吾雍问：那两个人谁说要进包间的？小茉莉说，他们预订的。有个男人打电话来，不知道是不是这个男的本人，说要一个小包间。

这就奇怪了。和情人倒光明磊落坐在外面，带老婆反而一定要躲进包间，什么年头？什么人？

丁吾雍亲自上菜。那两个人在交谈，但是不起劲，零零碎碎听到什么"学校""租房子""美金""同学"。丁吾雍实在猜不透这两个人在谈什么，而且感觉他们的关系，坐下来细看，也不那么像夫妻了，倒有几分像讨债的和欠钱的。

等到要上雪花和牛涮涮锅的时候，丁吾雍在大托盘里放上了一个青海波纹小碟子，里面是三枚盐渍荷花姜。盐渍过的荷花姜，娇艳的颜色暗淡了许多，但是转成了一种憔悴的风情，充满了欲言又止的过去。上桌的时候，男人看了一眼，说："我们点这个了吗？"丁吾雍说："这是送的。"一身黑灰看了一下荷花姜，然后看了丁吾雍一眼，丁吾雍接住了他的眼神，两个男人似乎完成了一次无声的对话。

丁吾雍还没出包间,就听见男人毫不避忌地说:"钱我带来了。"他把一个厚实的信封交给女人,信封口是开着的,看颜色就知道是美元。又是现金,只用现金。这是个固执的人。

出了包间,丁吾雍转身拉上拉门的一瞬间,听见女人平淡地说:"明年一年的够了。"

什么够了?这个女人一年的开销吗?如果他们是夫妻,怎么会这样一年一次给钱?如果不是,又为什么要给钱呢?丁吾雍觉得自己脑子不够用了。

过了几壶酒的工夫,拉门开了,那个女人出来了,走了。谁都不知道她那个华丽的漆皮包里比来的时候多了什么。丁吾雍这时候明白他们为什么要进包间了。但是这一点点合理,像太少的水,不能熄灭他的好奇之火,反而让火更加熊熊燃烧起来了。

那个男人并没有跟出来,而是又叫了一瓶烧酒,开始自斟自饮。

一个小时以后,丁吾雍进去添茶。他心里好奇,但丁吾雍是个在上海滩做了十几年生意的人,这种人,无论心里想什么,做出来,总归是合理的——至少有一个合理的解释。这时候进去,是餐馆的常规动作,就是以添茶的名义,看看客人是否要添主食,要咖啡,或者是否要埋单。如果遇上客人酒足饭饱还想独自坐一会儿,就会添上热茶,然后不动声色地出去,让客人自己安静地剔牙、打饱嗝、发呆或者独自疗伤。平时这件事是服务员做的,今天既然是丁吾雍自己负责这个包间,那么,他可以让服务员来接手,也可以自己去。

此刻,丁吾雍拉开了门,进去添茶。

茶水注入茶杯中,细细的清香腾起。一身黑灰说:"谢谢。今天你亲自照应。"

丁吾雍说:"不客气。"他注意到男人有了酒意,脸红了,精神看上去和过去不同,没有那股有棱有角的气势了,但萎靡里透出轻松,显得真实。就说:"今天吃得还可以吗?"

这个"还"用得妙。既表示委婉和分寸,也可以是"依旧""如常"的意思,加上"今天"这个提示,那就是在问:过去喜欢的口味,隔了一段时间,你觉得怎么样?重点是:有过去。

"很好。你这里的菜一直谱地的。"

丁吾雍听见他用"一直",居然是对过去的一切认账的口气,就说:"说起来,您有一阵没来了。"这话是试探,但也可进可退。

男人叹了一口气。丁吾雍不敢相信自己的耳朵,看向他,听见他说:"她,后来来过吗?"

这话包含的意思太多了,简直把丁吾雍当成哥们儿了。看来他今天是喝多了。丁吾雍一时不知道怎么回答好了,就点了点头。

男人又叹了一口气。"恨死我了,一个个,都恨死我。"男人用双手用力揉搓自己的脸,好像一个寒冷的清早,清洁工在马路上扫着落叶一样,既孤单又萧瑟。

一阵不可理喻的同情攫住了丁吾雍,丁吾雍马上提醒自己,正是这个男人,让那个女孩子那么伤心的,而且还毫不介意地和一个身份不明的女人又到这里来。

"你太太也很漂亮。"丁吾雍说,这话不知道怎么就突然蹦了出来。说了之后,发现这句故作莽撞的试探妙不可言。

男人抬头看了丁吾雍一眼,有点儿惊讶,有点儿迷茫,然后露出了一点儿笑容。"太太?哦,前妻。刚才那个,是前妻。"

丁吾雍不轻易放下戒备,"您后来又结婚了?"

"没有啊。活剥一层皮才离了婚,我怎么会再结?就二十年前结了一趟婚,生了一个女儿,烦到现在都烦不清楚,前妻的保险啊、房子啊、女儿的留学啊……我有几条命,再去结婚,再去生小孩?"

丁吾雍吃了一惊,暗暗有些羞愧,同时有更多的如释重负。他不说话,因为不知道说什么好。

"欸?"男人突然语气一挑,"怎么,难道你以为我有家庭,每趟和我一起来的是……情人?"

丁吾雍的脸有点儿火辣辣的。

男人笑了起来,"那是我的女朋友。我们都是单身,光明正大来往的。只不过我不想结婚,她想。"

丁吾雍说:"不结婚,就要结束?"

"给不了她想要的，就放人家走吧。"男人用手搓了搓脸。

丁吾雍说："人家会觉得你是在寻借口。"

男人笑了起来。那笑容似乎在说：自然是这样。又似乎在说：随便吧。好像在说：我怕什么？又好像在说：哪有这么便宜？

丁吾雍端起茶壶转身的时候，男人突然说："她后来一个人来喝酒的，对吗？"

丁吾雍叹了一口气，点点头。

男人说："她……哭了吗？"

（原载《人民文学》2021年第5期）

喝汤的声音

◎迟子建

她跟我说的这个小镇在乌苏里江下游,叫万吉镇,所住人家多是打鱼的和养奶牛的。我说只知道有个抓吉镇,万吉镇在哪儿?

"万吉镇当然在万吉镇呐,就像你的屁股一准儿在你胯骨下,不能跑到你脖子上一样。"揶揄我的是个四十上下的女人,自称乌苏里江摆渡人,她长脸,高颧骨,中分直发,穿一条绛紫色麻布长袍,戴一串木珠项链,脸很黑,一双狭长的眼睛深藏着磷火似的,幽光闪烁。

她什么时候进的江鲜小馆我不知道,因为我压根儿没听见脚步声,她就飘落在我对面的长凳上了。她仿佛老相识,跟我眨眨眼,挑剔我不会点鱼,说这时令不该点马哈鱼,名气虽大,却不是新出水的,倒不如雅罗和船丁子新鲜好吃。她说话时喉咙像塞着团棉花,哑腔哑调的。

我是陪领导来饶河工作调研的,下午去过小南山遗址考古挖掘现场,三天的工作日程也就结束了。沿着微雨后湿滑的土路下山时,我望见山下水墨画般的广阔湿地上,有两只白鹤翩翩起舞,大秀恩爱,这动人的情景令我想起麦小芽,她离开我十二年了,虽然四年前我再婚了,现任妻子贤德淑惠,待我不错,但在我成功或是悲哀时刻,特别想与人分享喜悦或倾诉苦闷时,心底呼唤的名字还是麦小芽。她是个历史学者,在一次田野调查中,遭遇特大山洪,被波涛卷走,从此后我见着所有的江河,都委屈万分,觉得它们辜负了我的爱情。我太想在乌苏里江畔独享一个黄昏,喝上一顿酒,隔着遥远的时空,和麦小芽说说悄悄话了,所以下山后我跟领导谎称自己有个姑妈在饶河,多年不见,想去探望一下老人家,晚饭就不随团吃了。领导再有半个月就退休了,饶河是他任内最后的公差,一向傲慢和冷漠的他,骤然变得开明而亲民,他微笑着说你去吧,给你姑妈带好,晚上早点回来,明天咱们就回哈尔滨了!

从小南山下来,我像出笼的鸟脱离团队,奔向乌苏里江畔,择了片柔软的沙滩坐下,迫不及待地摘下口罩,让江风亲抚我的脸,望着这条波光粼粼的向北流去的江，边晒太阳边抽烟。

初秋的阳光像一束束丰收的麦穗，有股说不出的芬芳，让人有收割的欲望。我给麦小芽点了一颗烟，放在鹅卵石上，淡蓝的烟雾云图一样铺展开来，仿佛她真的吸了。麦小芽嗜烟如命，我们在一起最惬意的时光，是晚饭后对坐着，沏一壶热腾腾的茶，吞云吐雾地神聊。人们都说吸烟伤肺子，但麦小芽说肺子经由烟熏，这块鲜肉就变成了腊肉，腊肉比鲜肉耐储，所以她认定吸烟能铸就铁肺，百毒不侵。我们偶尔吵架了，所道歉的方式，就是给对方点上一颗烟，悄悄说声："咱熏腊肉吧"，这比献上玫瑰和热吻管用，矛盾随之烟消云散了。

天色由明媚变得暗淡，我默默和麦小芽"熏腊肉"至黄昏，留下两堆烟蒂，一堆是我的，一堆是她的。我取一颗麦小芽的烟蒂，多想发现她湿漉漉的唾液啊，可是没有，烟蒂焦干，像一堆冰冷的子弹壳，仿佛告诉我它们来自死神的世界。我把两堆烟蒂合在一起，没舍得扔进垃圾桶，而是揣进裤兜，去江畔寻吃鱼的地方。

那条街上装饰华丽的江鲜大酒楼有好几家，而我惯于钻的是小馆子。除却价格便宜，经验告诉我，小馆子不宰客，食材好，灶火旺，掌勺的师傅个个身怀绝技，能做出令人惊艳的菜肴。而且小馆子客人常来常往，热络，活泛，可以不拘小节地高声谈笑，纵酒，吸烟，甚至放屁。还有一点，这样的馆子一般望得见后厨，你相中哪棵葱哪头蒜为你的菜打江山，可指点它们上阵，店主一定会遂你心愿。

从食街主干路岔过去，有一条绿意葱茏的玉簪似的斜街，我选的这家圆木打造的小馆，就像一颗琥珀，缀在斜街尽头。受新冠肺炎疫情影响，食街客人不多，店铺多半冷清，但我进去时，他家却很热闹。有两个男人喝得半醉了，正在划拳斗嘴，一个咕哝："俩好呀——你丫的。"一个叫嚣："五魁首呀——你大爷的！"小馆摆的桌子有圆有方，但供客人坐的都是长凳。随客人入店的口罩，像误入笼中的一群鸟儿，有的病恹恹地瘫在桌角，有的软塌塌地挂在客人的一只耳朵上。更多的人把口罩当袖标，戴在胳膊肘上，所以他们举杯时，五颜六色的口罩有点鸟儿挣脱樊笼的意味，向上冲去。我择了西北角的一个空位坐下，点了软煎马哈鱼、黑斑狗鱼炖茄子和椒盐江虾，还有一斤烧酒。其实我知道这时节的马哈鱼来自冷冻箱,不在盛时,但因这是麦小芽爱吃的,所以首要点的是它。

店主是个年纪轻轻的断腿男人,面貌俊朗,穿白色T恤,他摇着轮椅,自如地穿行于餐桌过道,端酒续茶。我进门时,他驾着轮椅从北侧飞快迎到门口,招呼道:"兄弟您请——"然后奔向收银台,那里摆着一紫一白两个玻璃酒罐,紫的是山葡萄酒,白的是土豆烧酒,店主说这是他们自酿的。他说所有的来客进门都可免费喝一盅,男的通常喝土豆烧酒,女的喝山葡萄酒。我说我两个人,所以两种都喝。店主打开白色酒罐的龙头,先接了一盅土豆烧酒给我,看着我喝下,然后又接了一盅紫色的山葡萄酒,摆在收银台上,说等我约的人到了,就端给她喝。我说她已跟我一起进来了,拈起那盅酒,一饮而尽。店主狐疑地看着我,半晌没说出话来。

我坐下后才明白,这青灰的水泥地面,矮矮的收银台和看得见灶房的落地窗,是为了店主的轮椅而特别设计的。

店主见我点了三道菜,提醒我说他家的菜码大,一个人吃的话,一道黑斑狗鱼炖茄子就能把人撑得半死,可以减一个菜,如今挣钱不易,省点儿是点儿。我谢过他的好意,说是喝了两种酒,菜也自然是俩人吃,请他上两套餐具。店主大约领会我的用意了,他不再犹豫,对着灶房的师傅发出号令:"同罗走菜喽!"

一开始我以为掌勺的师傅叫"同罗",低头一看餐桌上立着个扇形桌牌,上面是黑地儿金字的"同罗",才知这是桌名。再看临近的几张桌,是"鳌花""哲罗"和"柳根子",便恍然明白这家店的桌牌,是以"三花五罗十八子"中的鱼类品种来命名的。

我把另套碗筷杯盏摆在对面,先给麦小芽倒了一盅酒,然后给自己的也满上,和她碰了一盅,之后又自己连干两盅。菜陆续上来了,天也黑了,客人渐多,店主的轮椅忽而在东,忽而向西,忙得不亦乐乎。我不顾左右,倾情给麦小芽夹菜,跟她说话。我说饶河小南山出土的玉器,距今约九千年,精美极了。玉就是玉啊,可以碎,但不会化为尘土。可是你呢,怎么就化成了烟啊。

我就是说完这句话,穿绛紫色麻布长袍的女人飘然而至的。她一来,我和麦小芽的对话就中断了。

这个女人气质不凡，酒量不凡，捏起酒盅，自斟自饮，连干三盅，面不改色。我一看先前叫的烧酒快见底了，嚷着添酒。店主先是劝阻我，说兄弟咱喝得差不多就行了，酒大伤身啊。我说我花钱喝酒，图的是痛快，你不想让我高兴吗？再说你没见多了个客人吗，让对面女人觉得我请不起酒，岂不是没面子？店主连声苦笑，隔了一会儿，递上一壶酒，拍了拍我的背，叮嘱道："悠着点儿啊。"

女人喝了酒后神情愉悦，说要卖个故事给我。我说怎知我需要故事？她诡秘一笑，说她一进来，就看出我是个缺故事的家伙了。我问一个故事多少钱？她说好的故事是无价之宝，千金难买；烂故事是垃圾，臭不可闻。如果我能听完她讲的故事，说明它有价值，她要求不高，抵得上这桌酒菜就行。我说你意思自己不是白吃我的？她有点恼怒，教训我永远不要当着女人的面说她白吃。

她开始讲故事，说故事的主人公叫孟平贵，不过乌苏里江一带的人都习惯叫他的小名"哈喇泊"，这是他祖母给起的。

哈喇泊出生在万吉镇，这地方依山傍水，风景优美，对岸是苏联的一个小镇。哈喇泊的祖父是善于骑射的蒙古人，祖母是以渔猎见长的赫哲人，所以哈喇泊的父亲，是蒙古族和赫哲族的后人。

哈喇泊身高体阔，膀大腰圆，气壮如牛，圆脸上生着浅浅的络腮胡，蒜头鼻子，敦厚的嘴唇，漆黑的一字眉下，是一双和善而明亮的眼睛。他外形不乏男子气概，可身上却有一点缺彩，就是牙齿。怎么说呢，不仅是他，哈喇泊的血亲，他的祖母和父亲，没一个好牙齿的，都是满嘴的残垣断壁。

我说："可能万吉镇的水有问题吧，比如含氟少，牙齿就容易变成核桃酥。"

女人撇了一下嘴，吃了一块黑斑狗鱼，又饮了一盅酒，说："哈喇泊的牙齿要是跟水有关的话，我这故事还能卖得出去吗。"她警告我少插言，讲故事最怕打岔了。

女人说哈喇泊的牙齿随他父亲，而他父亲的牙齿又随他祖母。

哈喇泊的祖上是大黑河屯人，也就是海兰泡。过去那里叫孟家屯，是当时黑龙江将军管辖区域，可叹它如今不是咱们的地界了。哈喇泊的祖父是个蒙古商人，做皮毛生意的，总来大黑河屯交易，认识了哈喇泊的祖母，一个朴实能干的赫哲女人，她做的鱼皮衣，在大黑河屯很出名。说是穿着她的鱼皮衣下江捕鱼，防风防雨不说，鱼儿还爱入网上钩，所以哈喇泊的祖母吸引了不少男人的目光。

哈喇泊的祖父祖母成亲于1897年冬天，转年他们有了一个女儿。他们在大黑河屯经营两家货栈，日子过得红红火火。1900年初春，哈喇泊的祖母又怀孕了，这时哈喇泊的祖父要开一家火磨铺加工小麦，正忙着购进机器，装点铺面，所以提早就给未出生的孩子起好了名字"火磨"。然而到了七月，沙俄借口义和团运动在东北蔓延，危及边境，逮捕了许多世居于此的华人。而在太阳最灿烂的时日，火磨铺开张仅一周，喜气未散，大黑河屯华人的房子和店铺，突遭俄兵洗劫。无论妇孺，都被驱赶到黑龙江边。

人们被刀斧威逼出来的一瞬，忙着不同的活儿，所以临时带走的东西千奇百怪，有拿着烟袋锅的、擀面杖的、笤帚的、筷子的、茶碗的、针线的、算盘的、酒壶的、肥皂的、铲子的、梭子的、书籍的、纸币的、马鞭的、桦子的，可见当时他们正抽着烟、擀着面、扫着地、吃着饭、喝着茶、缝着衣、算着账、饮着酒、洗着衣、炒着菜、补着网、读着书、点着钱、赶着马、烧着柴。最滑稽的，是有人当时正蹲茅坑，慌张中握着揩腚的草纸，一脸没排泄痛快的苦楚。而有的人正擦拭油灯，想着明晃晃的太阳下出了这等事，此去黑暗，大白天的举着油灯上路。

被驱赶到江边的华人，没有不回头的，他们遥望自家房屋还在不在，离散的亲人在哪儿，心爱的马和狗又在何方。而先前还一片祥和的大黑河屯，浓烟滚滚，火光冲天。俄兵用武器将人们往江里赶，那些不会水的只要反抗，刀斧便会袭来。人群中血肉飞溅，哭声震天，倒下的人越来越多，沙滩的鹅卵石被鲜血染红了，像一只只愤怒的眼。

哈喇泊的祖父抱着两岁的女儿，她手里攥着一颗糖球，惊恐让她手心发热和出汗，糖渐渐化了，她的手代替她的嘴，吃了最后的糖。祖母则拿着一把碎布条，她正打袼褙，预备给腹中的孩子做鞋子。一个俄兵用长刀挟持哈喇泊的祖父，喝令他滚回江对岸去，可这个能纵马驰骋的蒙古汉子不会游泳，粗通俄语的他跟俄兵说他怕水，怀抱的孩子更怕水，还有他的女人怀着孩子，他愿意把新开的火磨铺送给俄兵，他收购来的小麦都是最好的，能磨出上好的面，无论养家还是给军队补允给养都没得说。岂不知他的火磨铺正在燃烧，雇来的看管铺子的两个伙计已死在俄兵的斧头下了。哈喇泊的祖母多年以后回忆起那个令她肝肠寸断的日子,依然会紧咬牙齿,虽说其后她嘴里只剩两颗糟烂的后槽牙了。

没等哈喇泊的祖父说完乞求的话,一个骑兵挥舞一柄长刀,削枝丫似的,先把他怀中的女孩拦腰斩落,接着朝向哈喇泊的祖父。哈喇泊的祖父见女儿死在刀下,咆哮着反扑。他熟悉马的特性,飞身绊马,将骑兵摔落,夺刀砍向他。俄兵躲闪着,他没击中他脖颈,只废掉他一条胳膊。哈喇泊祖父的第二刀还没出手,被一个手持莫辛步枪的俄兵,迎面射杀。哈喇泊的祖母说,这种枪大黑河屯的华人都叫它"水连珠",因为枪声清脆得像山泉流过。哈喇泊的祖父被水连珠击中的一瞬,高呼:"快游过哈拉穆河——"这是他无力保护身后心爱的女人,对她发出的最后呼唤。

哈拉穆河,是哈喇泊祖父对这条江的称呼,他知道他的女人是可以搏击激流的鱼,因为赫哲人无论男女,没有不会水的。

哈喇泊的祖母带着四个月的身孕,纵身跳入黑龙江,奋力游向对岸。江水失却了往日的安详,在江流中沉浮的,是尸首和奄奄一息的人,江面漂浮着鞋子、袜子、帽子、衣裳、腰带、围巾、烟袋、算盘、木棍、草纸、包袱皮,等等。尸首随着波涛一起一伏的样子,好像人们还活着。

要说这条江在大黑河屯与对岸的距离,不过千米,可黑龙江即便在盛夏,江水也冰冷刺骨,加之水流湍急,每年总有人丧命于此。哈喇泊的祖母游到江中心时,体力不支,找不到漂浮的倒木作为支撑歇息,恰好一具浮尸漂过身边,是个光着膀子面朝下的壮年男尸,哈喇泊的祖母一把抱住他的腰,叫着已死在岸边的自己男人的名字,大口大口喘息着,待体力恢复一些,她松开那冰冷的男人,说大哥你好走吧,继续朝对岸游去。

一连三天,被赶到江岸的人,数千人毙命,幸存者极少。一条没有船停泊的江,对于要渡河的人来说,无疑是流动的地狱。但哈喇泊的祖母是幸运者,她不仅活下来了,还保住了腹中胎儿,漂泊了几个月后,年底在万吉镇落脚,生下哈喇泊的父亲,也就是火磨。

女人讲到此,探询地看了看我,仿佛在问我,这故事听得下去吗?我哪敢再插言,只是奉上一盅酒。她接过酒,洒在地上,我想她在祭奠故事中的罹难者吧。

女人微微咳嗽一声,接着讲故事。

哈喇泊的祖母上岸后,发现自己的牙齿多半化为乌有,好像那些牙齿是隐藏的烟花,瞬间燃爆了,而还留在牙床上的,也都是风中败柳,摇摇欲坠。有人说她是因仇恨咬碎了牙,也有人说她当时游不动了,不咬碎牙齿,逼出身上最后的力气,早就喂江鱼了。

火磨五六岁时,就听母亲讲父亲的故事,说到他被水连珠击中的时候,火磨会把牙齿咬得"嘎吱嘎吱"响。他出生后本来有一口漂亮的白牙的,到换牙时,多半的牙被他嚼碎了。而新长出的牙齿,在他重温父亲故事的成长历程中,也多半粉身碎骨,所以他二十多岁时,已是远近闻名的没牙的男人。

因为牙齿不好,哈喇泊家族,不吃硬的东西。他们不喜单纯的米粥,嫌没滋味,更爱汤羹,所以但凡米类和谷物入锅,都是和鸡鸭鱼肉一同熬制。刺少的狗鱼,是灶上的主角。费牙齿的牛肉鹅肉,都得剔骨,取其软嫩的部位食用,所以在万吉镇,狗们嘴馋了,爱去哈喇泊家门前游荡,那是它们美食的道场,往往会捡着连着筋肉的骨头。

哈喇泊一家喝汤也就出了名。在万吉镇,晚炊时分,你若走进他家院子,没风的日子也像有风,自屋里传出呼呼呼的声音,偶尔汤匙触碰瓷碗,这风声中就多了几声清脆的哨音了。

受母亲所述故事的影响,火磨年轻时就惧怕成家。父亲和未见面的姐姐死于惨案,让他觉得世事难料,男人有时是保护不了妻儿的。他也因此变得孤僻,独来独往,与万吉镇的人格格不入,没一个姑娘看上他。

火磨四十岁时,额头的皱纹和鬓角的白发过早出现了,哈喇泊的祖母终于坐不住了,遍寻乌苏里江流域的媒人,给火磨说亲。她跟媒人介绍儿子时,总是一句话:"俺儿除了牙,哪哪都好!"年纪轻轻就没了牙,媒人总要多问一句为啥,哈喇泊的祖母便讲他们家族的故事,听得媒人唏嘘,赞叹火磨是条汉子,信誓旦旦地表示要为他寻得佳偶。

火磨四十二岁时,终于娶了媳妇。这人比火磨小八岁,是个哑巴。而最终为他选定这门亲的,是火磨的母亲。媒人介绍了三个愿意嫁给火磨的人:一个是比他小五岁的寡妇,带着个六岁的儿子;一个是比火磨大二岁的悍妇;还有一个就是模样周正的哑巴。火磨的母亲当然不想儿子一成家就给人当爹,所以虽然那个寡妇善良能干,她第一个勾掉的就是她。第二个虽是黄花闺女,可她因为家底殷实,好逸恶劳,脾气暴躁,打遍邻里,不是善茬,哈喇泊的祖母可不想让儿子抱着一个火药桶过日子,所以她自然不在考虑之列。而火磨话本就不多,若跟哑巴在一起,除了能保持他沉默寡言的天性,还能让家有持久的安宁。更重要的是,哑巴一口坏牙,能适应他们家喝汤的生活习惯。

火磨娶了哑巴后,最初一年不和媳妇睡一铺炕。哑巴自是无法说,就是能说的话,也说不出口哇。哈喇泊的祖母察觉后问儿子,你这是嫌弃哑巴?火磨忧心忡忡地说,要是一起睡了,有个一儿半女,遇到大黑河屯那样的大难,你护卫不了他们咋办?哈喇泊的祖母气得心口疼,说那样的日子不会再有了!她说你不和人家睡,就别让她过门,这不是让人守活寡吗。火磨认真考虑了三天,最后答应和哑巴一起睡。东北光复的第二年,哑巴生下哈喇泊。而哈喇泊的祖母最担心的,是未来的孙儿会遗传儿媳的病,也成哑巴。所以儿媳有孕后,她跑遍了附近的寺庙,为她祈福。哈喇泊一降生,听到他那仿佛能穿透云层的哭声,作为祖母的她喜极而泣,因为哑巴的哭通常是呜咽的,几乎听不到。孙儿大名的命名权她给予了儿子,火磨给他取名孟平贵,小名"哈喇泊"则是她给起的,这是蒙古语"海兰泡"的叫法,以纪念她在大黑河屯的青春岁月和死去的男人和女儿。哈喇泊顶着这个名字,注定要听祖辈和父辈给他重复的那个故事,所以祖母谢世时,已是壮小伙的哈喇泊,一口牙齿多半为那故事殉葬,在不断的咬牙切齿声中,化为齑粉。

哈喇泊家族豁着一口坏牙,仅凭喝汤,他的祖母和父亲,竟都活过八十岁。哈喇泊不像父亲,听了这故事后惧怕有后人,他恰恰相反,觉得儿女多了,万一遭遇不测,总有人会绝处逢生,留下火种,所以他喜欢往女人堆里钻,用不着媒婆,老早就给自己觅得佳人,二十三岁就结婚了,喜得他那哑巴母亲,天天张着嘴乐,表达她那无以言说的喜悦。那姑娘是万吉镇的下乡知青,名字叫张雪,哈尔滨人,在小学教书,模样一般,但她身上的"一黑一白"格外抢眼,黑的是垂在脑后的乌油油的大辫子,白的是满口雪亮的牙。哈喇泊笑起来时,嘴里黑洞洞的,像是魔窟,所以她与他成亲时,提出的唯一条件是他笑时得抿着嘴。

哈喇泊小学文化，因为万吉镇没有中学，继续读书要去外地，而他不能离开家人，尤其是母亲。火磨得子后，觉得有了哈喇泊这个果实，足以对母亲交代了，再不和哑巴睡一铺炕。万吉镇有个老光棍，觉得有机可乘。哈喇泊的母亲去挑水，他抢她的扁担；她去铲地，他夺她的锄头。万吉镇的人见着火磨，会和他开玩笑："你们家要来长工了！"火磨不以为意，但十一二岁的哈喇泊深以为耻，他举着镰刀捍卫父亲的权利和母亲的尊严，威胁光棍汉若再敢碰她母亲手里的工具，就割掉他裆里的玩意儿！光棍汉说工具又没长肉，咋就不能碰？哈喇泊说他母亲手里的扁担和镐头，都是父亲打制的，随他父亲姓孟，除了亲人谁都不能碰。光棍汉嘴上说我还怕你们这些豁牙的？但他再跟踪哑巴时，总要瞄着哈喇泊是否在左右。

哈喇泊小学毕业后跟父亲打过鱼，养过蜂，采过药，他成人后因为属于少数民族后裔，政府给他安排了工作，在万吉镇小学当工人，每月有工资拿，成为同龄人羡慕的对象。他就两样活儿：烧水和敲钟。不过这两样活儿把身子，他开始时很不习惯。他的工作间在水房一角，小屋总是水雾弥漫，令他昏昏欲睡。所以到了上下课的点儿，他往往因为瞌睡，而错过了敲钟。该下课了，他不打钟，而未到上课时间，他也许因为去厕所解手，顺路就把上课钟敲了，所以师生们对他都不满意，老师不愿多讲课，学生自然也不乐意被侵占休息时间。哈喇泊听到议论后恍然大悟：原来没人恋着讲台和课桌啊！他开始有意识地提前敲下课钟，而又把上课钟延后个两三分钟，师生们果然说他好话了，见了他都说孟师傅好，但他们说过后赶紧溜掉，生怕哈喇泊笑，一个没牙的人乐起来，就像张开了血盆大口，实在可怕。

哈喇泊是供销社的常客。那时祖母已过世，他买香烟和水果罐头孝敬父母，还给学生买糖，招徕他们听他讲家族故事。除此之外，每到乌苏里江通航时节，航标船停靠在万吉镇时，哈喇泊总要省下钱来，给航标工买好吃的。自家不舍得吃的猪肉罐头、刚打上的鱼，他都送过去。他对在国境线上作业的航标工有种崇拜心理，认为他们比自己敲钟伟大。所以他成了乌苏里江万吉镇段义务的航标维护工。有农人放羊图方便，把羊拴在岸标的标杆上，他巡查到了，会解开绳索，把羊牵回主人家，说这是拴的羊，你要是拴牛马这种大牲口，它们蛮力十足，万一把岸标扯断，那昭示咱领土的标记就没了，可了不得啊！有时不是人为因素损及岸标，比如麻雀在上面坐窝了，他就嘟囔着岸标又不是树，没一片叶子能给你们遮风挡雨，在这坐窝不是傻吗？哈喇泊给鸟挪窝。而每年开江之后，冰排流空，航标船的人开始设置浮标、安装标灯时，他的星期天就是和航标工一起度过了，帮他们打个下手，航标船的人都很喜欢哈喇泊。他们犒劳哈喇泊的方式是煮一锅浓汤，与他一起热火朝天地喝顿汤，再听他讲一遍那个令人切齿的故事，虽说他们听过多遍了。

哈喇泊结婚后，不像从前见着可爱的姑娘爱上前搭讪，他怕媳妇张雪吃醋。他们在同一单位工作，哈喇泊的工资她习惯一并领了，由她支配。开始时哈喇泊不以为意，但后来他每次买东西朝她要钱费劲，再到发工资的日子，他就早早去财务室候着。他和张雪常因钱拌嘴，她说拿钱给公婆买东西天经地义，可给航标船的人买吃的，纯属傻瓜，那些人都有工资，在野外作业又有补助，哪用得着你贴补？还有张雪不满意哈喇泊在水房给学生讲故事，他买了糖果藏起来，谁听他故事，他就发一颗糖。而那故事讲了千百遍，谁都知道，小孩子想糖吃时就去骗他，说想听故事了，他不厌其烦地讲，学生们虚张声势地做出痛恨的表情，骂惨案制造者，比赛着磨牙。而谁的牙咬得狠，哈喇泊就多给谁一颗糖。因为这，他有时也会误了敲钟，校方警告过他不止一次。

我打了个哈欠，讲故事的女人立刻警觉起来，说你嫌这故事长了？我赶紧解释说我犯烟瘾了，她倒了一盅酒干掉，夹了两只江虾塞进嘴里，说那你赶紧熏个腊肉嘛！我刚想问她怎知我和麦小芽的吸烟"密语"，她接着讲故事了。

我点燃一支烟，烟雾让摆渡人的脸蒙上了一层面纱，我看不清她的脸，但她的声音依然清晰入耳。

哈喇泊和张雪在一起过了八九年吧，始终没有孩子，这急坏了哈喇泊，他想要一堆孩子的梦想正在一天天破灭。据说张雪每次月经来潮，哈喇泊都很难过，嘟囔他的种子打了水漂，把酒当汤连喝三碗，大醉一场。不过他并不泄气，再到张雪的排卵期，他依然热情洋溢地播撒种子，渴望它们萌芽。万吉镇有女人偷听到哈喇泊跟张雪说，你不能生，俺找一个女的偷着生了，咱当亲生的养活咋样？张雪说那她就吊死在学校的钟旁，他就敲着她的尸首过下半生吧，吓得哈喇泊再也不敢提养私生子的事情。

后来张雪在知青返城的浪潮中回哈尔滨了，哈喇泊自知他们是两个世界的人了，主动提出离婚。张雪觉得自己没给哈喇泊留下一儿半女，对不起他，愿意离婚，说是离开她后，哈喇泊可找个能生养的女人，不然老了进棺材，坟前都没个烧纸钱的后人。

　　他们告别的故事在万吉镇广为流传，那是晚秋时令，几场霜后，田野一派荒芜。张雪那天先是起早给两个女人上坟，一个是哈喇泊的祖母，一个是刚去世的婆婆。她并不喜欢哈喇泊的祖母，觉得她的故事害了哈喇泊。但她喜欢不能开口说话的婆婆，张雪未能生养，婆婆直到生命最后一息，一直用温柔的眼神待她。张雪采了一枝傲霜的野菊献给婆婆时，一只苏雀飞过坟头，留下喳喳的叫声，仿佛婆婆开口说话了。上完坟回到镇子，张雪又去看公公，把自己做的一薄一厚两条棉裤带给他。火磨独居，垂垂老矣，每天除了喝汤就是晒太阳。他还爱讲那个大家耳熟能详的故事，但人们都听絮烦了，他没处讲了，就嘟嘟囔囔地说给自己听。儿子离婚了，他倒高兴，说是哈喇泊遭遇不测时，牺牲自己就是了，没有牵绊。所以在婆婆的葬礼上，公公没有悲伤，好像老婆死在他前面，对他是解脱。火磨唯一惆怅的是，媳妇死了，儿媳走了，以后谁给他做棉裤呢。但他想这岁数了，也穿不了几条新棉裤了。张雪看完公公回到家，用精心备好的猪骨、牛尾、鸡胸和白鱼，花了七八个小时，为哈喇泊煲了一锅浓汤，然后穿上大红缎子袄，好好打扮了一番。据说她和哈喇泊喝了三斤烧酒，月亮升起后，他们手拉着手，醉醺醺地去学校操场散步。张雪摇晃着走到铁铸的钟旁，说是月亮要是能当钟锤就好了，到点儿了让它来打钟，哈喇泊能省力气不说，还不会误点儿。哈喇泊听后感动得蹲在地上呜呜哭了，说是舍不得她。张雪见哈喇泊如此难过，觉得自己不牺牲点什么，就辜负了哈喇泊的真情，她把嘴张大，用牙齿撞钟，生生折损了两颗大门牙、上颚一颗尖牙及下颚两颗切牙，有的牙还没完全脱离牙床，死守根据地，她生拉硬拽地让它们"出列"，弄得下巴鲜血淋淋。她把这五颗连着肉的牙齿，放在哈喇泊掌心时，哈喇泊叫道："还是给我留下了骨肉哇——"哭得地动山摇的，惊醒了不少住在学校旁边的人。

　　摆渡人说，一个有情有义的男人得着这样的纪念物，能忘了他的女人吗。张雪回哈尔滨一年后，嫁了个死了老婆的啤酒厂工人，两年后生下一个男孩。万吉镇的人知晓后，爱拿哈喇泊开玩笑，说同样一片地，咋人家的种子就能发芽呢？哈喇泊说可能施的肥不一样吧，大家就笑。为了证明自己也有实力吧，哈喇泊很快娶了个比自己大五岁的离异者，她育有一子，判给前夫了。哈喇泊心想这是个下过蛋的鸡，挪个窝再给自己下一个而已，所以对她满怀信心。而这个女子也巴望着再生一个，因为前夫不许她看望儿子。但三四年过去，她的肚子不见隆起，反而瘦了下去，她吃不下饭，睡不好觉，脸色灰黄，瘦成一把骨头，去城里医院一检查，子宫癌已到晚期。第二个老婆死后，父亲火磨也死了，哈喇泊心灰意冷了好几年，才娶第三个老婆。她比哈喇泊小一旬，是媒婆介绍过来的外乡人，模样不错，就是患有癔症，一发作起来人事不知，有时哈喇泊正准备去打钟，会被匆匆赶来的人给喊走，说你老婆发癔症了，倒在大道上抽搐呢，还不去看看！他就撇下钟锤，一路快跑过去。这女人是个黄花闺女，跟他过了四年，也没怀孕，哈喇泊对她便有火气，时常找茬骂她。这女人不发病时温顺安静，持家能力也强，哈喇泊骂她，她虽不高兴，却也能忍，但哈喇泊有一天对她动了手，她终于提出不过了。说挨骂倒也罢了，挨打的日子却是一天都不能过！哈喇泊不想离，她就用纸盒做了块牌子，写上"哈喇泊打我"，坐在学校钟架下示威，引来师生围观，哈喇泊不敢来打钟了，只得同意离婚。最打击哈喇泊的是，这女人离婚一年后嫁给邻村一个养奶牛的，又过一年生下一个胖小子，癔症也不怎么发作了，哈喇泊痛苦极了，觉得老天待自己太残忍。男人们见了他又开起了玩笑，说咋两块地离了你都有收成，你要想有后传承你的故事，是不是得看看你的哑巴种子了？哈喇泊嘴硬地说，子弹还有卡壳的呢，谁的种子没几颗瘪的呢，赶上我运气差么！每说至此，他的眼眶都会浮上泪水，男人们赶紧鼓励他，说多冲锋，你的种子就会结果的！哈喇泊从此后不大与万吉镇的人来往了，寒暑假他不必打钟时，便买上好吃的，要么在乌苏里江畔和航标船的人待在一起，要么上山慰问边防部队。他与守卫国境线的人待在一起时，喝汤时总要用筷子先挑起点蔬菜，一块胡萝卜，一条土豆，或是一片白菜叶子，一根豆角，立在汤碗中央，当作浮标，定定地看上半晌，仿佛那泛着油光的汤，是滔滔的黑龙江水，然后夹起蔬菜的浮标吃掉，闷着头喝汤。

哈喇泊对自己的身体失去信心，不敢再婚了，他在私生活上变得放纵起来，进城找女人胡来。有一年扫黄打非，他被公安局的人逮个正着，消息传到万吉镇，校长气得肝疼，说他对不起祖宗，不配做男人。说归说，校长同情他，还是带着钱进城，交了罚款把他领回来。据说他每次去嫖，都喝得醉醺醺的，说不管谁怀了他的种，都会把她当王母娘娘供着。但暗地干这种营生的人，谁又愿意给个落魄者怀孕呢。

摆渡人讲到此，朝我勾了下手指，嘬了一下嘴，做出吸烟的姿势，说她也想"熏个腊肉"，我赶紧递上一支烟，然后再给自己点上一支，接着听她讲故事。

哈喇泊的命运真是曲折，他最为消沉的那年，得知张雪的儿子在上学路上出了车祸，双腿截肢，张雪的丈夫觉得是妻子造成了儿子的残疾，因为那天本该是她去接孩子的，她拉肚子给耽搁了，所以夫妻俩总吵架，他打张雪成了家常便饭。知情人对哈喇泊说，张雪的牙几乎被那男人打没了，跟他一样满嘴空洞。哈喇泊听了既愤怒又心疼，说我的女人咋能容人这么揍？张雪当年撞钟留给他的连着肉的牙齿，一直被他视为珍宝，他绝不允许别人这么欺负她。哈喇泊在那年寒假，专程去哈尔滨教训那男人。他趁着酒劲，在那男人上夜班的路上堵着他，把他揍倒在工厂浴池门前的雪堆上。哈喇泊不知这男人有严重的心脏病，这一揍竟让他当场气绝身亡。哈喇泊为此坐了牢，丢了公职。

哈喇泊出狱后回到万吉镇，形容枯槁，耳聋眼花，老得不成样子。他卖掉了父亲的房子，修缮他和张雪住过的已半塌的房子，以打鱼为生。他再也不去航标船和驻边部队了，也不义务巡查岸标了。只要喝多了酒，他就去学校操场游荡。学校早已用电铃，不需打钟人了，钟架也拆除了。水房还在，只是也改用电烧水了。他看着孩子们陌生的脸孔，很想给他们讲讲祖辈的故事，可他们听说他弄死过人，见了他都逃，他就讲给牲畜听。狗若没骨头吊着，也就听个开头，便颠儿颠儿跑掉；猪本来贪吃贪睡，它们支棱着耳朵听几句，算是给了他面子，"嗯嗯"两声，就呼呼大睡了；最钟情听故事的是奶牛，哈喇泊把它们当兄弟，边讲边抚摸它们黑白花的肚子，奶牛舒服得很，所以一听到底。不过养奶牛的人家跟哈喇泊抗议，说听了他讲的故事，奶牛都不爱产奶了，让他离远点儿。

哈喇泊受不了孤单吧，从此后总去外边吃饭。万吉镇就那么几家小馆子，他都吃遍了。他依然喝汤，所以各家小馆子总备着一两样汤，让他踏进门槛就能喝上。他们可怜他,不想收他钱,但哈喇泊说一个大男人咋能白吃,人们也就象征性收点儿,哈喇泊也没觉得那是便宜他了,他对物价的认知还停留在入狱前的水平,直到他外出卖鱼,看到价格飙升的商品,才知开小馆的人多么善良,他再去时,一定多付钱,才肯喝汤。

也许人老了的缘故,他喝汤的声音不比年轻时了,没那么响亮,时常夹杂着喘息。虽然不追航标船了,但他依然会在喝汤时,用筷子夹起一种蔬菜,立在汤碗中央,当作浮标,茫然望着,直到手上的筷子哆嗦起来。

有一年冬捕时节,哈喇泊认识了乌霞。她是个热情能干的俄罗斯妇女,在黑河和一个中国人合伙,经营一家俄罗斯商品店和一家俄式餐厅。乌霞比哈喇泊小九岁,是个离婚的,有一儿一女,儿子在布拉戈维申斯克市当工程师,已成家立业,女儿在圣彼得堡读大学。乌霞每月总要通关回到布市上货,看望亲人。哈喇泊每到黑河,总要去她店里喝汤,苏伯汤、鲜肉咸鱼杂拌汤、面条菌汤,都是他喜欢的。乌霞知道哈喇泊的遭遇后,说捕鱼是个力气活儿,还得凭运气,他这岁数了,不能再风吹雪打了,不如在他们餐厅打更有保障,每月有固定收入,还管吃管住。哈喇泊说他可以来她餐厅喝汤,但绝不会给一个俄罗斯人打工。祖辈在大黑河屯的遭遇,依然是他心中的痛!乌霞几次张罗带哈喇泊去布拉戈维申斯克游览,如今过境游的手续极为简便,但哈喇泊说除非祖父当年的铺子还在,他才会去。乌霞觉得哈喇泊固执古怪,但他的执拗和专情又打动她。所以哈喇泊一两个月不来,她还惦记着,驾着半截子车去万吉镇看他。乌霞的到来,是万吉镇的节日。因为她除了给哈喇泊带来吃的,还带来一些俄罗斯商品,就地售卖。她开玩笑说不能白跑,得把汽油钱赚回来。男人们喜欢的伏特加和刮胡刀,女人们喜欢的围巾和小镜子,孩子们喜欢的奶酪饼干和巧克力,很快就卖光了。她会说汉语,但不流利,万吉镇人与她讨价还价时,她嘴跟不上,就用计算器代她说话。当数字不再变幻,买卖双方都满意时,她会亲一下计算器。

乌霞看望哈喇泊,总要在万吉镇的客店住一夜。人们和她熟了以后逗她,为啥不去哈喇泊家里住?乌霞总是说,等他把牙镶了再说。人们把话传给哈喇泊,说看来乌霞对他有意。哈喇泊沉着脸说她想得美,要是她住进来,爷爷奶奶和父亲的魂儿,还不得半夜回来,合力把我的锅砸了,让我连汤都喝不上!

万吉镇的人私下议论，除了家族往事像根刺，一直扎在哈喇泊心头，使他不愿和一个俄罗斯女人亲近，还有就是跟过他的女人都怀不上孩子，让他有了心理阴影，所以他拒绝一切女人了。

哈喇泊晚年喝汤，从万吉镇开始，一直喝到黑河、同江、抚远、孙吴和饶河。他打鱼打到哪儿，就喝汤喝到哪里，他的故事也就流传到哪里。只要你到了黑龙江流域沿岸的地方，走进馆子，听到呼噜呼噜的喝汤声，说明你可能遇见哈喇泊了。听说他近两年迷上了饶河，因为张雪在哈喇泊出狱的那年因病去世后，她那出了车祸的残疾儿子，看上了饶河的风景，来这儿开了家江鲜小馆。哈喇泊怀念张雪吧，常来饶河打鱼，把鱼低价卖给这家小馆，在此喝汤。

对面的女人把故事讲到这儿，恰好摇着轮椅的店主，端着一壶酒，风一样经过，我说难道他就是张雪的儿子？摆渡人不语，只问我，这故事值这顿饭钱吗？

我连连说太值了太值了，追问哈喇泊在哪儿。

摆渡人说，这不突发了新冠肺炎疫情了吗，别说是饶河，春节后乌苏里江沿岸所有的餐馆，都关门了，哈喇泊没有喝汤的地方了，听说他出狱后也不大会做汤了，饿得不轻。有人说他又去看守边境线了，他不是奔航标船去的，他帮政府义务监督，怕携带了新冠肺炎病毒的人，非法越境过来。当然也有人说他那是遥望乌霞呢，因为乌霞因疫情滞留在布市，他们好久不见了。

我嘀咕道："餐馆那会儿都关了，哈喇泊喝不上汤，可别饿死哇。"然后哇哇哭起来。

摆渡人就在哭声中无声无息地消失了。

我醒来时已是凌晨四点，同寝的人在我的床头柜留下张便条，说他们去乌苏里江看日出，早饭时见。我觉得头昏脑涨，不记得昨晚在江鲜小馆喝到几点，又是怎么回来的。洗漱完毕，喝了杯热茶，我精神不少，五点多来到乌苏里江畔。

太阳升得高了，江面荡漾着笑容似的波光。健身的、垂钓的、洗衣的占据了江边。我和一个骑着摩托车来刷牙的汉子攀谈起来，问他为啥来这洗漱，他说能对着乌苏里江的旭日刷牙，多有朝气啊，所以只要是好时节，他从不错过这享受。我们正聊在兴头上，单位的领导和同客房的同事过来了。他们老远就喊我的名字，说你昨晚醉成那样，还能爬起来，真是不容易啊。待他们走到近前，领导先和我握了下手，说虽然他要退休了，不该管太多的事情了，但还是得批评我，昨晚怎么能一个人去小馆子喝得人事不省？万一喝出事咋办？他说你不是说去看姑妈吗，不能因为馋酒喝了就撒谎啊。我赶紧道歉，谎称没和姑妈预先打招呼，去她家扑个空，肚子又饿，所以一个人去吃江鲜了，没想到那家小馆子土烧的酒劲大，差点把我喝到另一世了，实在罪过。

领导笑了，说你犯了错儿，态度倒不错，以后注意就是了。领导继续向前散步，同客房的同事停下脚步，对我说昨晚接到江鲜小馆打来的电话时，他吓坏了，是他赶去把我背回去的。他说你一个人咋能喝两斤酒，不要命啊。我不好意思说是和一个女人一起喝的，只问他小馆的人怎么找到的他。同事说店主从我身上摸出手机，又找出酒店房卡，想着万一电话拨到亲属的号码上，让家人跟着着急不好，就按照房卡信息，拨到酒店房间，看看有没有同住的人，赶巧那时他刚洗完澡，接着了电话。他跟我道歉，说本来想悄悄把我弄回来的，可他怕带我回酒店时被领导撞着，再说他隐瞒，所以只好先报告了。

我说没关系的，换作我也会报告。

同事拍了一下我的肩膀，说你咋哭成那样呢？我背你回来时你还呜呜哇哇的，弄得我肩膀头都是眼泪和鼻涕，半夜还得洗衬衫！

我说有泪的男人都有情啊。

同事说情多了也伤身啊。

我拍了拍他的肩膀，笑着告别他，说早餐想独自在外边吃，然后去了昨晚去过的江鲜小馆。

还不到早餐高峰，但这家馆子已开始营业了，有两个客人在吃香喷喷的鱼丸面，一个嚷着来点儿醋，一个叫着上点儿辣椒油。店主答应着，一边给他们递调料，一边跟我打招呼，说你昨晚回去那么晚，起得够早啊。

显然他记得我这个醉鬼，我走到老位置坐下，点了一碗鱼杂面。

店主先送来一杯柠檬蜂蜜水，说是醒酒，然后问我还在饶河住几天，我说吃过早饭就回哈尔滨了。

我问店主，昨晚跟我一起喝酒的女人，是这里的常客吗？她说自己在乌苏里江摆渡，很会讲故事，不是因为听她的故事，我也许喝不了那么多。

店主说你咋晚就一个人喝呀，不过你在桌对面摆了筷子和酒杯，一个人咋哇说话，你这是纪念谁吧？最后客人都走了，你醉得说胡话，说乌苏里江往北流，那是为了看北斗星，有北斗星的地方就有英雄的魂灵啊，最后你哭起来，我才翻了你的兜，找出酒店房卡，按照房号，试着打了电话，还好你有一同住的人。

我觉得头皮发麻，我说那个穿绛紫色麻布长袍的女人，我看得真亮儿呀。

店主善意地笑笑，说那就当她来过吧，谁的一生没有几场梦魇呢。

店主说完，又问："你裤兜咋揣了那么多烟头？我翻房卡时翻到它们，想帮你扔了，又一想你可能留着做纪念的，就没动。"

我把手伸向裤兜，也不知是我手心出汗，还是宿在江边，烟头夜里受潮了，那堆烟蒂竟湿漉漉的，好像被人吻过。

我问店主，你母亲叫张雪是吧？

他吃惊地睁大眼睛，说你咋知道？

我用他的话回答他："谁的一生没有几场梦魇呢。"

店主说就你这神算，后街有个彩票厅，赶紧去买一注吧，一准儿能中大奖！

鱼杂面上来了，可我胃口皆无。我把筷子插进碗里，当桨划来划去。店里客人渐渐多了，灶房也喧闹起来。就在那碗面已凉、我准备买单离开的一瞬，忽听背后传来一阵喝汤的声音。

这声音初始像穿越幽谷的强风，带着股气吞山河的力量；跟着又像乌苏里江的水流，慢了半拍，变得深沉而有节奏；忽然这像风又像流水的喝汤声，又起了变奏，一阵剧烈的喘息声闯入，就像呜咽。而喘息声过后，是急板似的更加迅猛的喝汤声，仿佛谁要把大千世界都收入腹中。

我不敢回头，怕在白天看见黑夜，只是咬紧牙齿，用筷子挑起汤面漂浮的一棵碧绿的香菜，立在汤碗中央，它像一块闪光的浮标，更像一棵常青的生命之树。

（原载《作家》2021年第7期）

跳 马

◎路 内

小孩小名叫阿毛,姓董,副队长到嘉定拉队伍时,他正在路边讨饭,不知怎地跟定了副队长,就一起到了镇上,听口音是上海本地人。福元问了好几次,小孩不肯讲他的身世,只说爹娘都被日本人炸死了。问他几岁,回答十三。大队长对福元说,这么小的孩子,不会是奸细,就带在队伍上吧,只是不要给他耍刀玩枪,出去贴贴标语也好,暂先住到你家。福元点头,我们不管他,他就饿死了。小孩是读过点书的,国民革命、江抗、新四军、抗日救亡,全都会写,只是缺乏管教,满口脏话,两个队长调教了好些天,现在可以带出去了。

这支队伍上,大队长是体育教员,三十一岁,副队长是学生会的读书郎,只有十八岁。小孩有一天问福元,阿叔,我是不是跟错了人,我娘批想跟一个杀人不眨眼的大王,天天与日本人干仗,能一刀劈开汉奸的脑壳。我怎么跟了两个先生?不但不发枪给我,还要读书写字,要练游泳和跳马。福元大笑,说你要是实在不满意,就去投靠孙庆荣的队伍,他们除了抗日以外还打家劫舍。

昨天夜里,两个队长去见抗日救亡队的徐主任,商量关于孙庆荣公开投敌的事。徐主任说,不劳贵军动手,我自己清理门户。又说孙庆荣素与大队长有仇隙,如今得了日本人的钱粮军火,必来寻衅,提议队伍撤出上海。两个队长告辞出来,连夜召集人马,大队长却崴了脚,只得回家休养,副队长孤身往西走了。

天亮时,福元带着小孩去看大队长。大队长说,咦,你们两个还在?福元说,副队长留我下来做你警卫员。大队长说,你带小孩去芦苇荡避避风头吧,若有情况再说,让你老婆也去娘家。福元嫌小孩走得慢,大队长说,这小孩在外面贴标语多日,也早就暴露了,不要留在镇上。临别,大队长摸摸小孩的头,问说,跳马练得如何?小孩说,报告司令,矮一点的木箱能跳过去。大队长说,你记得我说的话,练好体育,等你长大,去参加奥林匹克运动会,日人的跳马水平很高,不要输给他们。小孩说,司令,都打仗了,还参加什么运动会,开运动会也是跟日本人拼刺刀罢了。大队长说,体育和读书写字一样,让你学会做人,亡国奴才是没有资格上赛场的。

两人一出门,小孩就骂,福元,娘批,我什么时候动作慢了?我跑得比你快!福元说我只是找个由头,你话太多,动静太大,带着你容易暴露。小孩说,你终归是怕死,你去参加运动会吧。福元不语,回家找他老婆阿娣。阿娣很胖,她才是那个跑不动路的人,但她比谁都不怕死,她说随便好了,老娘嫁给你,脑袋就挂在裤腰带上了,你逃进野地里,总要有人给你送吃的,不然你们两个互相吃屎吗。福元又劝了半天,阿娣答应去莲芳家的茶馆躲一躲,再也不肯多跑半步了。

福元背着步枪,唉声叹气,带小孩往西走。走了一段,福元数落小孩,阿娣前年嫁过来的时候,讲话细声细气,现在被你带坏了,你嘴巴太脏了。小孩背着箩筐,一颠一颠敲打着屁股,正要还嘴,福元大声说,副队长有命令,不许你再骂脏话!小孩闭了嘴。

这是八月的天气,没有一丝风,到了湖边,福元口干舌燥,掬了水要喝,小孩大声说,司令有命令,不许喝生水,染上痢疾掉队死得快。福元把小孩拽过来,翻他身后的箩筐,只翻出两卷标语纸,写着抗日救亡驱逐日寇,等等。福元说,你娘批,吃的喝的不带,带这个。过了一会儿又说,我都已经是游击队员了,还能指望天天早上去茶馆泡茶喝吗?小孩卸了箩筐,脱掉衣裤往水里跳,福元气急。小孩说,我捞虾给你吃,你这个不会游水的旱鸭子。

八月的湖水是温热的,岸边的芦苇长得很高了,福元点了一根香烟,蹲下身子,一会儿又站起来手搭凉棚看远处。道路明晃晃,无人经过,另一边是树林,福元在里面搭了两个窝棚。他数了数口袋里的子弹,还有六发。

阿叔,你手上这杆枪是我搞来的。小孩从水里冒出头说,当天副司令只带了我一个人去警察局,为什么?因为我年纪小,副司令说就扮个书童吧。给我换了件干净衣服,说我们去借东西,借了也不会再还,必须穿得体面些。警察一问副司令才十八岁,胆气冲天,又不像土匪,又不像帮会,吓死了,不肯借枪。后来司令进来了,司令是本地人,警察有点相信他了,问他会不会打枪。司令借了一杆,哗哗地拉了枪栓,走到街上,又往对面巷子里走了五十步,一枪就把警察局的招牌给打下来了。警察很生气，副司令就说，日本人马上要到了，你这招牌反正要换，至于你的枪嘛，日本人能留几杆给你？警察一听就服了，问他们的来头，副司令说，区区一个学生，江抗嘉定青年团副队长。司令说，鄙人曾是中学教员，教体育的，如今是队长。警察就说，二位的气度，能带十万兵。备长枪十支，短枪两支，子弹五箱，送至府上。那是我第一次见到司令，我问他教体育的为啥会打枪，他说射击也是体育嘛。

你不用介绍大队长，我从小就认识他。福元说。

小孩在水里扑腾，福元扔了烟屁股。小孩嚷道，阿叔，你这样会暴露。福元说，你动静忒大，游起来哗啦哗啦的，要静悄悄地游。小孩说，游得快，动静肯定大。福元说，我们是游击队，要静悄悄地游，日本人养的狼狗，耳朵很灵，你哗啦哗啦的，我们就全暴露了。

日本人就是狼狗×他娘的×出来的。小孩游了回来，递给福元一只虾。福元放嘴里嚼着。小孩说，我饿了，我游了娘的半天才摸到一只，你将箩筐给我，我好捉多些。福元让小孩噤声，大路上有马车经过。小孩矮身，摸到岸上套裤子，福元看了看他，忍不住又打趣说，莲芳讲了，等你毛长齐了就把她堂妹许配给你，王桥村的那个小姑娘，叫啥名字。小孩说，叫芳蕙，不大识字，跑得比我还快，司令说她可以做田径运动员，司令天天想开运动会。福元说，大队长就是这样的，他是体育教员。

福元决定进树林，日近中午，想着夜里未必能睡好，窝棚里可以眯一觉。小孩却不肯跟他走，一再嚷道，跟日本人干仗，宁可跳水里，不可躲树林里。福元又气又笑，说，你搞得自己像老兵似的，你跟几个日本人干过仗？小孩还嘴说，我当然见过日本人，倒是你们，拉队伍三个月没朝日本人放过一枪，干来干去都是中国人，徐有芳、孙庆荣、卢得奎，还有几个打家劫舍的土匪。福元说，斗争形势复杂，大队长讲过我们全凑齐了才五六十个人，大概都算上你和阿娣了，你想怎么打？小孩说，反正孙庆荣已经投敌了，砍他的脑袋就像砍日本人的脑袋。福元不想再听小孩嚷嚷，拉着他的胳膊进了树林。

这片树林很深，背靠一座小山包，林间一片空地，是平日练兵的场所。枪靶和人形草垛早已收走，如今仅剩一个大木箱，是大队长亲手量出的尺寸规格，并辟了一条跑道，让队员们练习跳箱。小孩撂下箩筐，沿着跑道奔过去，箱子于他而言太高，停住了招呼福元，你来试试。福元摇头说，我也不会跳马，弹跳力不行，只是力气大，大队长说我应该去练举重。小孩哈哈大笑，爬上木箱，腾空起来蹦到福元面前，做了三个侧手翻。福元让他动静小些，找到窝棚，用树枝扫了扫，抱枪钻了进去。

你既然睡觉了，枪不妨交给我。小孩说。

我怕你拿了枪就去找孙庆荣拼命，你一个人冲过去不够人家填牙缝的。福元又打趣。

我娘批才不想死在中国人手里呢，小孩说，老子的命要留着跟日本人拼刺刀的。

福元只想浅睡一会儿。小孩也算是老兵了，不必交代就能自觉放哨站岗，迷迷糊糊听到他跑动的声音，猜想是在跳木箱。大队长曾经叹息，说我军颇有些十五六岁的少年兵，小小年纪便要上阵与日人血战，思之不忍。福元想，仗是打不完的，过了今天，还是求队长把小孩送到酱菜店去做个学徒吧。

小孩站在林间空地上，有一会儿听到福元打鼾。远处窸窸窣窣的声音，必是有动物钻过。小孩怕蛇，想起大队长教的，便捡了一根长树枝，往草丛里扫一圈，一些灰蓝色的小蛾子飞了起来，在树木阴影里浮动。小孩知道这是坟头上的蛾，又爬到木箱上，向镇子方向眺望，那一带起了薄薄的烟，没有枪声或叫喊，必是有人家在做午饭。福元的鼾声大了起来，小孩想，像这副样子是做不了游击队的，倒头就能睡死。小孩渐感无聊，走过去看了看木箱，大队长曾说找漆匠来刷一下，日本人来了几次后，队伍化整为零，练兵场便也荒废了。他上了跑道，踢掉鞋子，挺腰抬腿，按大队长教的做了几个预备动作，随后跑向木箱。这一次居然跳了过去，且稳稳地落在地上。小孩十分高兴，寻思是否要叫醒福元，让他也看看，这时听到有布谷鸟叫。游击队的暗号，不是学鸟叫，就是学猫叫。小孩喝道，是谁。只见芳蕙从一棵树后面绕了出来。

福元也醒了，吓得不轻，摸到枪，从窝棚另一头爬出去，这才站起来看。芳蕙与小孩同岁，个头比小孩还略高一点。福元问，你是怎么知道这里的？芳蕙笑嘻嘻说，阿娣带我来的，阿娣在后面，她跑不动路了，挎了一篮子烧饼。福元松了口气，又打趣，说你来看你卵子阿哥了。芳蕙脸涨得通红。春天时，她让小孩教写字，小孩抬手写了个卵，被副队长训斥一顿。自此福元就在芳蕙面前喊他是卵子阿哥。说话间，三人听到沉重的喘息声，树枝哗啦啦响，知道是阿娣。福元心想，要都像阿娣这动静，有多少人马都得落在敌人手里。等了好一会儿，阿娣才出现，左手挎篮子，右手拎着一罐水，热得两颊通红，几乎累成一摊泥。福元和小孩欢呼一声，揭开布头各抓了一个烧饼啃，又喝饱了水。小孩说，大事不妙，我要去拉屎。从箩筐里捡了一张纸，直往山丘后面跑去。

福元还在啃饼，阿娣拽他，说，我和芳蕙来时遇到一队兵。福元即刻警惕，问是哪家的兵，有多少人。阿娣说，中国兵，二十多个人，都穿便装背长枪，往镇上去了，有个看上去是长官的还拦住盘问我，我说送自家妹子回村，他就放我走了，顺手拿了我一个饼，还拍了我的屁股。福元问，他们是鬼鬼祟祟地走，还是大摇大摆地走？阿娣说，我看他们鬼鬼祟祟的，不如你正派。福元说，你不要觉得我是你男人就正派，我是游击队员，我们出去干仗都是鬼鬼祟祟的，大摇大摆就暴露了。阿娣说，那我觉得他们大摇大摆的。福元说，这时节敢集结人马往镇上去的，十有八九，是孙庆荣的兵。

福元咽不下饼了，蹲在地上想了一会儿，将长枪背上肩，说要回镇。阿娣不解。福元说，孙庆荣已经投敌了，我得去通知大队长，实在不行把他背出来也行，总之不能让他落在敌人手里。福元拍拍芳蕙的肩膀，又说，卵子阿哥拉屎回来你就让他去找副队长，我们的人都在你家王桥村的祠堂，告诉他赶紧带救兵来。说罢往镇上飞步奔去。阿娣两头不是，抱起水罐喝了几口，对芳蕙说，你就跟卵子阿哥一起回家吧。追着福元也走了。

芳蕙还是笑嘻嘻的，小孩从山丘后面跑出来，她已经骑在木箱上。小孩说，这个木箱你跳得过去吗？芳蕙说，司令讲过，木箱是男人跳的。小孩点头。芳蕙说，司令讲我跑得快，可以去参加短跑比赛，要是他的学校没有被日本人炸掉，他就推荐我去那里训练了，专门教体育的学校，将来我可以做个女体育老师。小孩端起水罐，发现里面已经空了，问福元和阿娣去了哪里，芳蕙说，有一队兵进镇了，他们回去救司令啦，让我带你去王桥村的祠堂找副司令，找来副司令，就可以去救司令啦。小孩说，娘批啊，这么重要的任务你为何不早说，还在这里与我闲聊，笨得要死，只会瞎跑。芳蕙愣了一会儿，哇哇大哭起来，几乎从木箱上掉下来。

方惠是个爱哭的小姑娘，她父母是王桥村上弹棉花的，她虽然不识字但一门心思想跟着游击队走。因为大队长说她可以成为体育老师，副队长说她聪明伶俐可以成为读书郎，福元说她相貌标致可以成为女演员，总之不必跟着父母学弹棉花。这样一来，她就变得不一样了，任何人训她都会招致她大哭。小孩连忙拍打芳蕙的后背，她抽抽噎噎，讲不出一句话。小孩想，这样下去简直没完没了。便说，你再哭的话，我只能一个人去王桥村了。芳蕙说，你走，你走，你晓得王桥村在哪里？小孩摇头，说，那你别再哭了，赶紧带我去王桥村，若去晚了，只怕副司令也遭了暗算，你堂姐这一腔单相思就落进棺材板里去了。芳蕙说，呸啊。

此地距王桥村尚有十里路。两人出了树林向西走，太阳高照，没有一丝风。芳蕙步子快，一会儿工夫就走到小孩前面去，又慢下脚步等他。小孩说，司令说过你能跑，你也不必这样吧，真跑起来我不会输给你的。说完拔腿狂奔，芳蕙喊了一声，在后面急追。跑了有半里路，芳蕙早已遥遥领先，站在一棵树下等他。小孩喊道，不行，这么跑的话，用不了多久我就瘫了。芳蕙得意，说，我能从王桥村一直跑到娄塘镇上，要不然，你在后面慢慢走，我先跑去找副司令。小孩说，那也不行，我是传令兵，任务被你做掉了，我军法从事。芳蕙问何谓军法从事，小孩说，轻则关禁闭，重则砍头。

小孩走到树下，在阴凉处喘了一会儿。芳蕙将他的箩筐背在自己身上，问道，我堂姐的事你是如何知道的。小孩吐了一口苦水，说，莲芳想嫁给副司令人人知道的事。芳蕙说，堂姐也跟我说过，只是不让我告诉别人。小孩说，大家看得出苗头，副司令一到镇上，莲芳就涨红了脸，催着阿娣带他去茶馆。芳蕙问，你觉得莲芳配得上副司令吗？小孩说，福元阿叔告诉我，大敌当前不可儿女情长，不过副司令少年儒将，有好女子相中他，也是人之常情。芳蕙说，我问的是他俩般不般配。小孩说，般配，般配，我现在歇够了，赶紧上路。

芳蕙从箩筐里拿出了标语纸，边走边看，那上面的字多半不认得。小孩说，这一张写的是驱逐日寇、抗战到底。芳蕙又展开一张，小孩说，这一张是今早写的，孙庆荣临阵投敌，死无葬身之地。芳蕙说，孙庆荣为啥投敌了？小孩骂道，孙庆荣这个婊子养的，全队人马齐刷刷做了汉奸，司令早说他匪性难改，墙头草两边倒，靠不住。芳蕙说，副司令不许你再骂脏话。

路越来越窄，周围尽是稻田，又经过一片小树林，远远看见一座小石桥。小孩问，前面是不是王桥村。芳蕙摇头说，那是张家桥。就在这时，听到一阵嗡嗡的声音，不知从哪里传来。芳蕙四处张望，小孩顿时紧张起来，不好，日本人的飞机来啦。芳蕙大骇，往树林里跑，小孩一把拽住她背后的箩筐，说，躲到桥底下啦。两人奔了一阵，下到河里，那水却很深，不敢往桥洞下钻，只得紧贴在桥垛北侧。果然两架飞机从南边过来，飞得很低。小孩说，这是要回他们虹口的飞机场。想了想，又说，遇到飞机，你要记得，不可往树林里躲。

飞机像是在头顶盘旋了一圈，发出巨大的声响，芳蕙捂住耳朵。又等了好一会儿，见两架飞机掠过头顶，向北飞去，像两只大鸟。芳蕙觉得小孩在发抖，拍了拍他，等到飞机远了，听到小孩的牙齿发出咯咯哒哒的声音。芳蕙说，你害怕了。小孩没说话，打了自己一个耳光，方才镇定下来。

芳蕙爬上岸，鞋全湿了。小孩光着脚，从她的箩筐里拿出鞋子，套在脚上，又跑回河边，蹲下喝了两口水，洗了洗脸。芳蕙也想喝水，小孩却说，你要记得，不喝生水。芳蕙说，你刚才喝了。小孩说，我实在渴得忍不住了，我是传令兵，完成任务要紧。他站起身，看了看远处，飞机已不见踪影，这才说，孙庆荣投敌，我们的人马在镇上待不住了，要往西撤，找主力部队，什么时候回来只有天晓得，你在这里不要说认识我，也不要说认识司令他们，也不要说认识福元，这是我要交代你的第三件事。芳蕙说，前两件是什么？小孩说，飞机来了不要躲树林里，不要喝生水，其他没了。小孩说完上桥，走出几步回头去看，芳蕙捂住了脸，站在桥上不动。

我想跟你们走但我阿爸不答应，他说你们迟早都会死光。芳蕙哭道。卵子阿哥你不要去跟日本人拼刺刀。

司令说过，等到要拼刺刀的时候，哪有什么你情我愿的，是个活人就要上去。小孩说。

太阳已经西落，逐渐沉到他们眼前。小孩加快了步伐，到黄昏时，看见远处两棵大树，一间大屋，芳蕙说，那是王桥村的祠堂。小孩松了口气，跑进祠堂，见队伍里的王大贵正在香案边上抠脚底板。小孩过去踢了王大贵一脚，问副队长在哪里。王大贵说，副队长刚走，有些人肯跟他撤，有些人不肯跟他撤，有些人不知道该不该跟他撤，他在想办法。小孩说，你屁话多，找到副司令,我有要紧的情报。王大贵哦」一声,慢吞吞穿上鞋子往外走,小孩追上去问,娘批,你的枪呢?王大贵说我没领到过枪,我只有一颗手榴弹,一把刺刀。小孩揪住王大贵,说,武器留给我,天黑了你要是寻不到副司令,老子就把手榴弹丢到你家里去。王大贵一道烟地跑了。

小孩觉得很累,脱下鞋子看了看,脚上没有起泡。大队长说过,若走路脚上打泡,便没有资格做游击队员。芳蕙不知道去了哪里,猜想她是回家了。小孩想找个地方睡觉,看了看香案,觉得太短,高度与他下午跳过的木箱几乎是一样的。他只能坐在地上,背靠墙壁,双手抱腿,一会儿就打起了瞌睡。迷迷糊糊中听到有人进来,抬头看是芳蕙,她端着一碗米粥。

这碗粥怕是你的晚饭吧,我吃了,你吃啥?小孩说,与你一人一半吧?芳蕙说,我已经吃过了,你不用分给我,吃饱了去我家睡一觉。小孩说,军令如山,我得在这里等副司令。接过碗筷,粥是凉的,上面放了一块咸豆腐干。小孩说,你对我的好,我决计不会忘的。芳蕙也坐到地上,与他并排靠墙。芳蕙说,你好好讲讲为啥飞机来了不能躲到树林里呢?

我吃完了告诉你。小孩说。

天色渐暗。芳蕙忽然又跑了出去,片刻后回来,手里摇着一把蒲扇。芳蕙说,我帮你赶蚊子。小孩已经把碗吃空,让芳蕙坐到身边来。

去年,日本人是从海上登陆的,离我家不远,打了七天七夜,炮声越来越近,我爷娘不敢在家待了,带着我和我阿妹逃难。到了大路上一看全是人,拖儿带女,拎着大包小包的。日本兵从后面追了上来,远远地开枪,一枪打死一个,有时一枪打死两个。大家拼了命地逃,大包小包都不要了,儿女都不要了。我被人群冲到了一个水沟里,日本人的飞机来了,很多人往树林里躲,我爷娘带着阿妹也躲了进去,喊我快点跑过去。那树林里全是人,比庙会还挤。飞机往他们头上扔了一串炸弹,轰的一下,整个树林全飞上了天,起了大火。我又被震飞到了水沟里,起来一看,很多冒烟的人尖叫着爬出树林,衣服都被炸没了,还有人在火里面跳,跳着跳着,就变成了一段焦炭,倒了下去。

我懂了。芳蕙说。

小孩讲完这些,睡了过去。梦见大队长带着自己练跳马,福元与兄弟们围观,皆尽扛着长枪短炮,还把子机枪三挺,刺刀明晃晃。小孩沿着跑道奔跑,那木箱却越来越远。小孩转头去看大队长，已经变成一个体育教员，穿运动背心，脖子上挂着铜哨，四面全是哨声，催促他往前跑。小孩醒了过来，睁眼看外面天色已黑，月光笼罩田野，芳蕙仍在身边扇着蒲扇，间或扑打着他的脸和腿。问是什么时辰，芳蕙说，天刚黑不久。小孩说，我刚才听见司令吹哨子。芳蕙说，司令没在，你刚才听见的大概是蚊子叫。

小孩又睡了过去，这次睡得沉，上一个梦没有接续上。不知过了多久，被一阵讲话声惊醒，眼睛却睁不开。那声音他一听就知道是福元。福元说，大队长已经牺牲了。福元哭了起来，接着是副队长的声音，问怎么牺牲的。福元说，我要背他出来，他不肯，给了我一份名单，全是我们的人，然后让我快走，我来不及出镇，只得躲进茶馆，过了一会儿莲芳跑进来告诉我，孙庆荣的兵进了大队长家，绑了他，在后院开了枪。

小孩心想，我肯定是在做梦。努力睁开眼，见祠堂外面点着几束火把，副队长带了七八个人站在空地上，福元蹲着。大队长是条汉子啊，福元边哭边说。

小孩爬了起来，向祠堂外面跑去，被芳蕙的腿绊了一下，直刺刺扑倒在地，摔岔了气，喊不出声音来。芳蕙醒了，连忙爬过来看他，往他背上拍了好久，小孩放声大哭。

娘批啊，司令都不知道我能跳过木箱了。

（原载《小说界》2021年第4期）

2050年杀人事件

◎郝景芳

一

"天黑请闭眼。"

"现在杀手睁眼,杀手杀人,杀手闭眼。"

"现在警察睁眼,警察请睁眼……警察指认,警察闭眼。"

"现在天亮了,请睁眼。"

"小雅,你死了。请问你有什么遗言?"

"小雅,你死了。请你留遗言。"

"小雅?小雅!"

"小雅!你怎么了小雅?"

"啊……快来人啊!小雅嘴边流血了!快来救命啊!"

小雅死了。没有留遗言。

二

"请问,案情发生的时候,有人出去过,或者有人进来过吗?"

"没有。"

"也就是说,这是一个密闭的房间,其中只有你们七个人?"

"是的。"

"从大家一起闭眼,到一起睁眼,总共有多久?"

"说不好……也就一两分钟吧。这次会比平时时间更久一点,因为好像杀手并没能对杀死谁达成一致,有那么一会儿工夫的协调,但不会特别久。感觉……也就一分多钟吧。"

"谁是刚才的法官?法官一直是睁着眼的吧?法官看到事件发生的过程了吗?"

"我没有,我一直在认真主持。小雅始终闭着眼趴在桌上。既不是杀手,也不是警察。我没看到有什么异常。直到……直到……"最后说话的法官,是小雅的老公林之仁。他说着眼睛就红了,眼看着就要情绪失控,旁边人连忙打断他。

警长黄璨皱了皱眉,又一一扫视屋里的人。小雅的老公林之仁,她的闺蜜盼盼和其老公金帅,小雅的弟弟胡小致和弟妹卢颖,最后是茶馆老板汪子华。三对夫妻和茶馆老板,这个关系说简单也简单,说复杂也复杂。这种全是亲朋好友的杀局,往往里面每个人都有恩怨,也都有杀人动机,分辨起来最是不易。

"我只有一个问题了",黄璨说,"小雅出过轨吗?"

"你!"林之仁站起来,沉声说,"你这说的是什么话?"

"别急,别急",黄璨示意他坐下,"只是例行公事,例行公事。"

他说着,眼睛扫过座上所有人。

三

"法医的结果出来了吗?"黄璨在隔壁小房间问自己的助理。

"出来了。"助理迟疑了片刻,然后说,"是中毒。普通的氰化物,但是浓度很高。从一根小针流入。针是从小雅肩头的肩颈按摩仪探出来的,伴随着肩颈按摩仪的刺激性按摩,可能让受害人没有特别觉察出是针刺,也有可能是毒物中伴随了少量麻药,让受害人麻痹。大概2~3分钟,受害人就毙命了。"

"按摩仪?"黄璨皱了皱眉头,"按摩仪怎么会下毒?按摩仪是谁的?"

"是茶馆老板的。这个茶馆里专门有一间疗养房间,里面有各种各样的疗养仪器。"助理给黄璨调出他的初步调研结果,"我问了一下,这几对夫妻是茶馆老板的老朋友了,经常来,也时不时会用疗养室。谁都知道受害人喜欢用这个按摩仪,每次来都会戴一会儿,玩游戏也会戴。"

"那你问没问,有谁最近把按摩仪拿走?"

"问了",助理迟疑了一下,"老板说,只有小雅和盼盼借走过,分别借了一礼拜。"

"小雅？所以，如果按摩仪被动过手脚，最有可能的就是林之仁和盼盼两口子？"

"是的。但小雅和老公跟弟弟、弟媳住一起，一套二层公寓，上下楼。"助理拿出他查到的照片，"理论上讲，她弟弟和弟媳的嫌疑也一样大。"

"明白了。"黄璨弹了弹手上的烟灰，站起身来，"你给我查一下小雅和她弟弟的经济关系，有没有经济纠纷，再查查她和老公之间，有没有感情破裂的迹象。"

"收到。那这几个嫌疑人，是让他们回家，还是继续留在这里？现在已经……"助理看了看手机，"凌晨1：36了，他们都闹着要回家。"

"让他们回家吧，你顺便跟踪一下。"

四

黄璨抽着烟，在空旷无人的凌晨街道上兜风。

整个案子，总有什么不对劲的地方，像一阵驱之不散的雾霾，在他心里盘旋。说不上是什么地方。其实，不是人物关系或者作案动机的困难。像这样的密室杀人案，嫌疑人又都是受害人身边的至亲至爱，以他的经验，只要耐心点，套套话，总能在周围人的言辞中，找到蛛丝马迹的线索，分析出可能的杀人动机。这对于他来讲不是难事。

不对劲的地方，在于作案的形式。为什么要在杀人游戏里呢？为什么要用明显的密室？为什么要在茶馆？为什么要用按摩仪？所有这些形式，都太奇怪了。

黄璨反复在心里寻找那个让他隐隐不安的点，始终不得要领。他把车子又开快了几迈，叼上根华子，让夜风吹动自己焦躁灼热的脸庞。

忽然，他想到了那个点。那个从一开始就困扰他而他却一直没看清楚的点。

按摩仪，是什么时候射出毒针的？

他调转车头，立刻向茶馆开回去。他必须要在现场被破坏之前，再去仔细查找细节。他知道一定有什么是他刚才没有看到的。

五

"老板!老板?"黄璨下了车,三步并作两步就往院子里闯。

茶馆里还亮着灯。显然他们离去的这一会儿工夫,还不足以让老板收拾完店铺打烊。

好一会儿,老板才从里屋走出来,探了探头,看见是黄璨,才打开前门让他进来。

"探长,您怎么又回来了?"

"汪……汪老板是吧?"黄璨说,"不好意思,我再打扰一下,有两个小问题还是得问问您。我能进去吗?"

汪老板慢慢将黄璨引进一个小茶室——不是晚上发生命案的那间,而是另一间小小的、两人茶室。"您喝什么?"汪老板开始用开水烫茶宠,

"普洱?我这边有人新带来的不错岩茶。黄探长尝尝。"

"都行,随便。"黄璨并不太在意茶,挥了挥手,"深夜打扰,不好意思了。我回来是想问,今天晚上小雅使用的按摩仪,平时是如何启动的?"

"如何启动?"汪老板似乎对这个问题感到诧异,"那还能如何启动?打开开关呗。按摩仪右侧有一个小小的白色圆疙瘩,长按三秒就启动了。"

"还有别的启动方法吗?例如……刷脸或者远程打开?"

"可以刷脸。"汪老板点点头,"只不过目前只能刷开我的脸。"

"只能刷开你的脸?"黄璨警觉地眯起眼睛,打量着汪老板,考察他有没有什么不对劲的地方。但他转念一想,如果汪老板有嫌疑,这么直白地告诉他一条最重要的线索,又是图什么呢?难道真的是一个心思不周详的愣头青,一不小心漏出来?这不可能。从作案手段看,显然是心思缜密的蓄谋已久者,不会是这么容易就向对手兜底的大漏勺。于是他换了一个问题问:"今天晚上小雅是从什么时候开始戴上按摩仪的?"

汪老板想了想:"她从一来就戴上了,应该戴了得有一个多小时。她很享受这个过程。"

戴了一个多小时……黄璨暗自琢磨道,那就不是仪器本身的开关同时触发

了每针，而是另有触发开关。会是什么呢？又有谁不惜代价布置出这么复杂的作案现场？

"汪老板"，黄璨问，"听说茶馆里有一间专门的疗养室，我能去看看吗？"

"当然可以。您想按摩一会儿再走也没问题。"汪老板提到生意，就不困了，很来劲。

"不不，那倒不用了。我就简单看看。"

疗养室在走廊最里面，也是整座茶室最大的一间。一进屋，就有一种幽蓝大海的氛围，整个房间四壁是黑夜夜空氛围，两面墙有大海的图像，另外两面墙是低矮丛林和帐篷画面，地面上是沙滩投影，给人一种置身于海滩上、万籁俱寂中只与海浪相伴的感受。

"哦，不好意思，我们这里是随机出现的助眠程序。如果妨碍您，我可以关掉。"汪老板说着就要去触动墙上的开关按钮。

"不用，不用，我感受一下。"黄璨说。

他静静听着。夜空氛围中，只有海浪的声音。似乎远处传来海风夹杂的植物叶子的香气。海声澎湃，低沉而有节律地一下一下打在人心上。他的神经似乎也受到感召，眼皮慢慢向下坠，站在门口也似乎想要倒下睡了。

黄璨摆了摆头，用大拇指按了一下太阳穴。这时候不能睡，问完几个问题就回家去睡。他对自己说。"这里是用声音和气味助眠的吗？"他问。

"是的，不过最主要的还是脑波共振。"汪老板说。

"脑波共振？"

"是的。"汪老板开了灯，"我以前是大学里研究脑电波的，和小雅、金帅原来是同事。后来我自己觉得没那么大的学术热情，也没那么有才华，估计做不到什么教授，就退出来开了这个茶室，兼做一点脑电波治疗的小生意。比上不足比下有余，自己过个小日子是够了。"

"您和小雅、金帅是前同事？他俩关系怎么样？"

"什么怎么样？"汪老板似乎意识到黄璨话里有话，"关系挺好的，至少在工作里没什么。小雅还把自己闺蜜介绍给金帅做老婆，能不好吗？他们两对平时经常一起玩。"

"哦……这样啊。"黄璨仔细品了品江老板话里的话，但没有深挖，还是回到脑电波主题，"您能不能给我说说，脑电波怎么做治疗？治疗什么？"

"脑电波啊，治疗得可广泛了。"汪老板带黄璨向前走，黄璨这才看到，墙边摆着好几种不同的仪器，有让人躺下休息、带扫描仪器的长椅，有头盔，有完全锁入其中的蛋形机器，还有一些奇奇怪怪的小物件，类似于小雅死前佩戴的肩颈按摩仪。汪老板边走边指示讲解："这里的所有仪器，基本原理都有类似之处，就是借助脑机接口，用电脑生成的电磁波信号，干扰一个人自身的脑电波信号，让人自身的脑电波平稳规律起来，这样一个人的身心感受也能平稳规律起来，就能睡得好，情绪也能更好，有点类似于仪器的调制解调器。"

"脑机接口？那不是得开颅植入芯片吗？"

汪老板笑了："黄探长说的是20年前的技术了。现代技术早就实现无线干预了。用低频先实现共振调制，再用较高频率实现干预就可以了。最新技术的脑波接收和干预，早就能达到超越颅骨而保持精度了。"

"哦……技术这么发达了啊。"黄璨笑笑，"汪老师别见怪，我是一介武夫，对技术发展还没那么熟。那你能现在给我做个干预试试吗？我体验一下。"

"怎么？黄探长也有失眠或者神经衰弱的毛病吗？不过，现在还不行。"汪老板笑着摇摇头，"这些疗愈，都需要脑波适配。我们所有治疗者都是长期疗程，先需要花上五小时左右进行脑波扫描和学习，最终让AI完全识别出一个人的特征脑波，才能匹配治愈疗程。"

"哦，那小雅是经过扫描适配的吗？"

"那当然，疗愈患者都经过扫描适配。实际上，这几个好朋友都来我这边扫描过，也都用不同仪器做过疗愈。这也是为什么他们愿意来玩。玩累了就可以疗愈休息一下。黄探长要是需要，明天白天来吧，我先给你做一次全脑扫描。"

"那我能看看他们几个人的扫描数据吗？"

汪老板迟疑了一下，但似乎不像是因为恐惧和遮掩而下意识做出的迟疑，而只是对客户的习惯性谨慎。黄璨仔细观察了一下，凭他的直觉，不觉得汪老板是罪犯或者同谋犯。"您明天肯定能把搜查令补上吧？您知道，作为治疗机构，是不能泄露客户隐私的。"汪老板为难地说。

"没问题，你放心。"黄璨拍拍他的肩膀。

事实上，黄璨完全看不懂那些脑波数据。汪老板依次调出林之仁、盼盼、金帅、胡小致和卢颖的数据,但每个人的数据都是密密麻麻的锯齿状脑波扫描信号,乍看起来没有区别。尽管脑波数据上有很多标记,指示出每个人的特征波形和特征信号反应,但还是太复杂了。黄璨看了几分钟就迷失在数据波形的密林中。他示意汪老板可以退出了。

"小雅的肩颈按摩仪也是脑波仪器吗?"

汪老板点点头:"嗯,是比较弱的。刺激脊髓中枢系统和大脑里的下中枢系统。实际上,人的很多神经问题发生在脑干和小脑区域,还有一些边缘系统——俗称的爬行动物脑。这个按摩仪主要是疗愈这部分。"

黄璨的神经狠狠动了一下,动得太厉害,血管突突跳动,撞得他太阳穴生疼。他揉了揉额角,知道自己现在距离真相已经不远了。只是似乎还是在真相外缘绕圈子,不得要领。

看来我也需要好好睡一觉了。他想。

六

"我现在已经知道杀人原理了。"

第二天下午,黄璨把前一天晚上的几位嫌疑人都召集到一起,在小雅家里,宣布他有了重大发现。他一边说,一边观察每个人的反应。几个当事人都还是像前一天晚上一样,冷静有余,情绪不足,他决定先从这一点入手。

"不过,在我宣布杀人原理之前,我想先问几个我感兴趣的问题,听听你们的说法。"他的眼睛依次扫过每个人的脸,"你们看起来都很平静啊。按理说,你们生活中非常亲密的人死去了,又是死于非命,你们难道不应该非常悲痛,或者恐惧吗?为什么这么平静?"

"你觉得,一个人悲痛应该做什么?"盼盼插嘴道,"一直哭还是一直撒泼?大家都不小了,成年人的悲痛难道不应该写在心里吗?"

"哦,是吗?"黄璨盯着她,"你的悲痛写在心里了吗?"

盼盼也不回避,也不怕他,冷笑了一声道:"要不然你到我心里看看?"

"我当然到不了你心里。"黄璨微笑一下,"想逃出你心里的人倒是有。"

盼盼有点变了颜色:"你这是什么意思?"

"没什么意思。我只是说，比起你的心里，金先生似乎更愿意去另一个人心里。"

"喂！"金帅腾地站起来，"你身为一个警探，整天胡言乱语，有失体统吧？"

"是吗？"黄璨笑笑，"是谁有失体统？你要不要我把去年你和小雅在云南曲靖出差调研的视频调出来给大家看看呀？你们以为在各自手机上删除就可以了吗？你们没听过一句话吗，大数据过境，寸草不生。说的就是在大数据时代，没有隐私。"

"你！"金帅听了，脸上青一团紫一团的怒气，如气旋流转。他握着拳头站着，但又不敢太过鲁莽，大抵是他无论如何还是不希望视频曝光吧。

"金帅你……"盼盼使劲咬了咬嘴唇，才没让后面的话脱口而出，"你不是说……"

"你别听他的。"金帅低声说，但显然也没什么底气。

"林先生"，黄璨又转向小雅的老公林之仁，"您真是好儒雅、好风度、好气量！您的妻子昨晚去世，显然是被人杀害。今天您又听我当面戳穿了您妻子和这位金帅先生的风流韵事，您竟然没有愤怒崩溃，反而心态平静、颇有涵养。是不是这一切你都知道？无论是出轨，还是杀局，都在您的掌控之中？"

林之仁没动，但是皱着眉，说："昨晚你已经够荒唐了。今天我看你除了会吓唬恐吓，也不会什么了。你最好早点说出一些靠谱的结论，否则我们分分钟可以解聘你。"

"雇用我的是警局，不是你们，你们没法解聘我，"黄璨也不生气，"你一早就详细了解过茶馆汪老板的疗愈技术。我仔细问过汪老板，你不仅了解过他的仪器工作原理，还实实在在拆解分析过他使用的算法。你在自己的机器上做模拟，有不明白的问题还去跟汪老师请教。我就问你，你老婆跟汪老板做的是同样领域的事，你为什么不请教你老婆，还要专门去找汪老板？"

"汪老板做的是应用，小雅做的是理论，这能一样吗？我对应用的疗愈仪器感兴趣，想要打听了解一下，看看能不能在这个市场上做点生意，难道不可以吗？"

"可以，可以"，黄璨说，"当然可以。你花了几个月的时间，详细弄明白这里面的原理，又在家里做了模拟，却一个字都不跟小雅说，是不是想要用这些技术杀掉她？"

"荒唐！你说什么呢？"

"我说的是一种可能性。"黄璨悠悠地说着，"你知道昨晚我发现什么了吗？"他拿起面前的按摩仪，故意慢悠悠地展示了一下，"我发现……哇，这个按摩仪是个高科技产品哦，它能通过电脑上的脑机接口程序进行操控，小致，你懂脑机接口的控制原理吗？"

胡小致显然没料到会突然问到自己，愣了一下，有点慌，但没说话。

黄璨也不等他，就自顾自地说下去："我也是昨天才学到的原理，今天就来现学现卖，如果有说得不对的地方，还请专家金帅给我补充一下……脑机接口程序呢，能读取一个人的脑电波，经过调制之后，可以让一个仪器识别一个人的脑波特征，这种情况下，这个人可以通过思想，给一台仪器下达指令。这种指令倒不一定是'杀人'这么直白，只要是一个暗号，经过了设定，就能触发指令。比如说，如果现在我的脑电波连接到电脑上，再连一辆小车，我设定一个暗号，当我一想到'香蕉'就让小车右转，那我就可以一直想'香蕉'，小车就会持续右转。你们明白这件事的巧妙之处了吗？"

黄璨一边说，一边观察几个人的反应。弟弟小致和弟媳卢颖看上去傻呆呆的，似乎始终不懂黄璨的意思，但也不排除两个人都是装傻的高手。小雅老公林之仁此时也紧蹙了眉头，远不像最初那样冷漠冰冷。金帅和妻子盼盼的神情则最好品，金帅是脑机接口专家，听着黄璨的讲述，显然是有很多疑惑，而妻子盼盼却完全没有注意听，一直对金帅怒目而视。

"最后，重点来了"，黄璨说，"据法医考证，小雅的死亡是因为这个按摩仪在她肩颈位置射出一根小针，里面有氰化物毒素。所以，昨晚是有人通过脑机接口技术，想到了口令，触发了按摩仪杀人行动。你们听懂了吗？那么，是你们谁干的？"

"你怎么知道是我们？"金帅皱眉道，"如果是脑机接口控制，那么哪怕不在房间里也可以控制杀人，不是吗？"

"是，没错，科学家很严谨。"黄璨点点头，"但是你忽略了，只有有机会拿到并改造这个按摩仪的人，才能对按摩仪做改造，并且匹配脑波控制。在过去三个月里，只有小雅和盼盼曾经把这个按摩仪带回家使用。所以，只有你们几个人有机会接近。"

这时,小致突然站起来,指着林之仁说:"我知道,就是他害死姐姐的。他早就想离婚,另外娶自己的姘头,但又觊觎姐姐的钱。"

"你说什么呢?!"林之仁腾一下火了,"你造谣污蔑,我可以告你。你以为我不知道,你们那个有钱的太奶奶过世了,把一笔钱留给小雅,没有留给你遗产,你想杀人越货。"

"哈,你也知道这笔钱?"小致也不让,"那怎么不说你把我姐姐杀了想独吞这笔钱呢?"

"不用说了",黄璨打断他们:"你们每个人,都有动机。小雅和金帅去年的恋情,让金帅有灭口动机,盼盼和林之仁有复仇动机。小致和卢颖有争夺财产的动机。这些我现在不想去深入分辨,我只想当场用这台按摩仪测试一下:谁是这个凶器的驱动者。"

黄璨拿出一枚头箍,上面有多枚微型金属探测片,伸手递出去:"用这个头箍,现场就能测出谁的脑电波是和这个按摩仪匹配的。在汪老板店里,他每个房间都有对房间用户脑波的自动探测,但我们今天没有,所以得用一个小小的设备。你们谁想先来?"

没有人说话。

"怎么?心虚吗?"黄璨冷笑道。

"我先来。"金帅接过头箍,戴在额头上,"现在要干什么?"

"没什么特别的",黄璨说,"你现在告诉我一个昨晚在茶室里谈过的话题。"

金帅想了一会儿,想起当晚聊到的吃枣话题和假期逛街话题。

按摩仪没有反应。

黄璨心里稍微有一点犹疑。如果匹配了,会有反应吗?他也不太确定。但汪老板说会,他说一台仪器是需要学习才能匹配到一个人的脑波,因此再次探测到连接过的信号,会自动连接匹配,类似于蓝牙。不需要限制思考的内容,只要特征脑波被识别,就像指纹一样即刻匹配。所以,他99%确信今天下午能在这五个人里找到凶手。他之所以让他们回忆前晚,是期待如果够幸运,他可以从他们回想的事情里,无意中触碰到那个关键的"信号"。

是狐狸总会露出尾巴。

企㭎戴了好一会儿，也聊了昨晚的不少事情，但按摩仪没有反应。

下一个轮到盼盼，戴上头箍，回忆了昨晚的晚饭和茶，按摩仪也没有反应。

下一个是胡小致，说起他姐姐的肩颈毛病，按摩仪没有反应。

下一个是卢颖，回忆了昨晚几盘杀人游戏过程，按摩仪没有反应。

下一个是林之仁，回忆了汪老板昨天给他们展示的新睡眠仪，按摩仪还是没有反应。

黄璨仔细检查了头箍和按摩仪的开关，发现电源显示灯都是亮的。

但所有人都试了两轮，都没有反应。"现在，你还要做什么？"林之仁冷冷地问他。

黄璨心里沉了沉，脸上挂上一抹尴尬的阴影。"告辞。"他站起身说。

七

小雅的葬礼上，所有人都来了。

葬礼简单而肃静，没有什么铺张的仪式，也没有太悲哀的表达。黄璨仍然有一点奇怪，这整个家庭和朋友圈都似乎有一点淡淡的疏远。即便是小雅的父母来了，也只是默默流泪，没有哭天抢地的悲哀。小雅的父母见到黄璨，只说"麻烦黄探长了，还请务必找到真凶"，而没有他预期中的愤怒和责怪。

这到底是怎样的一家人？小雅又是什么样的人？

但黄璨没有时间再多想了。葬礼很快走完了流程，众人要散去了。他上前跟上林之仁，一直跟到墓园外，跟了很远，到没有人的地方，示意林之仁停下。林之仁也不意外，从墓园出来就允许他一直跟着，想必也猜到黄璨有话说，或许知道了黄璨要说什么。

"你这个老狐狸。"黄璨说。"黄探长，此话怎讲？"林之仁还是不紧不慢。

"你摆了我一道，这次算我认栽了。"黄璨恶狠狠地说，"我今天早上才想明白症结出在哪里。"

"黄探长有线索了？"

"按摩仪是由脑波信号发出杀人指令，但是你们几个嫌疑人的脑波都不匹配。那就只剩唯一一种可能性。"黄璨故意顿了儿秒，"按摩仪匹配的是，小雅的脑波。是她自己想到某个信号词,就触发了按摩仪,射出毒针。"

林之仁瞳孔略微放大,意味深长地挑了挑眉毛:"怎么?黄探长是说,小雅是自杀?"

"当然不是",黄璨说,"是你把按摩仪按照她的脑波进行了匹配学习,具体是怎么做的,我也不是特别清楚,很有可能是在汪老板的疗养室里,某次以疗养为名义进行了匹配,或者是小雅把按摩仪拿回家之后,你说服她进行了脑波匹配。然后,你让她想到某个关键词多次,使得她想到这个关键词的特征波形被AI学习,你再改造按摩仪,把这个特征波形作为发射毒针的信号。整体做下来天衣无缝。当小雅死去,她的脑电波也无法再用来检测,做到彻底死无对证。"

"你的想象力太丰富了,不去写电影太可惜了。"林之仁说,"我怎么可能控制小雅想什么,她如果不想关键词,不是一切都泡汤了吗?谁会用这么蠢的法子!"

"所以,你才总是张罗玩'杀人游戏'啊!"黄璨步步紧逼,让林之仁向后退了一步,"汪老板说,今年你突然开始喜欢玩'杀人游戏',已经在他那边张罗了好几次。每一次小雅都顺便做按摩、泡茶、香薰和冥想。你知道她一定会伴随杀人游戏做按摩。而至于关键词,太好猜了。我猜是'我是警察',小雅当天晚上抽到警察牌的第一次,就是杀人信号发出的时刻。幸运的是当时你是法官,在你叫她的时候,她没有睁眼,而你没有说破。但即便你不是法官也无妨,从抓牌到警察指认,中间至少2~3分钟,已经足够让药生效了。只有你能把这一切做得如此天衣无缝。"

林之仁轻蔑地哼了一声:"信口开河。你有证据吗?"

"我没有。"黄璨黯然了一秒,"死无对证,你确实很厉害。这次我认栽了……不过,我好奇的是,为什么?小雅到底做了什么?让你对她如此恨之入骨,不惜想出这处心积虑的法子,究竟是为什么?还是你只是变态地享受这个过程?你真是太恶毒了。"

林之仁的脸色开始变化,但他在尽力控制,"谁是变态?谁恶毒?谁让你跟那个贱女人说一样的话!"

"她也这么说过你?她为什么这么说?"

林之仁答非所问:"你说我恶毒,那她的虚伪你看见了吗?这个女人就是有那种本事,把她身边所有人都得罪光,总是牵着别人的鼻子走,当别人认清楚她的真面目,她又学会了装可怜,最后把所有人算计进去,为她自己服务。这个家伙,把金帅两口子刺激得不轻,还把我当成傻子耍。你没看见她身边人谁都不伤心吗?哼,可能都在庆幸死得好!"

　　黄璨轻声说:"所以,你只觉得自己是替天行道咯?"

　　"是她自己作死,她该死,我只是帮她一把。"

　　"OK。我懂了。"

　　黄璨说罢,向后撤了三步,然后一边向林之仁挥手,一边取下领口的扣子。按了一下,扣子里播放出刚才他和林之仁的对话。林之仁急了,想上前夺。但黄璨已经离他好几步远,又比他更灵活矫健,迅速跑远了,找到自己的摩托,绝尘而去。他已经拿到了录音文件,等回到警局就可以出逮捕令了。"谢谢你给我上的高科技课程。我学到很多!"黄璨最后在风里喊道,"但有时候最有用的还是最原始的东西。"

(原载《大家》2021年第4期)

缓 步

◎班 宇

木木说,今天我在走廊里唱了首歌。我问,什么歌?木木闭上眼睛,没再说话。好像还轻轻吐了口气。在她面前,横着一块模糊的荧光屏,泛黯的塑料薄膜尚未掀去,上面鼓着不少气泡,像是里面那只企鹅、北极熊和独眼猫在水中各自的呼吸。没有声音。它们的嘴向前努着,短蹼状的双手来回比画,不知到底在讲些什么,没过多久,便又坐着一艘墨绿色的灯笼鱼艇匆忙离去,像是要去办一件什么了不得的事情,只留下一长串气泡。大大小小的圆圈,与海水一起,从屏幕里奋力向外涌来。

很应景,木木正坐在一艘黄色的潜水艇里,毫无疑问,披头士专辑封面的造型,也是我最初会唱的几首英文歌之一,歌词简单,像童谣。很少有人知道,这首歌是保罗·麦卡特尼写的,鼓手林戈·斯塔尔演唱,跟列侬扯不上太大关系。我也是到了一定年龄才发现,他们乐队那些我喜欢的歌曲,基本上都不是列侬所作。但初听时不会想那么多,那阵子,我刚跟小林谈恋爱,她愿意听,我就循环播放,放着放着,她跟我说,以后要是结婚了,想把这张封面画在卧室的墙上,这样一来,每天就像睡在潜水艇里。我觉得有点俗。夜深人静,还要乘船去寻找神秘之海,十分颠簸,心力交瘁。我既没赞成,也不反对。当然,这个愿望最后也没能实现,装修把我们搞得心力交瘁,到了后期,基本是任人摆布,工程队的监理说什么样的吊顶好看,什么牌子的涂料合适,我们就起立鼓掌,完全服从。刚住进去时,家具很少,连窗帘都没有,室内空荡,说话都有回音,像在山洞里。夜间躺在床上,映着外面的光线,小林安慰自己说,还是白墙好,像一张画布,怎么想象都行,潜水艇里也应该有一面白墙。

理发器电机振动的声音时大时小,好像在闹情绪,李可皱着眉,向后使劲甩了几下,这下可好,完全没了动静,她反复推动几次开关,跟我说,哥,没电了,得充一会儿。我说,不急。她抱怨道,不扛用呢,下午刚充的。又转过头去,跟木木说,你继续看动画片,等会儿小姑再给你剪,行不。木木睁开眼睛,跟她说,今天我在走廊里唱了首歌呢。

商场里禁烟,我跟李可不敢远走,躲进休息间里偷着抽。休息间也是仓库,被杂物灌满,相当凌乱,地面上还有一摊没来得及收拾的碎发,我将一块巨大的红色凸形积木拖至门口,斜坐在上面,把烟点着,扭过身体盯紧外面的木木,她打了个哈欠,流出一小颗泪珠,似乎想去揉一揉眼睛,又伸不出手来,围布太长,只鼓出来两个拳头,上下蹿动,找不到出口,她看着乐,我也跟着乐。李可骑在一匹斑马身上,两腿蜷着,身体前后晃荡,问我说,哥,乐啥呢。我抖了抖烟灰,说,没事。李可说,哥,你的腰怎么样了。我说,不太好。李可说,医院怎么说的。我说,三四,四五,骶骨,三节突出,要么忍着,要么手术,别的都白扯。李可说,尽量别吧,听见手术俩字儿都害怕,现在什么症状啊。我说,走路或者站着时间一长,腰疼腿麻,必须得休一会儿,间歇性跛行,有意思不,三十来岁,武功全废。李可说,那不至于,我有个朋友,家里祖传治疗腰脱,他爸是辽足的队医,我带你过去。我说,辽足都解散了,还队啥医,以后再说。李可说,小林最近怎么样啊?我说,我上哪知道去,应该挺好的。李可说,心真狠啊她。我说,不说这些,赶紧剪,完后我得带她回家做手工,后天万圣节,幼儿园有活动,一天天的,变着法折腾。

八点半,理发结束,李可垂着手臂,与木木同时扭过身子,一齐望向我,眼神期盼,像在征求意见。一颗蘑菇头,也像锅盖,倒扣在脑袋顶上,跃跃欲试地准备接收一些地表之外的信号。不错,这也是披头士的同款。两人的脸上都是头发茬子,眼眶盈着一圈泪水,太困了,我也不由自主地打了个哈欠,然后竖起大拇指,跟木木说,完美。木木说,南瓜。我说,什么?木木说,崔老师告诉我,明天我要演一个南瓜。我说,南瓜很可爱啊。木木说,不可爱。我说,那你想演什么?木木说,不可爱。我说,好的,不可爱。木木说,我什么都不想演。

李可送我们到电梯口,转身回到店里,把自己塞进转椅,盯着动画片愣神儿,跟个没家的小孩儿似的。理发店开了半年多,生意一般,会员卡没办出去几张,前几天又跟我借了一万五,没说做什么,我也不问。知道得越少越省心。我妈一直不同意李可做买卖，不让我拿钱，我都是偷着给。为此，小林当初还很不高兴，每次吵架都提，没完没了。不过现在无所谓了，家里只有我和木木。我们住在自己的小房子里。像歌里唱的，我们的生活如此美满，我们有着自己想要的一切，蓝色的天空，绿色的海洋，还有那艘黄色的潜水艇。听着浪漫，像一个童话。实际情况则难以描述，不过我正在一点点恢复秩序，让一切看起来尽量如常。在这一点上，木木比我做得更好些。

  房子是十年前的回迁楼，现在已是弃管小区，大门四敞，任意进出。一、二层是门市，开了两间小超市，一家面馆，一个按摩院，棋牌室倒是有四五家，彻夜不休，这会儿基本上是满员状态，正在酣战。有人站在玻璃窗外围观。我们绕到楼后，走上台阶，经过一条隧道似的缓步台，约有百米，平坦而狭长，我跟木木打过几次赌，比谁先跑到单元门口：总是她赢。后来我发现她对此并无兴趣，对胜负也没，只是为了陪我而已，我也就没什么心情。缓步台的左侧如悬崖，下面是无声的幽暗，另一侧是住户们的北窗，拉着厚厚的帘布，或用无数的废纸箱堆积遮挡，我时常幻想，里面住着一只等待解救的松鼠，而那些箱子是它的武器，举过头顶便能进攻，也可以作为防御，躲在里面过冬。我把这个想法跟木木讲过。木木说，不对，有一次见到了那个人，踩在箱子上，穿着厚厚的爪子拖鞋，是个女的，不过长得确实挺像松鼠，也许是花栗鼠吧，我感觉。她说，但是，我也想要一双那样的拖鞋。

  太平洋上有一座不知名的岛屿，又长又窄，植物稀少，没有居民。这里不是任何一片陆地的支脉，而是直接从海底升起来的，像大海的一截脊骨。它的北面是温水，南面是冷水，走不多久，就能体会到两个不同的季节，一边是不歇的骤雨，一边是充沛的日光。山岩排成纵列，陡峭而锋利。1932年，一艘澳大利亚的科考船发现了这座小岛，刚一登陆，便被眼前的景象所震慑，到处都是船只的残骸，龙骨折成数截，柚木甲板被侵蚀风化，偶见细小的白骨，被风一吹，如在抽搐。总而言之，误入了一座孤零零的墓场。更可怕的是，这座岛屿自己还会说话，船员在岸边能听见有声音从内部传出来，一阵急促而空洞的声响，之后是另一阵，音阶无法分辨，但又极富韵律，有几个水手认为，这座岛是宇宙的窃听器，能听到天体之间的对话。这并不是一个好兆头，类似的说法总会在他们之间流传。夜晚安宁，待到次日，这种声响演变成为巨大的噪音，铺天盖地，他们被迫醒了过来，放眼一看，舱外是数万只企鹅，密密麻麻，形成一道黑白相间的旷野，朝着海岸线不断涌来，将他们的船只团团围住，来回掀动。没人知道它们竟是这样危险，并且如此有力。企鹅的面色阴沉，振着前肢，伸开脖子，长喙一开一合，喉咙里发出叹气似的哀叫，要将不速之客驱逐出境。有位科学家准备仔细观察记录，刚一下船，便被叼住裤脚，几只企鹅甚至跳到了半空，好像会飞一样，不断啄咬着他的衣衫，直至撕烂。科学家大喊大叫，带着满身的伤口，狼狈地逃了回去。

听到这里，木木笑出声来，问我，他是怎么逃的。我龇起牙，一边扬着脑袋，一边夸张地挥动胳膊，高抬双腿，向前奔跑几步，然后蹲在地上，捂紧心脏，张大了嘴使劲呼吸。木木也学着我的样子，仿佛身后有企鹅追赶，小声尖叫着，来到我的身边。风将一部分变黄的树叶吹落在地，如遗失的海星。我拾起一片，抬头递给木木，她举着叶梗，挡住自己的脸，说了几句听不懂的怪话，便又扑在我的身上，大口地喘着气。我回望过去，数盏吸顶灯的倒影映在窗里，悬于上方，模糊的反光积聚着，照出大面积的灰白色的雾，在夜晚里蔓延。空气很差。秋天总是这样，好在就要结束了，然后是冬天，木木出生的季节，像世纪一样漫长，无尽无休，骤然消逝。小林离开之后，我才意识到，原来我有了一个女儿，一个女儿，每一个时刻里，她都在为我反复出生。

睡觉之前，木木跟我妈通了个视频电话。我妈问她，你想奶奶不？木木说，我想爷爷。我妈赶紧喊我爸过来，说，气人不，说她想你呢。等我爸走到摄像头跟前，她又说，我想看一看奶奶。折腾了几回，她开始用手背揉着脸，我挂掉视频，热了牛奶，又带她去洗漱。收拾卫生间时，木木自己悄悄坐上便盆，半天没有动静，等我晾好衣物，她低声跟我说，爸爸，我尿不出来。我说，不要紧，我们去睡觉。木木说，我怕又要尿床。我说，没关系的，放松心情，尿了再洗，不怕。木木摇了摇头，看看我，又点了一下头。

我把她抱到小床上，装进睡袋，她试着跳了几下，噔，噔，噔，还给自己配了音，神态兴奋，看起来也像一只小企鹅。每天晚上我都会这么想，却没对她说起来过。穿上睡袋模仿企鹅是小林与她之间的睡前仪式。小林无论学什么都惟妙惟肖，还对我们进行过严格培训，比如，如何扮演一只企鹅：两只手放在腰部，掌心向下，指尖朝前平伸，左右手交替下降，身体随之左右摇摆。按此做法，一扭一晃，没个不像。事实上，小林的肢体语言极为丰富，不仅能模仿动物，还会表达情绪。她以前教过我，如果要表示愤怒，就将五指在胸前撮拢，瞬间向上抬动，同时伸开手掌，在心脏里放了一团烟花；如果你爱上了一个人，那就伸出一只手，用另一只手轻轻摩挲这只手的拇指指背。我照她说的做，动作不难，节奏不好把握，小林说我看着像一只正在数钱的狗熊。她的头发遮住半张脸，笑得很开心。很少有人知道，小林的一只耳朵听不到声音，先天性小耳畸形，自学过很长一段时间的手语。

木木说，爸爸。我说，闭眼睛，睡觉。木木说，我有点睡不着。我假装打了几声呼噜。木木说，爸爸，爸爸。我说，嗯？她说，大喊大叫的一天。我说，什么？她顿了一会儿，说，你看过没，那本书。我说，没。她说，我好像看过。我说，家里有吗？她说，我记得有。我说，明天我找找，咱俩看一遍。她说，爸爸，明天，明天我不想迟到。我说，你现在睡觉，我们就不会迟到。她安静下来，但没睡着，在床上蹬了半天，才老实了。呼气声柔和而均匀，像钟表一样，将余下的时间一一剥落。我暗暗祈祷，希望她今晚不要尿床，之前洗过的床褥还没晒干。再去买一件的话，怕是也来不及。

我问过李可，如果你是小林的话，要怎么办，会做出跟她相同的选择么。当然，我很清楚，这种事情因人而异，不可能存在统一的标准答案，他人的结论只能作为一种参照，甚至起不到任何安慰效果。问题过于复杂，没人真正清楚你生活里的全部变量。选项却总是那么几种，每一个都简单得近乎残忍，无可理喻。中间的推导过程却是极为艰难的。如果要用手语表示，也许是以食指抵住太阳穴，来回转动几下。

李可想了半天，不难看出来，她很想站在我的立场说话，最终不过是叹了口气，跟我说道，哥，你别问我了，我真不知道。我说，行。李可说，这事儿，有时候想想，觉得自己也有责任，我对嫂子的态度，实在谈不上多好。我说，但也没那么差，过得去，你别多想。李可说，咱家这些人你还不了解，都向着你，无论你说了啥，做了啥，都站在你这边儿，到了今天这地步，我也犯糊涂,不知道是不是害你。我说,这跟你们谁都没关系的。

我有一万种的解释方式,来印证我和小林的行为均无原则性的问题。比方说:既然我们公认的生活是那么正确并且一贯正确,那么,不甘心自己被此俘虏之人,只好通过伪装与冒犯来展示自己的存在。再比方说:这并不是我们个人情爱之事,无所谓奉献与亏欠,忠贞与背弃,而是生命本身存有的无可弥合的裂隙,凡途经此者,必然陷落于一种更大的痛苦、神秘与真实。但这些说法都没什么用。尤其在我跟木木单独面对生活的时候,一切仿佛进入一个科学的、可被计量的体系之中:早上六点五十分起床,七点半出门;周一、三有英语课,四点半带着水壶和饼干去接她,再送到培训学校;周二、五是跆拳道和表演课,五点半放学;周六上午学半天的舞蹈,前一天晚上,要根据上次的视频将那些动作复习一遍。黄色潜水艇永远消失在深海。客厅里萦绕的,只有《小铃铛》和《蚂蚁掉进河里边》。有只小蚂蚁呀,掉进河里边。它在哭,它在喊,谁也听不见。波里滚,浪里翻,眼看把命丧。嗨呀,嗨呀,多么渴望登上岸。

木木睡得很熟,喉咙里不时发出呼噜的声音,鼻腔也有点堵,我担心是不是今天洗澡时着凉,毕竟还没到供暖的日子,她又很讨厌浴霸,觉得太过刺眼,不够友好。真没办法。我贴在她的床头上,仔细听了一会儿,直至声音逐渐平息,然后打开笔记本开始干活,一帧一帧地过,相当无奈,很多想法不写清楚,底下的工作人员就会把视频剪得一塌糊涂,毫无逻辑可言。我以前在台里干新闻,根据百姓提供的线索,每天到处跑一跑,也不觉得辛苦,还比较适应;年初时,家里有些变动,我就申请调去节目组,结果可好,时间虽相对可控,操的心却多出几倍,天天就是个改,上面也没具体建议,反正就是不断调整,材料就那么多,东删西减,到后来自己都麻木了,看好几遍也不知道到底想表达啥。很长时间以来,台里的效益一直不行,工资方面就更别提,已经压了半年多,人家也不说不给,你管他要,答复就俩字儿:缓发。能挺住就挺着,挺不住就自谋出路。好像从小林走后,我就没往家里拿过什么钱。

有时候我想,小林辞职也有这方面的原因,不单是我。她在电视台上了九年的班,连个编制都没混上,确实没大意思。小林在一〇年入的职,我比她早一年多，刚开始根本没注意过她，当时我在跟一个电台那边的主持人谈朋友，关系也不稳定，今天好明天分，打得不可开交，不打就更过不下去。那阵子我自己租房子住，隔三岔五，总有别的女孩过来，她刚发现时，完全不能接受，我一顿挽留，办法用尽，后来又有过几次，她发现了也不提，装没看见，态度冷漠。我妈比较得意她，毕竟嘴上能说，也很会来事儿。我妈有个关系不错的同学在台里当领导，那时还没退，费了挺大劲，好说歹说，给她弄了个台聘，然后我俩就彻底分手了。实话说，我一点儿都不怪她，主要是闹腾几个来回，也没什么热情了，办完这个编制，反而轻松一些，算有个交代。但那时的情绪确实比较差，全台都知道我俩的事情，她倒不太在意，工作照常，谈笑风生，我就不太行，不敢往大道儿上走，觉得特有压力，天天低着个脑袋抄近路，谁也不瞅，戴着耳机，放的都是死亡金属，在草坪上踩出一条荒芜的小径。不是怕谁笑话，也不是因为岁数不小了，连对象都处不明白，而是觉得年龄也不算大，精神却消耗殆尽，一切像是走到了尽头。

在此之后，有几天晚上，我在楼上加班，才开始留意到小林。每天六点半左右，我在二楼的吸烟室里抽烟，看着其他部门的同事下班往外走，三五成群，有说有笑，小林每次都是自己一个人，背着双肩包，底下挂着一只戴墨镜的熊猫，摇来晃去，不断敲着她的屁股，像一条骄傲的小尾巴。她从不走大路，总是沿着我踩出来的那条小道儿，一步一步往前走，且很细心，谨慎躲避两侧的草丛，有时候还要跳一下，如遇礁石。从上面看去，很像是缓慢经过一片凶险的暗绿色深海。我觉得这人很无聊，侵占我的成果不说，内心戏还不少，下个班而已，当自己在打冒险岛。观察了四五回，有点改观，正好我有个新节目，需要跟她对接筹备事宜，就有了一些联络。只要我看到她下班，踏上那条小路，就拨一下她的电话，响一声就挂掉，然后发个信息，说点有的没的。这时，她往往会举着手机停在草坪中央，噼里啪啦地打字，措辞精确，颇有礼节，她回复过后，没等走几步，我迅速再发一条，她停下来，又开始打字，那条小路她经常要走上半个小时。我总是很恍惚，觉得自己正在控制一个游戏角色，个子小小的，脑袋瓜儿上飘着一顶白帽，胃口很好，爱吃草莓和香蕉，走路带风，前面是火焰、滚石、下沉的云彩与横着走路的饿鬼，我按一次键，她就可以顺利逃开一回，双臂摆动，继续前进，去解救被封印的恋人，而我却总想让她慢一点通关。

杰克拍着肚皮，打了个饱嗝，说道，今年的收成真不赖，我又可以快活地过冬啦。魔鬼说，好心人，你种了些什么？杰克说，白菜，西红柿，和土豆。魔鬼说，能不能分我一些，我三天没吃过饭了，饿得走不动路。杰克说，那当然，当然啦。魔鬼说，我会保佑你的，亲爱的朋友。杰克说，但是，既然我们是朋友，能不能也帮我一个忙。魔鬼说，阁下，您说说看。杰克说，夏天时，我的皮球不小心卡在树杈上了，一直取不下来，而我又不会爬树。魔鬼说，乐意效劳。两人蹦跳着兜了一圈，来到一棵大树旁边，杰克指向上方，魔鬼望过去，大树忽然伸出双手，将魔鬼死死抱住。魔鬼来回扭动身体。

大树说，哈哈。杰克说，哈哈，中计了吧。魔鬼说，这是怎么一回事？杰克说，别以为我不知道你是谁。大树说，哈哈。魔鬼说，求求你，放开我吧，有什么条件，我都答应你。杰克说，我要吃不完的土豆，蛋糕，还有美味的烤肉，我要永远都过这样的好日子。魔鬼垂头丧气，点头允诺。大树说，哈哈。然后松开了手臂。魔鬼叉着腰，跺脚说道，杰克，咱们走着瞧。

大树仰面躺着，一动不动，如被伐倒。魔鬼立在后面，面目庄严，吸了两下鼻子。杰克蹲在地上，双手捂脸，眼睛在指缝间来回乱转。两个女巫走了过来，齐声问道，你怎么了？杰克抬起头，说道，为什么一直是夜晚，我什么都看不见。其中一个女巫伸出手指，对着空气画了个圈，二人若有所思。一个女巫说道，可怜的杰克。另一个说道，他真可怜。第一个说，原来这一切都是魔鬼的过错。第二个说，他真可恶。第一个说，我们来救救他吧。于是两个女巫原地转了一圈，挥了挥魔法棒，指向左右两侧。一段急促的音乐响了起来，几秒钟后，舞台后面冒出来两只胖墩墩的南瓜，夹起胳膊，横挪着步伐，来到中央。南瓜的扮相古怪，肚子上套了个橘色的救生圈，脑门儿还贴了几颗星星，闪闪发亮。女巫说，杰克，这是我们为你召唤的南瓜灯，请你把它带在身边。南瓜们主动移向杰克，将他搀扶起来，三人围着女巫们转了一圈。杰克行了个礼，说道，谢谢，我又能看见啦，世界真美好，感谢你们。两个女巫手拉着手，跳着舞离去。倒在地上的大树忽然叫了一声，哈哈。然后滚了一圈。全剧终。

木木出了一脑袋汗,我用手帕沾了些温水,一点一点给她卸妆。木木问我,你看见我了吗?我说,看见了啊。木木说,我都化妆了,你怎么还能认出来?我说,脱了马甲我照样认识你,今天表现不错,特别可爱。木木说,但是我什么也不想演。

出门之后,她看见了我妈,挣开我的手,直接奔了过去,贴在身上不放,非要抱着。我妈的腰也不好,就让我爸扛着她回家,走两步跑两步,一路乐得不行。我和我妈跟在后面。我妈说,今天吃饺子。我说,行,都爱吃。我妈说,没用。我说,什么?我妈说,学这些玩意儿,白花钱,我感觉没用。我说,现在都学,不能落后。我妈说,以后在社会上谁能当个南瓜啊?像你似的。我说,你也不懂,别管这些了。我妈说,小林咋没来?我说,没告诉她。我妈说,最近没联系?我说,很少。我妈说,可真够一说,这妈当的。我没说话。我妈又叹了口气,说,你这爸当的啊。

吃完饭后,外面下起雨来。木木开始流鼻涕,脸颊泛红,有点发蔫。我妈说,今天别折腾了,在这里住,我给她洗个热水澡,晚上跟我睡,得注意观察,这季节可别感冒了,不爱好。我躺在沙发上玩手机,我爸在看电视,里面放的是陈佩斯的小品。我想起许多年前,春节联欢晚会过后,总会放一部他演的电影,有时是《父子老爷车》,有时是《二子开店》,都很滑稽,每次我都下定熬夜的决心,却总是看个开头就睡着了,直到现在也没看全过。我们家已经很久没聚在一起过年了。前年我妈生病,在医院里抢救,忙得人仰马翻,白天黑夜连轴儿转。去年是李可,被传销的骗到广东,好不容易逃出来,也没买上机票,大年三十,打电话就是个哭。今年轮到我跟小林,在家里待到正月初五,哪也没去,谁也没见,相互一句话也不说,只是盯着那面白色的墙壁。

木木身上裹着浴巾,脑袋上包着一条粉色的枕巾,被我妈从卫生间里拖出来,两只脚还没完全干,在地板上踩出一溜儿水印。孩子长得就是快,不知不觉,几个月前,一条浴巾也还勉强够长,现在就完全不行了。外面的雨声很大,伴随着隐隐的雷鸣,木木跑来我这边,撅着屁股,上半身趴在沙发上,很急促地喘着气,也不讲话,我伸过手背,摸了摸她的额头,又摸一下自己的,好像我的更烫。这时,手机震了一下,小林发来消息,问我:今天演节目了?

我回道，是。小林说，录卜来了吗？我说，没来得及。小林说，我跟她视频卜？我说，在我妈家。她就不再回复了。没记错的话，本月之内，这是她第二次跟我联系，上一次是提醒我拍生日照需要提前预约，以及记得去补一针流感疫苗，而还有三个小时，这个月就要过去了。

我本来以为，向木木解释小林的离开是一件很困难的事情，确实不知怎么说为好。李可说，你可以跟她讲，爸爸妈妈虽然不住在一起了，但对你的爱是永远都不会变的。我心里说，你真是没有孩子，这种话讲不出口的。一个问题接下来就是许多个问题。为什么不在一起了，为什么别人的爸爸妈妈还在一起，为什么离开的人是妈妈，为什么对我的爱就永远不会变，你们之间的爱不是变了吗？自己答不上来，就别指望能说服得了任何人。小林刚走时，木木住在我妈家里，天天闹，使劲喊，嗓子都破了，哭得筋疲力尽才能睡着，到了后半夜，经常忽然自己在床上站起来，闭着眼睛说，妈妈呢，我要去找妈妈。我妈也心疼，一边哭，一边抱着她来回走圈，念经似的说着话，唱遍所有能想起来的歌谣，连灯也不敢开。到后来，我妈的身体实在吃不消了，住了次院，我就接回到自己这边，也是奇怪，木木跟我在一起，从没主动问过小林的事情，好像我们之间达成了某种默契。有时我觉得，我跟木木更像是一对恋人，对彼此的前任避而不谈，即便她的存在无法被抹去，像是一块坚冰，或者一座岛屿，从大海里升起来，横亘在我们中间，始终无法融化与跨越。

关灯许久，木木也不睡，一直在说着话，笑个不停，随后又下了床，跑来我的房间，跟奶奶说，我去看一眼爸爸。她在地上晃了一圈，发现我还没睡，便爬到床上来，躺在我的身边。我妈跟了过来，对木木说，快回屋，几点了都。木木说，但是我还是想跟爸爸一起睡。我跟我妈说，跟我吧，习惯了，让她在这儿睡，我看着她，没问题的。

窗外的雨声渐弱，风却刮起来了，凉飕飕的，从窗户缝儿往屋里钻，发出一阵阵虚弱的颤声。我给木木又加了层毯子，她蹬掉，我再盖上，她又给踹开了。就是这样，在几乎所有事情上，我都犟不过她，不知道脾气随谁。木木说，爸爸，给我讲个故事。我说，没有故事，睡觉。她说，我睡不着。我想了一下，问她说，你想演女巫，是吗？她说，我不想演女巫。我又问她，那你害怕魔鬼吗？她说，不害怕。我说，其实我觉得，今天的那棵大树更像是魔鬼啊。木木说，不是。我说，为什么？她说，不像魔鬼，不是。我问，为什么呢？她说，大树是辰辰啊。

有一天下班时，刚好看见小林走去那条小路，我跟在身后，走到中间，喊了她一声，她左看看，右看看，又在原地转了一圈，终于发现了我。后来我才知道，单耳听不见的人，很难辨别声音的来源方向，所以在某些时刻，小林的动作显得有些迟缓。她的右耳健全，我们走在路上，她就总贴着我的左边，看起来像在保护我。无数车辆从她身边飞驰而去。我比较不适，总想拉过来一把。听我讲话时，她习惯性地将头侧过来，仿佛集中了全部的精神，极为虔诚，这样一来，我反而不知怎么说为好。

项目的进展并不顺畅，筹备尚未结束，就被上面喊停，我的心情却比从前好了一些。那段时间里，我跟小林相处得比较愉快，她很聪明，经常是我的话只讲一半，她就完全明白了，但会坚持着听完，确认全部细节，再去执行。到了后来，我对她的信任度逐日增加，无论遇到什么事情，都想听听她的看法。她很有耐心，一点一点为我拆解，却极少谈论自己，每次问起来时，她也只是摆摆手，对我说，实在是没什么可说的，人生履历就是这么简单——离家上学，顺利毕业，在台里实习，签合同转正，上班下班，被拖欠工资。我问她，有什么爱好。她说，也没什么，都不怎么逛街，只喜欢在家里听听歌。

我们就在她租的房子里面听歌。我带去了无数张唱片，各种风格都有，一听就是一个晚上，我喝着啤酒，她偶尔处理一些工作，或者准备公务员考试，反正总有些事情要做。她不爱听金属和朋克，觉得吵闹，喜欢古典，但听不太懂，版本复杂，没心思钻研，最喜欢的还是六七十年代的那些民谣，鲍勃·迪伦或者琼·贝兹的歌。小林问过我，如何看待他们二者之间的关系。我说，贝兹当时的名气更大一些，热衷社会运动，投身其中，迪伦很害羞的，对这些也不太感兴趣，在自传里写过，第一次看贝兹演出时，目光便久久不能移开，觉得她荣耀又圣洁，如花环一般，几乎无所不能，嗓音美妙无比，像是在为上帝献唱，能驱逐世上全部的厄运。小林又问，那你怎么看待我们之间呢？我说，我以前总在楼上抽烟，看着你自己走上那条小路，总会想起一位美国作家的诗句，他说，一片树林里分出两条路，而我选择人迹罕至的一条，从此决定了我一生的道路。小林说，你喝多了？我说，绝对没有。小林撇了撇嘴，没再讲话。我说，那你怎么看呢？小林想了想，说道，答案在风中飘，我的朋友，答案在风中飘。

木木捏了一下我的手，我以为在逗我，便回捏过去，她又用力拽紧了手指，我才反应过来，她是想让我注意到走在前面的那个人，穿着一件棕色的羽绒服，长及脚踝，在这个季节里，稍显夸张，半长的头发披在颈后，踩着一双高跟鞋，趿在地面，发出哒哒哒的响声，仿佛抬不起腿来，随时都会晕倒。我想了一下，说，松鼠？她先说，是。又说，不是，是花栗鼠。我问，有啥区别？她说，更小一点，但头很大，还演过动画片。我说，那你要不要过去打个招呼啊。她说，啊，我可不要。

木木对于命名特别严谨，我在手机里收藏了一篇很长的文章，是《小马宝莉》的角色介绍，数目近百，她总会要求翻看讲解，一遍又一遍，从不厌烦。我时常读得眼花缭乱，木木却几乎都能叫上名字来，也熟悉每一匹小马的秉性，甚至对会不会飞、在哪一集出场等细节都了若指掌。最开始她喜欢的是云宝，性格外向，热爱冒险，绝招儿是彩虹音爆。最近比较倾心于月亮公主，有点孤独，略带神秘，被放逐到月亮上一千年，曾对此很不满，企图让世界陷入永久的黑暗，后被感化，经常去解救那些噩梦里的小马。

我们走到单元门口时，长得像花栗鼠的那个女人还没进去，她的双手插在挎包里，像是在找些什么。我和木木停止对话，一起望向她，总觉得她要跟我们说点什么，她看着我们，眼睛瞪得很大，睫毛一闪一闪。我有点不好意思，微笑着对她点点头。她没回应我，而是蹲了下来，将衣服前襟拢在膝盖上，说道，木木？木木往我身后躲了躲。我很好奇，转头问木木，你认识这位阿姨吗？跟她问个好啊。木木摇了摇头。她继续问，记得我吗，我是辰辰妈妈，我们见过的呀。我说，辰辰？大树辰辰？她说，什么？我说，啊，木木有个同学，前几天演了一棵树，也叫辰辰。她勉强笑了一下，说道，应该不是。我说，不好意思，那是我弄错了。她说，木木，你还记得辰辰吗？辰辰很喜欢你呦，总提到你。木木继续往后面躲，背对过去。我问她，你记得吗？她也不说话。我解释道,她就这样,比较内向,遇见生人很害羞,话也少,有空带孩子来家里玩,真巧啊,住在一个楼里。她偏过头去,扮了个鬼脸,想逗一下,可木木压根不看她,一个劲儿地拉着我的衣角。她站起身来,朝着我点了点头,说道,好,好。

    我们上楼之后,木木好像有点不高兴,脸也不洗,动画片也不看,拎着一只毛绒蜗牛在客厅里走来走去。我说,你今天的表现可不太好,见人也不打招呼,有点没礼貌。木木不吭声,只是看着我。我又说,不过我也不打算勉强你,这没什么的,对吧,不是跟谁都需要讲话,我能理解你。我企图讨好一点,可她还是不理我。

    木木睡得很快,我也很困,但还得两个小时才能休息。快洗模式半个小时,混合模式一个小时,婴儿服模式则是先加热到一定的温度,洗干甩净,再进行消毒,共计两小时,这是洗衣机的标准法则,不可侵犯。我在一本书里读到过,洗衣机的语法粗暴至极,无视差异性,所有的衣服在此都是平等的,没有尊卑贵贱之分,一旦被抛入其中,便被迅速地搅拌在一起,不可豁免地混作一团,其符号价值被无情吞噬,在滚筒里,没有幸存者可言。我打开阳台上的窗户,点了根烟,向外望去,觉得世界无非也是一个滚筒,重力作用,正向与反向的轮转,粗糙而强悍的旋律,不断在内部之间摔跌捶打,无可逃脱,也意味着无人生还。我将纱窗拉开,想将烟头灭在窗台外面,忽然发现有人还在单元门口,双手扒着缓步台的栏杆,探着脑袋,也刚抽完烟,与我的步调一致,正在碾着烟头,好像我们同时位于滚筒的某个位置。接下来,也许将一起接受上升或者下降。

    我披了件衣服,轻带上门,又摸了摸钥匙,往楼下走,她见到我时,并不惊奇,笑着点点头,问我,木木睡着了?我说,是。她说,她好乖的。我说,今天玩累了。她说,小孩子嘛,还是比较好哄。我说,辰辰也是吧。她没讲话。我又说,不回家么,晚上凉了,钥匙没带?她说,没,想待会儿,还有烟吗?我帮她点了一根,给自己也点上。她说,你不会扎辫子吧?我说,什么?她说,所以木木总梳着个锅盖头。我笑着说,是这道理,学也不会,没这项技能。她朝着黑夜里吐了口烟,停下几秒,继续说道,你的故事都好听啊。我说、故事？她说，我就住这一层嘛，总能听到你给女儿讲故事，扭来扭去在散步的小蛇，小裁缝智斗巨人，岛屿上的科学家和企鹅，点头或者摇头的锡兵，只是个片段，没头没尾，你们边走边讲，等到了门口这边，我就什么都听不见了。我说，惭愧，乱编的，打扰到你。她说，刚才我知道你们走在后面，想着在这里等一等，兴许能听到个结局，但是也没。我说，不值一提。她说，没，我很喜欢，每天晚上，我都把窗户拉开一道缝儿，搬把椅子，守在阳台上等着，我就躲在箱子后面，有时等了很久，很担心是不是错过了，或者木木发生什么事情，但如果能听得到，就很开心，睡得也好一些，我知道她叫木木，很早就知道，但她不认识我，不要怪她。

我说，她认识你，但不认识辰辰，我们睡前聊了一会儿，她知道你一直在听我们讲话，我一点儿感觉都没有，有些话她故意要说给你听的，不管你信不信，反正就是这样。她说，木木最聪明了，你今天讲故事了吗？我一句都没听见。我说，没有，她给我讲了一个关于魔鬼的故事，很可怜的魔鬼，所有人都想尽办法要对付他，可他根本不知道自己犯了什么错，只是不停被耍弄，不停地许诺，不停地满足他人的愿望，被钉在树上，被困在鼻烟壶里，被放逐到很远的地方，你知道，人们总是那么贪婪，魔鬼却那么软弱，无论躲在何处，最终都会被揭开面目，无可逃脱，真是没办法啊，明明是人们先找到的他，非要来交易灵魂的，也许他唯一的错误就是扮演了一个魔鬼。她说，唯一的错误。我说，对，这也是木木说的。她说，我明天要搬走了，收拾了好几个月，终于把东西都装进箱子里，真沉啊，推都推不动。我说，祝你顺利，希望以后还有故事听，肯定比我讲得好。

我回到楼上时，洗衣机已经停止运转，我拉开舱门，将衣服一件一件抻开、铺平，晾在阳台上，窗户没关，夜风温柔，缓缓吹进来，像在为我披上一层薄薄的衣裳。木木睡得不太老实，嘟着嘴，皱紧眉头，一只小腿搭在床沿上，几乎要挣脱出来，从后面看去，睡袋像是一件很威风的斗篷，我想，她是正准备去解救那些困在噩梦中的小马。手机上有两个未接来电，都是小林打的，时间太晚，我犹豫着是否要拨过去时，收到了一条她发的消息：不用回，没什么要紧的，刚才只是想确认一件事情，现在我知道了。我的另一只耳朵也听不见了。我好像再也想不起来木木的声音了。

春天的末尾，我跟我妈带着木木去了一趟海边。原本这里是一片野海，在我很小的时候，也来过一次，但没什么印象了，只记得在沙滩上铺着一张张巨大的渔网，踩在上面，仿佛随时会被捕获，高高吊起来，放在集市上售卖。如今此处被开发成一个新的小镇，充斥着现代气息，生活便利，建筑设施一应俱全，甚至还有美术馆、剧院和礼堂，无论走在哪里，都能听见一阵轻快的音乐，沁人心扉。木木很喜欢这里，她很忙，每天上午要去海边捡贝壳，中午回来休息，下午去农场里看小花，或者在草坪上打滚，玩到筋疲力尽。我妈说，她自己很久没看过海了，上次来这里时，正怀着李可，行动不便，我也不太听话，我爸更是指望不上，成天跟她对着干，她每天都很累，没有盼头，万念俱灰，夜里偷偷哭上一会儿，也不敢出声，怕吵到我们，当时觉得快要活不下去了，可一晃就是这么多年，也都过来了。

我知道她是在劝我。我假装听不出来，每天尽量鼓足气势，拧紧发条，像一匹童话里的飞马，带着木木上天入地，奔跑不息，我想，只要她开心，我就快乐，只要她愿意，做什么我都值得。我像一株寄生的植物，无法自给养分，只是日夜低语，将命运与她紧紧相依。我再也不需要成为什么，没有愿望，也不想去拥有自我，一点儿也不想，人一旦有了这种意识，就很可怕，像岛屿上丛生的密林，沙沙生长，不止不歇，直至遮蔽全部的光芒与道路，长久困在噩梦之中。我不要这些。

旅程结束的前一夜，木木睡着之后，我自己一个人来到海边，走了很久，没有月光，星星也被隐去，只是一片深色的绿。我脱掉鞋子，踩着砂砾，一步一步迈入大海，温暖轻柔的水浸过我的脚踝，我站立于此，舒了口气，抖抖肩膀，伸出两只胳膊，想要画出一道从未有过的手势，却始终不得要领。波涛涌来，身后寂静，世界如在一侧呼喊。那是一首鸥鸟、海水、岛屿与天空的奏鸣曲，为我竖起一道光亮的墙，时远时近，无法逾越。赤色的暗云落在海面上，发出火焰熄灭的微弱声响，它一刻不停地沉入水底，给予短暂如幻的照亮。接着是引擎声与浪声，贮存许久的音阶，相互抵抗，向前或者退后，保护着的同时也在毁灭。最后是清澈的鸣叫声，如垂冰一般锋利，来自鸥鸟、松鼠或者小马，上古的山林，幽暗的房间，万无一失的梦境。而那些被忘却的声音不在其中,遥不可及,我无从追寻。它曾栖于我的体内,如同昔日的私语,远在此处,如今径自飞行,去往我需要行进的方向,接续不断,消逝于失落的耳畔。总要逝去,也必将逝去,尽管此时,它正如凌晨里悄然而至的白色帆船,掠过云雾,行于水上,将无声的黑暗遗落在后面。

(原载《收获》2021年第4期)

海与荒漠之间

◎倪湛舸

一、梦里南海

  他好像忘记了什么。旅店的预定单,背包里的止疼药,还是这座城市的名字?他用手掌覆盖住左腿膝盖,掌心的皮肤切切实实地感受着那块骨头的形状,等待心中的不安渐渐消减,但他很快就意识到膝盖骨才是慌乱的来源,他必须竭力驱赶那种手掌就要变成吸盘的错觉——手掌不会变成吸盘,吸盘不能轻易地旋开膝盖骨如同罐头盖,他盯着手背上的青筋和汗珠告诫自己。

  日近黄昏,天气炎热,出租车正在艰难地爬坡,司机摇下窗玻璃让风灌进狭小的车身里,海风里夹杂着鱼虾的腥臭和廉价香水的浓烈,司机身边的饮料架上斜塞着一桶快吃完的罐头,那里面是香肠和黑豆。年轻的司机叼着棒棒糖哼歌,电台里一首接一首地播放着他听不懂的嘻哈乐,世上怎么会有他听不懂的嘻哈乐,他困惑地把视线从自己的手背转移到司机的后脑勺,那里,棕色的卷发在风中飘舞,就像是司机同他说话时眉飞色舞的神情。

  他喜欢接近热带的地方,丰沛的日照意味着充足的热量,充足的热量能够为分子运动加速,于是包括人在内的生物也会不由自主地活泼起来,就连奇迹都有可能发生,比如他与司机在机场语言不通的交流,他给不出要去的地址,接着司机总也发动不了引擎,但他们还是顺利地沿着高架来到了海边小镇。司机兴奋地拍打方向盘的那个瞬间他就明白了,因为海出现在他们的正前方,巨大的、蓝色气囊般炸开的海。

  海边小镇建在山坡上,狭窄的街道两旁密布低矮的小楼,最突出的建筑物是白色尖顶的教堂,但为什么教堂旁边有一座微型的摩天轮,是孩子们的游乐场吗?出租车停在小旅馆门前,他拉起背包跳下车,双脚着地的平衡感有点奇妙,司机嚼着嘴里的棒棒糖转过来想要帮他提后备箱的行李,却意识到那里什么都没有，他们俩笑着道别，像是一对兄弟，旅馆门前的长椅上坐着个穿碎花连衣裙的中年女人，手里攥着渔网，像是要缝补却又什么都不做，她默不作声地眯着眼旁观出租车离去，不乏温柔地叹了口气，像是兄弟们的母亲。

那女人就是旅馆老板，她查看他的证件，划了他的信用卡，递给他装着房卡的信封，信封左下角印着玫红色的三角梅。她又做了个拿起刀叉的手势指向右前方，他转过头，注意到那个似乎应该被称为自助餐厅的地方，铺着米色桌布的圆桌上杂乱地堆放着冰块、柠檬、生牡蛎、油炸章鱼、黑面包、玉米薄饼和鹰嘴豆，还有一罐橄榄油，散落在桌布上的细丝是晒干的藏红花，却没有咖啡，他又看了一眼老板身后的酒柜，还好，至少还有足够的烈酒，朗姆、龙舌兰、伏特加，能够帮助他模糊意识扭曲记忆忘记自己身在梦境中。

他迅速抹了一把眼睛，还好，手和眼睛都是干燥的，他捂着自己的眼睛快步走向自助餐厅后方的楼梯。楼梯被鲜红的地毯所覆盖，吞噬了他沉重的足音，楼梯很短，很快就分散成几条彼此远离的长廊，他的房间在最左边那条的尽头。推开房门的瞬间，落地窗前的白纱轻微地颤动起来，他卸下肩上的背包去拉开紧闭的窗，灌满海风的白纱窗帘像个生物或鬼魂似的撞向他，跌进他怀里，他伸手想要拥抱却扑了个空，只能盘腿坐在地板上，手边就是地板上打翻的花瓶和绢做的牡丹，视线与床边的书柜平行，那里胡乱堆放着漫画，花花绿绿的封面上挤满了毒蛇猛兽妖魔鬼怪，还有钢铁侠、蜘蛛侠、闪电侠、绿箭侠、水行侠……

世界在旋转，无奈间，他只能弯腰跨过窗棂跳上勉强可以算作阳台的消防通道，海风中除了鱼虾的腥臭和廉价香水的浓烈还有孩子们的笑声，他双腿悬空坐在阳台上，望向不远处的摩天轮，几个孩子正身手敏捷地攀爬铁架，背景是努力与蓝色气囊融为一体的鲜红夕阳。太阳每天都会沉入海底，海每天都会把不情愿离开的太阳托出水面。他忽然想哭，双手紧握双腿的膝盖，它们都还在，他也能够像孩子们那样轻易地离开地面又轻飘飘地挥舞双臂从高处落地。

真好，这个梦真好。梦里的孩子们背倚着摩天轮用陌生的语言向他打招呼。生活在一起说同一种语言的人会越长越相似，因为共用的词汇调动同一组肌肉群发声从而塑造特征一致的面容。那么，能够说很多种语言的人是不是会受累于太多面具而面目模糊？他惊诧地发觉自己与孩子们对着话，他听不懂自己在说什么，但他知道，友善的孩子们问候他新年快乐，孩子们也很惊奇：新年快乐，你也是来参加狂欢舞会的吗？

　　天还没黑灯就亮了，路灯、店铺的霓虹灯，甚至还有只在几十年前的电视剧里见过的在舞池里旋转的彩色灯球。原本捂着膝盖的双手不由自主地移动到了眼睛上方，他迟疑地张开十指，从指缝间眺望微微发红的天空，浓厚的云层像是画布上凸起的颜料，他想要用指尖去触摸那些颗粒，如果不是因为这些灯光的污染，他还能摸到星星投向地球的微茫。它们来自多少亿年之前，它们是否早已毁灭了，如果他想要逃避的现实也能够彻底消失该多好，所以人们才热衷于跳舞吗？跳舞就是把彼此接触的身体焊接成新的生命从而抵御从天而降的恐慌，跳舞的每一刻都是新年，新的轮回即将开始，死去的人们换上新身体和新衣裳抚摸彼此的脸庞。原本躺在阳台上的他揉着眼睛直起身来，不能这样，即便在梦里也不能轻易放弃脚下的实地，可他双腿悬空，脚下是旅馆门前人头攒动的小广场。

　　桌椅被搬出来了，游客大声喧哗着，金发白裙的女招待一手提着霞多丽一手托着大盘鱼饼穿行在人群中，她被跳探戈的人撞了一下却并没有摔倒，那两个跳探戈的男人穿着一模一样的黑衣黑裤，修长的双腿时而交缠时而上下翻飞，他们及时松开搂着彼此肩膀的手去扶酒瓶和餐盘，而女招待被身后的那面人墙稳稳接住，如同海浪最终静止的地方是沙滩。他从未见过这么多戴着面具跳舞的人，长着尖嘴的鸟、沉睡的法老、白骨嶙峋的死神甚至还有货真价实的防毒面具，最离奇的是，有个人举着一块牌子，上面写着"我是左腿、地雷和海星，我是你在镜子里看到的自己"。他分辨不清脚下的一切是动荡的还是静止的，人群散发的热气代替了暂别的太阳，他侧身抓着阳台的雕花铁栏向女招待挥手，她仰面微笑的脸似曾相识，他想要那瓶给客人满杯后还没倒完的霞多丽，她毫不犹豫地爬上路边缠满三角梅的花架伸手递给他。

　　"军舰就要来了。"她用手背把被海风吹到眼睛前的散发拂开，眼睛望向街道尽头的海，粼粼的波光竟然还依稀可见，"军舰上的人会用很多种语言说一句话：我来处决你。"她笑着直视他，带着点挑衅，他想要开口，却被头顶传来的爆炸声打断，原来是烟花啊，明知道那是绚丽却虚妄的烟花，他还是失控地战栗起来，不能回去，不能回到那个瞬间的白光和白光闪现后的漆黑，不能醒术，不能回去惊黑散尽后支离破碎的现实……

二、瘟疫之城

　　他醒了，头还在痛，黑暗中半隐半现的天花板已经稳定了，不再旋转了。他松了口气，头向后仰，让视线正对床头的窗户。这里是地下室，所幸高处还有狭长的窗，开向楼前的绿地和花圃。整个冬天窗外都积着雪，据说三月下旬才是17世纪时的新年，显然早期殖民者对物候更为了解也更遵循自然规律。新年过后，明黄色的连翘开得最早，粉色樱花要等到三月底才绽放，然后是梨花，雪一般洁净却散发着腥臭。只要看一眼窗玻璃上粘着的花瓣就知道春天是怎样一步步占领这座城市的，整整一年了，瘟疫肆虐的一年，装满尸体的冷藏车从这里的街道经过时，他盯着床头柜上的酒杯，看杯中水和酒精与冰块的混合体如何颤抖。与心理医生视频时，他从未提起自己对酒精有多么依赖，哪怕痛哭流涕他都还在竭力控制自己。他总是把话题集中到左腿上，此刻，他真真切切地感受到左腿膝盖上方撕心裂肺的疼痛，他弓起身子想用双手抱拢左脚脚踝，这是个自我安慰的动作，被褥之间却空空如也，他的左腿从膝盖上方开始消失，虽然疼痛还在，不存在的神经仍然连接着他的大脑，时不时地提醒他，生活不可能回到从前，就像这场瘟疫搅乱了世界，一切不可能回到从前，死去的人们对于人类整体而言，就像是他不知所终的左腿。他始终觉得"为国捐躯"是个笑话，他甚至只捐出了身体的一部分，但从此残缺的他还得活下去。

　　他不知道为什么还要活下去。床的对面是占据半堵墙的水族箱，前任租客留下了一缸蛇尾海星，他接手了那个男孩的租赁合同和他的宠物。起初还有事无巨细的短信指示和近乎监视的视频通话，关于水温、盐度和海星的食物，后来发生的事无非是人之常情，男孩忘记了他留在这座城里的一切，而他丧失了为海星准备腐肉鱼虾的耐心，沉在水底的珊瑚和砂石渐渐暴露于空气中，水族箱变成了荒漠，他熟悉的、文明被摧毁后危机四伏却又美得超越人类语言的荒漠。也许他应该把这方受玻璃围困的沧海荒漠扔出去，扔到街角的垃圾箱旁，但他不想寻求帮助，即便不是踩着假肢，他都需要与人搭手才能抬起这具巨大的水族箱。留着它吧，就好像我们都只能活下去，如果没有死于这场瘟疫——还有什么理由比死于瘟疫更能够合理化放弃这个世界的冲动？

他去了隔壁办公楼的楼顶平台，昨晚。宵禁时断时续，如果入夜后还能出门，他就会去附近的几栋高楼，住宅楼的看门人认识他，办公楼货用电梯的密码他早就牢记在心，只要戴好口罩遵守社交距离，他可以去到任何想去的地方。他知道自己的膝上假肢造价高昂，膝关节处植入了电脑芯片，如果当初做了植入式骨整合手术，他甚至不用每天把接受腔套上大腿的残余部分。对，他甚至不必每天穿脱假肢。正因为穿脱过于麻烦，一旦套上假肢，他就急着到处走走看看。他喜欢出去工作，但替人遛狗的工作实在过于狼狈，先是登堂入室再得牵着十几条狗在街上奔跑，狗吠声令他烦躁不安，而弯腰处理狗屎是压垮他的最后一根稻草。

在咖啡馆、果汁店或者可丽饼铺子打工相对现实，他只需静静地站着，至多在狭小的空间里转圈，绝大部分的时间和精力都耗费在手上，用手给咖啡拉花，用手调配果肉颗粒，用手把面饼摊得越来越圆越来越薄。他的手很稳，在射击训练中总能取得好成绩，同伴们都争着与他一组，与他同组意味着在战场上有更大的存活概率。后来，他们去了遥远的战场，有人死了，有人活下来，还活着的他丢了大半条腿。他不想回到位于大陆中心的家乡，于是躲在这座人头攒动的北方沿海城市里，租了数人合住的公寓，打着可有可无的零工。

那都是瘟疫暴发前的事了。瘟疫暴发后，室友纷纷逃离，留下的人大约都像他这样，不但年轻而且穷得无畏。打工的地方都只能送外卖，他没有车，也不想继续工作，反正有政府的纾困支票和他应得的伤残补助。漫无边际地坐地铁似乎太过危险，他迷上了去高楼的楼顶平台眺望这座始终陌生的城市。如果天气不是太冷，他就怀揣啤酒为自己助兴，楼顶的护墙有半人多高，无论是否喝醉，他都爬不上去更跳不下去。

看啊，太阳沉下去的地方是接近寒带的海，数条入海的河流之上横亘着连成一片的钢铁桥梁；海边的那片空地是机场，去年春天时安静得令他恐慌，好在航班的灯光从未彻底熄灭，近来天幕上移动的亮点又渐渐密集起来；这座城市的街道异常平整，东西走向为街，南北是路，好像棋盘或者网格纸，他曾经梦想过成为漫画家，他又梦想着抹平这些建筑物，杀光（哦，不，解放）建筑物里外的人，让他们不必胆战心惊地活着，这样他就能够在铺展在地的网格之间勾画心爱的怪兽。在顶天立地的怪兽和无影无踪的病毒之间,他宁可选择前者。可这是个没有怪兽的世界,只有病毒和不断死去的人们,有时候活着的人会不约而同地在阳台上拍手唱歌,他在楼顶踮起脚往下张望,却只感受到大腿接触假肢接受腔处的钝痛。他站得太久了。

　　回到房间卸下假肢后,他从床头的小冰柜里取出威士忌,不小心喝了太多,整夜都在迷迷糊糊地做着异常清晰的梦,梦见去南方,梦见临海的旅馆和新年狂欢舞会。醒来的他嘶哑着喉咙问亚马逊智能音箱现在几点了,温柔的女声回答:早上九点十三分。房间里漆黑一团。他继续问:外面在下雨吗?答案是肯定的,其实他已经听见了窗玻璃上啪嗒啪嗒的雨声,然后就又睡过去了,再次醒来后,他起床,穿戴衣裳和假肢,去这间卧室自带的浴室洗漱,对着镜子里的自己琢磨着是否有必要拿电动推子剃个秃瓢,最终决定放弃,他的寸头与马尔万的齐肩卷发相比完全无需打理。这套公寓里只剩下睡地下室的他、住一楼的马尔万和独占二楼的娜达莎。白男、中东男和斯拉夫女人。

　　当他终于喘着粗气爬楼去到一层的厨房、把冰牛奶倒进堆满麦片的瓷碗、用双手捧着脑袋等热咖啡滴满玻璃杯时,马尔万正坐在餐桌的另一头,对着电脑翻阅一堆乱七八糟的厚书上网课。疫情前的世界里,金发碧眼胸大腰细的娜达莎是飞南方旅游专线的空姐,棕色卷发面颊消瘦的马尔万每天四点就开着出租车去机场拉客,这两人很少同他照面。去年春天,整座城市悄无声息地陷入崩溃,娜达莎、马尔万还有他悄无声息地围坐着餐桌各玩各的手机,玩着玩着,终于搭讪起来,他终于知晓了他们的姓名,他们也终于注意到他运动短裤下的双腿由不同物质构成。被迫休假的娜达莎注册了州立大学在家修课,马尔万主动教她写读书笔记。他从没进过马尔万的房间,但他知道马尔万总能从房间里拖出一本又一本遍布令他头疼的单词的书籍,他怀疑自己有阅读障碍,所以毫不怀疑马尔万的宣言或炫耀或诉苦:我在机场开出租,我必须在九点前结束工作,博士生的课最早那时候开始。这套公寓在绿线的尽头和银线的起点,绿线地铁通向城里的几所私立大学,银线是轻轨,连接着机场和环城的几条线路。

　　大家住在这里都是有原因的,虽然他不知道自己为何出现在这里,他与别人不同,他的生活尚未开始就已经结束了。此刻,马尔万正坐在他对面,激动地对着电脑屏幕低吼一些他听不太懂的话,他尽量文雅而礼貌地嚼麦片喝咖啡,尽量不打搅马尔万的课堂讨论。他们过于熟稔以至于视彼此为透明。其实文雅而礼貌的马尔万曾经试图回到自己房间,但被央求留在厨房上课。谁都渴望坐在活生生的人对面。他读了马尔万遗忘在客厅沙发上的那本《漫长的二十世纪》,作者的名字是杰奥瓦尼·阿瑞基。他以为自己的脑容量只够处理超级英雄漫画,但他居然读完了这本书并且自以为看懂了:帝国主义霸权的根基是到处驻军并且由此收取保护费。但无论是否苦于宿醉,他都想不清楚为什么要去打击塔利班,听起来像是亚马逊智能音箱的女声在他脑海里回旋:别想了,想清楚了只会更痛苦。

马尔万身上有娜达莎的香水味。当他沉溺于梦境而窗外风雨交加的时候,马尔万已经完成了开车去机场送娜达莎上班再接几单客然后赶回家冲澡上课这一系列任务。去年秋天娜达莎的航班就复飞了,在回去上班之前,她跟马尔万睡到了一起。去年夏天他们三个人并排坐在客厅沙发上刷网飞电视剧,他指使他俩分披萨拿啤酒,他俩在冰箱前接吻,发出湿哒哒的呻吟声。他想要抱怨,可是电视剧里的场景大多也就这样,电视机里外看什么不是看,这么一想他便获得了心理平衡,更何况娜达莎哪怕坐在马尔万的大腿上玩他的卷发都不忘了审问房间里的第三个人是否酗酒过量。

他们学会了相依为命。去年初夏大家都病倒了,起因大约是他喜欢坐地铁满城乱逛,或是娜达莎去参加抗议警察暴力的示威游行,还有可能要怪马尔万在食物银行当义工时没有戴紧口罩。先病倒的是马尔万,他把自己关在房间里,用短信群聊请求室友给他送饭,然后娜达莎也不得不加入了自我隔离,整套公寓里只有他爬上爬下送盒装食品,就当是养了两只不见踪影的人形宠物。他也发过烧,但很快恢复如初,马尔万和娜达莎不到一周就痊愈了,只有黑色垃圾袋里的那些罐头和纸盒以及塑料瓶见证着曾经的危险,他们有血氧仪,曾经时刻准备着给附近医院打电话,虽然打了电话也未必有用。

为了庆祝劫后余生,他们共同清扫了整套公寓,扔掉十几袋垃圾,晚餐时瘫倒在沙发上吃披萨喝啤酒看网飞爆款剧,马尔万想看《王冠》,娜达莎喜欢《性爱教育》,他却选中了《猎魔人》,最后只能靠猜拳决定哪天刷哪个剧。追剧时马尔万和娜达莎都会时不时接到亲友的问候电话,因为各自说阿拉伯语和俄识，他们并不费心回避谁，直到某天娜达沙忽然醒悟过来，问他是不是一直在偷听。其实他只能听懂零星单词，军校没教过他们这么多日常脏话，阿语和俄语课的教员觉得只需教会他们"缴枪不杀"之类的短语就够了。敌人的语言——马尔万笑了——现在你跟两个敌人被困在一起，在这个国家的心脏部位。

马尔万的父母从摩洛哥移民到比利时，他又从欧洲来到这里读书。娜达沙家大约一个世纪前就离开了俄国，沙皇的俄国。至于他嘛，他家祖上在南方种植烟草，后来从阿巴拉契亚搬去了落基山。他们三个人交换家族史，最后达成共识：无论这个国家还是别的什么国家都同我有个屁关系，既然挣扎于无所不在的粪坑，我们还是赶在没顶前抓紧彼此吧。所以娜达莎和马尔万自然而然地睡到了一起，他们并没有排斥他，他却对性提不起兴趣，他早就对生活丧失了兴趣，某种意义上，他还活着甚至要感谢这场瘟疫。太多人死去了，他就连悲惨死去的特权都被剥夺了，只能往肚子里填冷麦片和热咖啡，把自己当作机械运转的食物搅拌器。

更令他崩溃的是，结束了网课的马尔万走到他面前，面色凝重地扶着他的肩，给他看手机上的新闻推送：拜登总统宣布，从五月一日起，美国自阿富汗撤军。他背对着通向阳台的落地窗，从马尔万的眼镜镜片里能看见对面的楼房、街道上缓慢驶过的公交车还有屋檐下粗重而倾斜的雨点。雨又大了起来，楼下花圃里的杜鹃已经萌发出新芽，等到了五月，姹紫嫣红的杜鹃就要盛开，他对红色的花怀着复杂的情感，它们太像迅速蔓延的血。人只能损失百分之十的血液。任何红色的物体都会引发他头脑里紧张的计算：这样的血量，相当于多少人的生命？抽象并超越敌我的"人"是否存在？这个"人"有必要维持所谓的独立和完整吗？

三、我的左腿

他曾经梦想成为漫画家，他对机车和橄榄球都没有兴趣，却在拍纸簿上画满外星人入侵地球的连续剧。他有个弟弟，今年刚进本州军校。他的遭遇并没有打断家族传统，再或许他和弟弟都深受"保卫地球"这样的主题毒害。他不想回家，也从不回复弟弟的短信，他宁可躲在陌生的城市里喝酒、睡觉、画漫画。他每天都在构思一个叫作"我的左腿"的故事,是的,他很想知道自己的左腿去了哪里。他的同伴里,有人坐着装甲车被火箭筒炸死,有人在进攻时被弹片削掉半边脑袋,有人不幸踩中地雷变成了四分五裂的尸块,但他们都会被拼凑起来,装进冠冕堂皇的棺材,坐飞机回国供人凭吊。他是幸运的,他活着回来了,可是他的腿不知所终,很有可能被鸟或者老鼠啃了然后被当成屎给拉了。他想了一下猪排和牛排,又考虑了一下人腿大概能有多少热量,最后却只能接受这样的现实:我的一部分已经进入了自然循环。

可他还是不甘心,他在拍纸簿上画了包括膝盖在内的半条腿,脚上还套着高帮军靴。如果有平行宇宙,如果平行宇宙里有不一样的自然法则,那么"左腿"可以有自己的生命,对,独立于他的、属于左腿的生命。左腿有两个好朋友,地雷和海星。更确切地说,地雷引爆后剩下的铁片和不该出现在荒漠里的蛇尾海星。左腿性格腼腆,所以躲在军裤和军靴里,它那崎岖不平的脸是被地雷碎片切断的横截面,能看到涟漪般的骨头、血管、神经、肌肉、脂肪和皮肤。在某种意义上,地雷创造了独立存在的左腿,左腿诞生的瞬间,地雷也变得不再完整,炸药炸了,壳体碎了,落在左腿旁的碎片居然会说话,它问:你是苏联人的腿吗?左腿回答:我不知道,我只是半条腿,我可以叫你地雷吗?碎片不高兴了:为什么你只是半条腿,而我要做地雷,你看我现在还有地雷的样子吗?这时候开始下雨,从天上窸窸窣窣掉下来星星的碎片,左腿高兴地说:星星的碎片还是星星,地雷的碎片还是地雷。星星的碎片里夹杂着完整的海星,有一只落在左腿和地雷之间,海星用左边的触角碰了碰左腿,又用右边的触角碰了碰地雷,海星的触角潮湿而冰冷,左腿和地雷互相呼应着打起寒战来。海星哭着请求:你们能送我回家吗?

左腿觉得很沮丧,它想念自己的同伴右腿,只有当左右腿互相配合,人才能走路,它很想摆脱人的世界,可是孤零零的它不知道怎样才能移动自己。海星怯生生地问左腿和地雷:你们能长回去吧?海星即便被大卸八块都能长回原来的样子,所以它以为只要耐心地躺在荒漠里,左腿就能变成人,地雷也会恢复成它曾经圆溜溜的碟状。它显然错了。哪怕在平行世界里,左腿还是腐烂了,而地雷的碎片被沙子掩埋,就快彻底消失了。于是左腿和地雷变得比海星更着急出发。它们讨论过被鸟带走,只要地雷能够用鞋带绑紧自己,海星能够钻进左腿的裤里，而左腿能够叼在叼在嘴里，它们就能飞上天空。另一个方案是搭便车，美国人撤走时摧毁了带不走的装备，万一阿富汗人修好了没被炸烂的军车甚至坦克开进荒漠，它们就能粘上去离开这个鬼地方。它们越想越美，可沙漠里没有鸟也没有车，海星大概早就死了，只剩下海星的鬼，只要浇水，只要浇了水，鬼就能长回海星，只要去到南边的海，左腿就能变成人，而地雷，也许可以被做成花园里的铲子？

左腿问地雷：你是怎么被造出来的？地雷说：我是被造出来炸苏联人的，可是苏联人撤了，美国人又来了，对不起我不想炸你的，你踩了我，我就只能爆炸，除非我们改变这个世界里的物理法则，或者改写所谓的历史怎么样，阿富汗才是世界中心，苏联太冷，美国太远，都是弹丸小国，苏联人和美国人即便来到阿富汗都只能被繁华街景震撼得屁滚尿流走不动路。左腿不知道曾经与自己一体的那个人怎样了，但它记得军服上的美国国旗在右臂上，它有点困惑，没有被国旗标识的它到底算什么，孤零零的半截腿也有国籍吗？它曾经试着向那个人发射神秘能量，提醒它自己还存在，激活那些早已灰飞烟灭的神经和由神经传递的痛感，它也接收过来自那个人的信息，关于拍纸簿上的漫画连载。好呀，原来我是漫画主角呢！它终于想到了送海星回家的方法，既然自己生活在被想象出来的异世界，那么离开荒漠的方法就是让那个人在纸上画出跟这个异世界截然不同的另一个异世界，根本不需要什么合理解释，左腿、地雷和海星想去哪里就去哪里，想做什么就做什么。

那个人是会因此而快乐起来呢，还是陷入更深更黑的忧伤？算了，那个人跟左腿、地雷和海星有什么关系，哪怕它们是他的幻想投射在纸上的形象，或者，他才是它们的幻想投射在纸上的形象？帝国、战争和瘟疫跟那个人又有什么关系，哪怕他是浮游在这些超然巨物腹中无处可逃的微生物？每当左腿陷入软绵绵的虚无感，它就知道那个人又喝醉了，它有时甚至能因为假肢所承受的重量而感到疼痛。那个人早就用假肢替换了自己，那么我呢，我能找个东西替换掉那个人吗？哦，难怪我有朋友，我的朋友是地雷和海星，我们要去南方，去南方的海滨，地雷要再生成铲子挖土种花，海星要跳进海里补充蒸发殆尽的水分，那么我呢，在旅馆门前的广场上融入新年舞会的是那个人还是这半条腿？

左腿忧伤的时候，地雷试图唱歌安慰它：

有些人拿我们点火，

　　有些人用长矛刺穿我们。

　　谁都忙着展示碧绿的花园，

　　却只为能够刺穿我们挂在荆棘上。

　　我们被亲人所掳掠；

　　现在他们把外国人当作替罪羊。

　　许多铜做的狮子成了英雄；

　　勇敢者被掩埋在土的深处。

　　有些人真是不可理喻；

　　他们的肩膀上扛着枪。神啊！

　　救我们，从残忍者手里拯救我们吧，

　　他们拿土浇灭了我们的希望。

　　海星想要抖落身上的土，太多的忧伤充满了它的身体，像海水那样把只剩空壳的它给盈满了，它的每只触角末端都有眼睛，可是那里不会有眼泪流出。左腿更是没有眼睛，属于那个人的眼睛在地球另一端。海星和左腿问地雷这首歌究竟什么意思，地雷说：我怎么知道，我只听过这一首歌，是过路的塔利班唱的，我喜欢这首歌因为我就是被掩埋在土的深处的勇敢者。左腿说：我也喜欢这首歌，虽然我知道外国人并不只是替罪羊，还有，我觉得地雷一点都不勇敢，这么多年来它一直在睡觉，它醒来的那刻我才诞生。海星说：我也喜欢这首歌，谁叫我的希望也被土浇灭了呢，我想要回到温暖潮湿的南海，你们也离开这里吧，南方的海是比碧绿的花园更像天堂的地方。

　　左腿、地雷和海星依偎着彼此，太阳落山后，荒漠的上方悬挂着璀璨得好像随时都能旋转起来的星空。左腿问海星：你是海里的星星，你认识天上的星星吗？海星试图闭上每只触角末端的眼睛，只有这样它与左腿交流的声音——或者说意念流，毕竟它们都没有发声器官——才显得足够严肃：我生活在海里，天上的星星都拥有各自的海，每颗星都曾经有许多海，可是那些海曾经存在的瞬间离我们太过遥远，好吧，我想说的是它们绝大多数都早已干涸。

地雷是它们中相对理性的那个，地雷说：你的意思是，它们其实跟你一样，都弄丢了海，不同之处是你生活在海里，而海生活在星星上，浇灭了我们的希望的土是地球的一部分，地球也是星星，可是幸运的地球这颗星还有海，对吗，我们仍然有希望去到比碧绿的花园更像天堂的地方。

左腿一直在哭，虽然它和眼泪隔着整个地球，它能够感受到那个人在哭，哪怕地球的另一端仍然天光大亮，那个人不敢也不肯向心理医生揭示的真实生活里，他只能借助酒精来达成情感宣泄，他需要的不是麻痹而是太多痛苦的出口，为此，他有足够的热情在拍纸簿上描绘野蛮生长的三角梅和海滨小城里略显突兀的微型摩天轮，还有孩子，只有眼神清澈的孩子们才会为被土浇灭的希望而失声痛哭，也只有他们才会衷心欢迎远道而来的左腿、地雷和海星，它们也想参加天黑后的新年舞会，它们也向往着劫难后的新生，人类所能感受到的痛苦和希冀其实都来自它们的挣扎。

它们，是被留在荒漠里的半截人腿，爆炸后地雷的残片，还有，多亏了漫画家时空折叠的魔法才出现在内陆的蛇尾海星。它们想要去到南方的海，坐马尔万开的出租车，喝娜达莎送来的霞多丽，梦见自己是那个人，那个没有姓名且面目模糊的人，他不想要姓名和面目，他因为美军撤离阿富汗的新闻而哭得像一摊烂泥。

（原载《小说界》2021年第6期）

雪山大士

◎陈春成

我没有一眼认出D来也许是因为背景：淡季酒店空荡荡的餐厅，落地窗外连日灰蒙蒙的雨景，下午三四点钟的昏暗，他惬意地陷在角落的软椅中，而不像过去我所熟识的那样，置身于一片翠绿和山呼海啸间。十二三岁时，他的名字频繁地出现在我家餐桌上，连母亲都听得腻烦。父亲是拜仁球迷，而那时D刚在德甲中游球队不莱梅崭露头角。父亲老说，这小子鬼得很，怎么有点像巴乔，要小心。结果那赛季德国杯决赛，不莱梅爆了大冷门，三比一赢了拜仁。D全场过人成功十次，送出两个助攻，还有一脚凌空劲射，可惜队友越位在前，进球不算。我们虽然失落，但彻底被他踢服了。拜仁的作风一贯是赢不了的就买，暑假结束前，父亲推开我房间的门，喜滋滋地宣布D加盟拜仁了。头几场他发挥出色，送出不少精妙传球，过人如麻。我们觉得他一定会成为巨星。后来我开始忙于学业，不怎么看球了，也很少听父亲提起，对D的后续一无所知。我算了一下，他今年应该四十多了。面容没怎么大改，增添的皱纹也恰到好处，头发全成了灰白色。下垂的眼角，年轻时显得不够英气，年纪大了反而有点儒雅。身材保持得挺好，着装也得体。反复端详，确定是他后，我没有立刻上前，而是先做了点功课，搜索了他的名字。关于他的退役有多种说法，伤病自然是一个，但三十岁也略早了些；还有说他得了抑郁症，在接受治疗。一则他昔日教练的采访中，教练提到如今谁也联系不到他。然后就是他多年前来中国任教和卸任的几则俱乐部通稿。我酝酿好开场白，终于向他走去。如我所料的，对于在此处能被认出，他感到诧异。我告诉他我和父亲对他的崇拜，稍稍有些添油加醋，他表示感谢。我说完有点难为情，就走开了。晚上，我又在餐厅旁的休闲区遇见他，他仍是临窗独坐，慢慢喝着威士忌，用毛豆下酒。他请我坐下喝一杯。那儿有个小吧台，酒类不少。我也点了威士忌。他问，我离开拜仁后，你们的新偶像是谁，克洛泽吗？我说，后来我不怎么看球了。那你父亲呢，他问，还是拜仁球迷吗？我说，我们现在不怎么说话了。他约我第二下一起游山，如果雨停的话。

第二天仍是绵绵的雨。这酒店在大星山景区周边，本来是个小景区，又逢梅雨季，客人不多。酒店带有室内温泉浴池，虽然瓷砖老旧，还算干净。我们一起泡澡，喝茶，消磨了一上午。泡澡时我忍住不去看他膝盖上可怖的疤痕。午餐时渐渐熟络起来，也聊开了。午后，我们又去休闲区，舒畅地喝了一会儿，谈了几句疫情和金球奖评选。我想听他讲讲球员生涯，可从搜到的结果来看，我不确定对他来说，那段经历是自豪更多，还是伤感更多。于是便不问。倒是说了自己是个写小说的，发表过几个幻想故事。他竟和我聊起了H.G.威尔斯，这可出乎我的意料。也许我对球员的文化素养存有偏见。他小口地抿着酒，静默了一会儿，忽然说，你愿意听的话，我倒是可以提供一则素材，一个充满了失败和古怪的故事。这时只有我们一桌客人，但周围太安静，他还是压低了嗓音。这简直像毛姆或茨威格笔下的场景。在那种旧时的疗养酒店，悠长的假日，或航海轮船上，渺渺烟波中，两个人相遇了，喝点酒，倾诉平生，然后分别。我当然说好。我们各往杯里添了两指深的酒。外面仍是凉雨潇潇，庭院中的松干横过窗前，针叶披纷，频频滴着水。后面是云山。他开始讲述：

我和中国有一点奇特的机缘。一九一几年，美国自然历史博物馆有个博物学家叫安德鲁斯，组织了一支亚洲考察队，到云南做动植物考察。我曾外祖父是随队的科学家之一，准确地说，是科学家的助手，负责剖制动物标本，压制植物标本，以及在旅途中管理这些标本。考察队先抵达福建，停留了两个月，期望捕猎到一只传说中的华南虎。他们在闽北深山的村落间奔走，追逐老虎出没的传闻；整夜趴在山坡上，盯着拴在峡谷里的山羊；雇用当地猎手在密林中搜捕。总之都徒劳无功。最后收集了一批动植物标本，离开了福建，转赴云南。曾外祖父自费出版的回忆录里，有两件事让我印象很深：一是他们曾闯进一个蝙蝠洞，混乱中杀死了上百头蝙蝠，我读那段描述时好像闻到了洞中的腥臭，看到岩壁上纷乱的影子；二就是这儿的天星山，风景清幽，山中有块石头，叫禅岩，石上刻着一句话："我曾这样听过"。传说石中有个声音，几百年来一直在念诵《金刚经》，明朝以来越念越慢，到我曾外祖父贴耳去听时，什么也没听见。当地的学者说，那几年正处在一个字与下一个字之间的寂静期。到这的第一天我就到山里转悠了一下午，没找到那块石头。跟着就来了这场大雨。

曾外祖父回国时带了几件纪念品：一盒檀香，总舍不得点，后来受潮了；一只黑色茶盏，摔碎在回程的船舱里；一尊小小的木雕。木雕是紫红色的，泛着隐隐的淡金色光泽，只有马克杯那么高。是一个瘦极了的老人，络腮胡子，半裸着，肋骨一道道很明显，坐姿，一腿盘着，一腿蜷立起来，双掌叠放在膝盖上，手背撑着下颌。眼皮低垂，像在沉思冥想，或在饥饿中弥留，也可能在瞌睡。它像是罗丹那尊思想者的老年版、消瘦版。曾外祖父在福清的古玩店里发现了它，对木质的兴趣大于造型，造型无非是表现贫苦老者的形象，但木材很稀罕，密度极大，色泽异常，便买下了。这尊木雕经历了半个一战和整个二战，德国分裂和统一，一直传到我母亲手上，放在我家电视橱边上。我从小把它看得很熟。老人的眉目须发，筋肉的线条，衣服的褶皱，那种独特的紫红色，若有若无的金光，现在仍历历在目。他们说，我还是个婴儿时，无论把我抱在客厅的哪个角落，我的眼睛总盯着它看，看得很入迷，还傻笑。

我们当时住在勃兰登堡的一个小城里，属于东德。柏林墙倒塌是我十一岁那年，这事对我生活的改变好像没那么大，可以喝可口可乐了，不再是少先队员了，教练说以后那边大俱乐部的球探会来队里看比赛，要我们提起精神，无非是这样。远不如几年后一场始于电熨斗，两小时就被扑灭的小火灾对我的影响重大。火从邻居家蔓延到我们家，烧掉了半层公寓。那尊木雕、我床头贴着的马拉多纳、九岁时拿的最佳射手奖杯，那间公寓里残留的一切东德记忆，全烧没了。后来我们搬到一栋带草坪的房子里，我可以在家门口练颠球了。

我父亲原来是国有啤酒厂的工人，后来被聘到私人办的酒坊里当技师。那酒坊生产威士忌，奇怪吧，其实勃兰登堡有顶级的威士忌，那里出产很好的麦子。那小酒坊有一片自己的麦地，员工就五人，忙的时候，老板也一起干活。他们做出了一款经典产品，几十年内卖出了很多，成了当地名产，但还不断研发新的酒，在这上面亏了不少，总体还是赚的。我踢球挣到钱以后，把酒坊买下来送给父亲当礼物，原来的老板成了他的员工，可他们还是一起干活，关系很好，一起鼓捣新酒，兴致勃勃地分享第一杯酒心——就是二次蒸馏出来的精华。

开始说足球吧。我小学时弄到一盒录影带，是马拉多纳世纪进球的集锦，有十二个不同角度的镜头。我不想被解说员的嘶喊干扰，总是关掉声音，在睡遍遍地看。才是马拉多纳在寂静中舞蹈。轻盈，雄健，那是真正的即兴舞步，人类肢体的极致之美。有人能背莎士比亚的十四行诗，我能背出马拉多纳连过五人的动作。从拿球开始，迈了几步，从哪里开始变速，如何抬腿，摆臂，如何在倒地前将球打进，如何庆祝。如果能让我打进这样的一球，我愿意当场死去。这是许多球员暗中的誓词。

我的职业生涯你大概了解，算不上完全失败，但远远没达到人们的预期。我确实有个巨星式的开端。像许多横空出世的年轻球员一样，我被说成是天才。可你知道的哪个球员不是天才呢？从那么多孩子中脱颖而出，让远在中国的你在电视上看到并记住名字的，到底谁是真正的平庸之辈呢？许多球星刚成名时总是所向无前，因为他受到的是一般的防守，而他比那些人厉害一些；成名后就受到重点盯防，频繁侵犯，于是看上去表现还不如一般人。许多人就卡在这里。要成为巨星，就要比别人厉害很多。除了天分本身，还要有能实现天分的天分，比如心态好，球荒再久也不被自我怀疑摧毁；比如好胜心强，这没法后天养成，是成为顶级球员的禀赋；比如不易受伤的体质。众所周知我缺乏最后一种。我的盘带方式、惯用的加速和急停转向，注定了我的膝盖和脚踝是消耗品。

以后没人再踢古典前腰了。人们说我踢得富有观赏性，但对比赛结果没有决定性影响。炫技，黏球，对抗不强硬，说的都没错。可我就爱这样踢球，从小如此。现代足球追求的是快节奏和高强度，是一脚出球，高位逼抢，任何人都很难从容地拿球，剩不下多少优雅和细腻。防不住的，放倒就行。我不想踢那样的足球。我喜欢盘带，我享受球与脚的触感，在人群中游走，送出意想不到的妙传，或者后插上，打一脚凌空远射。马特乌斯有一次和我聊天，说我的踢法只适合在小俱乐部里当核心，任性地踢一些漂亮的比赛，拿不到什么奖杯，但赢得球迷的爱戴。那时我刚在拜仁失去首发位置，我不服气，生硬地敷衍了几句，和他喝了一杯啤酒，就走了。

我转会去拜仁时强行带走了赫尔曼，我在不莱梅俱乐部的理疗师。我对这事一直怀有愧疚。那时他已经快六十了，儿子孙女都住在不莱梅市，一开始不同意去，最后还是放心不下我。也许他很早就预感到我会伤病频发。从青训起，他就是我的理疗师，我们彼此喜欢，尽管都不太表露。他不是正规体育大学毕业的理疗师，但经验丰富，也教会我不少东西。很多肌肉问题他用手摸一下就知道。他还有个绝活，把耳朵贴在膝关节上，让你慢慢活动，他能从声音里听出异状。果然，来拜仁踢了三个月我就伤了。我努力适应着拜仁的阵型，好容易渐入佳境，伤病就找上了我。有些球员热衷于罗列自己的荣誉记录，几个奖杯，几次金靴；我则有一连串的伤病记录，哪个部位，伤停了几月。这就不提了。下面，我想聊聊文学。

我浅薄的文学爱好始于一次养伤期间。那是在拜仁的第二个赛季，又是膝盖。伤病本身很糟糕，更糟糕之处在于，它总在你认为一切正好转时骤然重返，这会让你今后顺利时也疑神疑鬼，觉得这好运是赊账。那次伤病前的半个赛季，我踢出了很不错的表现，八球，七助攻，德甲过人王，然后，账单到了。我摔倒时听见啵的一声，像旧家具在深夜诡秘地一响，那声音发生在体内，只有自己能听见。得知是十字韧带撕裂，左膝要大手术时，我几乎崩溃了，在赫尔曼肩上痛哭流涕。

手术后是漫长的养伤。康复训练可以宣泄掉一部分情绪，可最难熬的是对自己的不耐烦。我开始渴望逃离自己，逃离这一塌糊涂的剧本，逃离这无休无止没日没夜的疼痛、焦灼、自怜自艾、自我鼓舞，逃离对失败的一再反刍和对胜利的求而不得。我渴望暂时投身于他人的故事里。有一天，我请赫尔曼找几本小说给我看。他给我弄了一堆书，阿加莎、奎因。我智商不高，总猜不出凶手，但一向喜欢侦探小说。我喜欢那种形式感，侦探在结尾召集众人，洋洋得意地说出真相。这套路我总看不腻。几天里，我专注于人物关系与时间线，忘记了自己悲惨的命运。可看到后来，没书可看了，我发现这堆书里夹了一本忘了是谁的诗集和黑塞的《悉达多》。我花一个午后翻看了后者。不知道你看过这书没有。要不是躺着无事可做，我永远也不会看。悉达多的原型就是释迦牟尼，讲的是他出身贵族，却投入空门苦修，又放弃了苦修，想参与这尘世，像孩童那样欢乐和愚蠢（读到这句时我觉得他在形容我们球员），从中获得彻悟，于是学习经商，敛财，享受欢爱，几年后又厌倦这一切，准备投河自杀。这时他听见一个声音，是一声"唵"，这音节代表圆满，是他过去说惯的祷辞的起始和收束。他在脱口而出这音节的刹那，得到了寻求已久的彻悟，领会了世间的全部真谛。后来又做了船夫，等等。就是这么一个故事，不好看，甚至算不上什么故事，说的总是一个人怎么调理自己的内心，外在活动无非就是他走到这里，又走到那里。没有遗嘱、毒药，也没有密室。最吸引我的是悉达多和名妓用各种体位做爱，但也写得很蹩脚，都没让我产生反应。我把书抛到床尾，就睡着了。

可随后几天，我屡次想起这故事。它有种似曾相识的气味。木头的气味。我又看了一遍。睡前，我学着书里说的，试图排除种种情绪，达到所谓的空，结果酣然睡去。接下来，发生了一件无法用偶然来形容的事。慕尼黑美术博物馆举办了一场亚洲古代佛像展，为期三天。按理说，平时我是绝不会关注这类消息的，可那天我在电视上瞥见宣传海报，立刻瞪大了眼。上面有个黄金佛像，姿势竟然同我家过去那尊木雕小像一模一样：一腿盘着，一腿蜷立，双掌叠放在膝头，下巴垫在手背。也是络腮胡子，双目闭着，比一般的佛像瘦很多。那时我已经能拄拐行走了，就让女友陪我去看展览。她吓了一跳，以为我是闷坏了。我看遍了展柜，找到了海报上那尊佛像。介绍牌说这叫雪山大士像，是反映释迦牟尼修道时，在雪山中苦行坐禅，因此瘦骨嶙峋。旁边还有五尊同样造型的佛。我这才惊觉，原来我们家竟放了一尊佛像，几代人都不知道，以为是寻常工艺品。它和印象中胖墩墩的佛像确实差异过大。而我前阵子读到的悉达多，也就是释迦牟尼，也就是电视柜上那尊木雕。这事似乎已经超过了巧合的范畴。我细看那些佛像。每尊都很精美，静穆，有鎏金的，白瓷的，青玉的，但没一尊比得上我们家那尊。我合上眼，很认真地回想那木雕的样子，在脑中一点点描摹出来，那紫红色躯体，淡淡金光，那姿态和面容……像记忆马拉多纳的动作一样，我回想那尊释迦牟尼的样子。不知过去了多久，我居然分毫不爽地将它复原了出来。它抱膝而坐，悬浮在黑暗中。忽然我感到遍体清凉。也可能是展厅的冷气太足。

鬼使神差的，我竟对佛教那一套有了兴趣。那次养伤长达十一个月，白天复健，夜里没有事干。我买了几本佛学入门的书，但是根本看不懂。我就按小说里的法子，自己琢磨，打坐，冥想，清空情绪，清空"我"。我不敢说有什么长进，至少改善了睡眠。复健要做很多力量训练，肌肉贮满能量，又踢不了比赛，只有性爱能暂时排解，可没法排解那股焦躁和挫败感。而那天起，我涉足了一个完全异样的境界，和原来的生活简直是两极。作为一个球员，你天生要有对胜利无止境的饥渴,要有对失败的极度羞耻,咆哮庆祝和掩面痛哭可能发生在五分钟内,要惯于承受这剧烈的感情颠簸;而在闭目静坐的时刻,在回想那尊雪山大士的时刻,这一切暂时松开我了。我体验着这没有情绪的情绪,稀释着自我意识,抱膝而坐,往返于存在与消失的边缘。我不太会形容那感受。就像有一次,我玩一款射击类游戏,在雪地里迷路了,找不到敌营,就索性一直走下去,想看看究竟能走到哪。我抱着狙击枪在白茫茫雪原中走了很久,最后抵达了那个虚拟世界的尽头,摸到了那面透明的墙,再无法前移寸步。我感到无限空虚,弥漫天地的寂静,还有一点冷。

我日渐康复,可以参加日常训练了,只是还不能上场。那天我们去门兴格拉德巴赫市踢客场球。教练要求我随队去助威,其实是想让我保持参与感。坐在替补席上,看着球场两端不停的攻防转换,我喝了一口水,忽然觉得很没意思。我看到球场遮阳篷的钢构件上站着一只鸽子。我在心里说,鸽子啊鸽子,你是怎么看待我们这群人的?像傻瓜一样追着一个球,抢到了又把它踢飞,没命地嚷嚷。今晚你要在哪过夜?你知道吗,鸽子,我真羡慕你。这时我想起小说中,悉达多曾在入定时,把自我意识嵌入苍鹭的意识中,与它同飞,同食,同死,然后又回返自身。我也想试试。于是我出神凝视那鸽子,心中全无他物。恍然间,我正俯视着人头攒动的球场,在一阵喧腾中,鼓动双翼飞离了此处。晚风从喙两侧分流而过,带一点橡果气味。普鲁士公园球场像一个白色四方形的巢。我飞越空地,飞越暮色中的林荫道,喷泉小广场,侍者端着一杯咖啡,如黑色的圆镜,走向门口的阳伞,我在镜中窥见夕阳和自己一掠而过的影子。再往北是密林,我像受了某种指引,又像恣意而飞,扎进那片墨绿中,拣一条枝头站定,用喙理理羽毛。这时我望见林中空地上有一丛野麦,麦粒小如草籽,其中一穗,蕴含淡淡金光。我发现动物的意识与人类的大不一样。它们脑中没有多少东西,饥饿感就占了大半,简陋的思维活动,像一只水龙头,单调地滴水,可背面是一条曲曲折折的管道,伸向一切的源头。它们,所有的动物,共享一个巨大的水库,那里鲜活,浩渺,贮存所有记忆,所有因果,也许就是宇宙的意识。人类的管道则被过多的自我给堵住了,不通往那里。我以鸽子的眼睛凝视那野麦时明白了一切,洞察了物质的变迁与轮回,以下事实,不是以逻辑而是以感官的方式注入我的意识:我看到我们家代代相传的那尊雪山大士，它化成风中扬起的一把灰烬，在土壤中流走不息，沿着根须上升，化作喷薄而出的色彩和香气，又成为落叶，成为将蝴蝶托举在空中的能量，成为甲虫背上的瑰丽光泽，成为燕子的呢喃，又成为泥土，成为这密林中的野麦，并在此静候着，成为D。有人推我，我从枝头跌落，坠到替补席上，大汗淋漓。我们的前锋进球了，队友们都跳起来，教练和助教在我面前拥抱。

第二天清早，天一亮，我偷偷离开酒店，凭记忆找到那片林子。我缓步进去，徘徊了一会儿，有所期待，也有所提防，走入那块空地时，真的见到乱草中有一丛野麦，沾着凉露，朝阳之下，麦芒上如有光晕。仿佛在一种神秘意志的驱使下，我不假思索，采下那麦穗，扔进口中咀嚼。一阵清苦的香气。过了很久，什么也没发生。下午，我们返回了慕尼黑。

伤愈复出，踢了一个磕磕绊绊的赛季后，我被卖给那不勒斯。这一次，赫尔曼没法陪我去了。他说他已经老得学不动意大利语了。他退休了。我们偶尔联系。我不擅长在电话里表达什么，当面就更不擅长了。第一个赛季踢得不错，我挺适应这里的节奏和天气，拿到意甲助攻王。我们争到了联赛第四，明年将重返欧冠。休假时，我接到不莱梅前队友的电话，说赫尔曼住院了，心脏情况不太好，我马上打电话过去，是他儿子接的，说赫尔曼已睡着，病情算稳定了。我们尴尬而凝重地聊了一会儿。我居然没有立马飞过去看他，而是选择用他儿子的话安慰自己。更主要的原因是，当时我交了新的女友，一个意大利模特，我们正在南边一个小岛上度假，如胶似漆。我正疯狂地迷恋她，也明白这迷恋难以持久，但当下无法自拔。我对佛教，或者说对黑塞那本小说的兴趣，已经告一段落。我像多数人一样，想要摆脱自我，但仅限于诸事不顺的时候。人在春风得意中最不成样子。新赛季开始了。赫尔曼给我发了短信，说会在电视那头给我加油。欧冠小组赛，我们侥幸突围，淘汰赛就对上巴萨。我已经好几年没在欧冠进球了。对方阵中有罗纳尔迪尼奥，当时锋芒不可一世。更可恶的是，他踢的正是我想踢的那种球，华丽，飘逸，可他比我强得多。第一回合，我们在主场打成零比零；第二回合前往诺坎普球场。赛前几次训练，我感觉自己状态很棒，充满了进球的预感，那可是在欧冠对巴萨，在诺坎普进球，我决定做点什么。我找人帮我定制了一件背心，印十几句话和照片，准备比赛时穿在里面，进球后脱掉球衣来庆祝。没想到那天巴塞罗那全市大堵车，也许正是因为比赛，人们都涌向球场。送背心的人比赛开始前还没赶到。我努力平复焦躁，全神贯注于比赛。上半场，我发挥很好，多次过人，送出一个很有威胁的直塞球，可惜队友没把握住机会。上半场伤停补时，我们得到一个任意球，我调整呼吸，助跑，踢出一道漂亮弧线，可惜稍稍偏出，打中门梁。中场休息，队长在更衣室喊话鼓气，这时背心送到了。我穿上它，外面套上球衣，重新上场，浑身烧灼着进球的欲望。我想，赫尔曼这会一定在屏幕前看着我。罗纳尔迪尼奥那天不知怎么了，状态低迷。六十分钟，我接到后场长传，连停带过，甩开了防守球员一个身位，又利落地过掉一个人，赢得了一个宝贵的单刀机会。我加速，向球门冲去。忽然间球场异常安静。好像有只无形的手，在某处按下了静音。于是我，像录影带中的马拉多纳那样，奔跑在这安静的、辽阔的绿色中，一往无前。我在心中祈祷，我说，神啊，无论你叫什么名字，保佑我吧，我从未好好祈祷，我从未同你做交易，但这一次，无论什么代价，让我进球吧；我愿意持斋，我愿意禁欲，我愿意牺牲掉今后许多世俗的幸福，来换得这一个进球；让我进球吧，这一只小小的、圆圆的皮革制品，它滚向哪个角落对你毫无分别，但我真的太需要这个进球了；让我进球吧，让我进球吧，我就是为了这个而生的，如果进不了，就让我为这个而死去。这时我看清门将紧张的脸，准备扣过他，一个后卫赶上来（他一直紧跟在我身后），放倒了我。左膝半月板外侧断裂，六个月。比赛最后十分钟，哈维进球了，我们惨遭淘汰；那件背心不知被扔到哪去了，可能在医疗室里被人剪开了。上面写着："赫尔曼，一切归功于你"，背面是我十五岁刚进不莱梅青训营时和赫尔曼的合影。我趴在理疗床上，他正给我按摩背部，我们冲着镜头比拇指。我至今不知道那场比赛他看了没有。希望没有。赛后我们都没给对方打电话。听到他去世的消息时，我刚能下地行走。

　　那段时间我开始酗酒。我一向不滥饮，我信奉我父亲的观念，滥饮是把喉咙当下水道，糟蹋身体，更糟蹋了酒。人喝到微醺时舌头已经不敏锐了，这时就不该再喝一滴。但那次我太难受了。我实在受够了，一次又一次。每当有点好转，再一次。报纸说我是玻璃人，球迷说俱乐部成了我的疗养院。我已经确信了自己不可能成为什么巨星，退役几年后没人会记得我。我唯一赢得的奖杯是德国杯，那是世界上最好看的奖杯，金光闪闪，镶嵌碧绿的宝石，就是那一次，我率领不莱梅，出乎所有人意料，赢下了杯赛。那就是我的巅峰时刻，已经过去。而我不会再赢得其他任何奖杯了。那几个月我过得昏天黑地，把气撒在理疗师身上，不配合复健。教练责骂，和女友也分手了，俱乐部高层警告，管他们的。痛的人是我。

　　一天晚上我坐在床上，抱着左膝，额头贴着膝盖，不出声地哭了一会儿。我想，如果赫尔曼来听，不知里面是什么声音，一定一团糟。我又想到雪山大士像，我想这尊我从婴儿时起就看惯了的雕像简直是我生涯的预兆。你的膝盖也痛吗，悉达多，不然你干吗那样怜惜地捂着它？我百无聊赖，把耳朵贴到膝盖上去听。我想象会听到烂泥潭咕嘟冒泡的声音，岩浆蚀穿山体的声音。可是一片寂然。我没有抬起耳朵，就那样一动不动，脸上的泪也干了。过了很久，从骨节与骨节的深谷，从积液的湖底，从我半月板的颓垣断壁间，升起一个音节，像一粒星，越来越亮，悠长如一声钟，是那声"唵"。这一声"唵"中包含了所有的声音。我听见远古的霹雳响彻荒野，群龙的哀啸，板块深处的吱嘎，花粉坠地时的轰然，听见水的奔涌，分不清来自江河还是叶脉中的汁液，听见战阵中兵刃的斫击，也可能是酒杯里冰块的叮叮，全人类的话语化作巨大的嗡鸣，而我像一只承接瀑布的陶罐……众声在我意识中鼓荡，纷飞盘绕，最终又凝结为那一个音节："唵……"

　　我不知过程有多久，长得无法丈量，也许只有几秒钟。此后再没有过那样的体验。那不是欢乐也不是痛苦，而是脱离了这两者，也脱离了自我的东西。与其说是精神遭遇，不如说是生理体验。我并没从中学到什么道理，悟出什么法则，在那个瞬间，音节回荡，我只是被那种浩大无边的状态所浸没。这状态并未对我的肉身有所改变，我没有霍然而愈，也没在癫狂中死去。我只想再次体验。我也曾痛饮过胜利的滋味，在球场听数万人齐声喊我的名字，沐浴在狂喜中，但和那状态根本不是一回事，远不能比。前者像开游艇在海上逍遥自在，后者是成为了大海本身。我戒了酒，好好复健，再次复出，踢了两年。没拿奖杯，也没受大伤，但我选择在三十岁时退役了。闲居了几年，中超一家俱乐部请我当青训教练。曾外祖父不会想到他的后代将以这种方式重返中国。薪资很丰厚，我履行完两年合同，加上我之前的存款和房产，继承的酒坊的收益，我详细地算了一笔账，如果省着点花，这些钱足够我较为舒适地过完下半生了。许多年里,我漫无目的地旅行。这次重来中国,是想起曾外祖父提过的石头,不妨来看看。

我渴望再度体验那状态。每晚都俯耳听半小时,等候那音节。像在冰面上开一个窟窿,等鱼跃起。至今还没听见,但我毫不着急。倾听那静默也让我心神安定。我时常注视自己的膝盖,那几条疤痕像闭合的拉链,仿佛有什么神秘的事物锁闭其中,栖居其中。我尽量调养好身体,节制地享受生活,保持平和的愉悦,静候那状态再次降临。我将保持愉悦当成生活的主要任务,以运动员的毅力来执行,几乎无往而不利。一个人如果经过了长久的磨难,唯一的补偿就是,之后很长一段时间,连无聊都成了一种享受。像这样,什么也不做,舒服地伸展双腿,看着窗外的雨,难道还有什么不满足吗?没有病痛,钱够用,有漫长的时间,一个人还能奢求什么呢?过去我一味潜心于足球,于胜负,你知道的,对球员来说,三十多岁,人生的精华部分已经结束了,很多人退役后无所适从。要么放肆地享受,要么仍苦行般地锻炼,因为无可排遣。我则惊讶于自己在许多方面的一无所知,并决定好好利用这优势。一切乐趣都是新鲜的,像孩童一样无知而欢乐。我请了老师,去大学旁听,学着欣赏绘画和音乐,按必读名著清单,一本本地读书。我尤其中意布鲁克纳,喝一点酒听,像是那种玄妙状态的稀释品。画我只喜欢宁静的风景画。你可能不信,我常读里尔克,介于懂和不懂之间,而且无端觉得他也听过那声"唵"。"美无非是我们恰好能承受的恐怖的开端",说的就是那音节,不是吗?此外,我是《暗黑》的剧迷。我依然享受足球,作为一个观众,我能更彻底地享受了,因为观看时不再怀有竞争心和偏见。我如今是梅西的忠实粉丝。

谈话到这里结束。次日清晨,雨小了,成了濛濛的雨雾。我们撑伞进山,循石阶而上,在竹林中找到了那块大石。是我先发现的。上面刻着"如是我闻"。我们都贴上去听了一会儿,没有声音。天星山出名的是另一块石头,在山顶,据说是星,也就是陨石,被雨打湿了,铁黑色,看着有点凄凉。我们在那里站了一会儿。第二天,他就离开了酒店,飞往柏林。我们再也没见过。

(原载《收获》2021年第5期)

峡谷边

◎ 郭　爽

我又梦见了父亲。不过这一次，在梦里我是他。在梦里过另一种人生并不是难事。我变成过忍者，在连绵起伏的屋脊上俯身跳跃。也梦见变成女人，与其他男人或女人在梦里暧昧直至亲热。甚至变成动物，有狗、牛、鹦鹉和壁虎，在梦里爬行、摇尾、用被修剪过的舌头发音。这些我都能自圆其说。比如，我整天玩电子游戏，又看古龙小说，才会变成决战紫禁城之巅的忍者。我喜欢班里的女同学又迟迟不敢表白，才在梦里变成了她的朋友，两人躺在一张床上时我终究没能控制住自己的本能。至于动物，也可以解释为漫画里兽人、半兽人和会说话的动物的延伸。这些梦的内容本身就是意义，是醒着时的我印象和意识的堆积，所以也不需要解释。就算梦完整得像一个故事，像平行世界里我的一段经历，我也不会把它看作预兆和象征，顶多醒来后反刍般回顾一下，然后大脑就会自动把这些意识的碎片扫空、归档。

跟父亲有关的梦却不是这样。起初，我在梦里守规矩，只配合梦里的那个父亲完成他的动作。他提出要去一个什么地方，或者要我去做什么时，我都按他的意思办。最多我要求他跟我一起去。这样的话，在梦里我就能延长跟他在一起的时间，他就不会像梦里其他模糊的人一样一闪而过。所谓模糊是，我清楚地知道对方是谁，但并不能像醒着时那么立体地感知对方的存在。似乎对方只是一个投影，或者我的五感被遮蔽了大半，没法全息摄取对方的一切。

每个晚上入睡前，会不会做梦、会梦见什么都是无法预知的，父亲何时进入我的梦自然也没有预告。但随着我对梦里的他日渐熟悉，每当梦境降临，未完全失去控制的我的意识总提醒自己——抓住它。

这个阶段里，梦运行一会儿后，梦里的我和我本身，会同时意识到这是梦。而我已不想绝对地顺从。不是顺从于梦里的父亲，而是这里面或这之上，自始至终存在的某种能量。

我的意识挣扎越顽强，越能确认它的边界。是的，在梦与梦之间，在印象、想象和意识看似孤岛般漂浮着的板块之间，有无数条精密的链条擦出金属的合音，也有这之外隐形的边界。我的意识与它交锋，尝试反抗和搏斗，但当意识的能量或成就超出一定范围时，我的身体会被唤醒。

醒来即意味着梦的结束，也就是我被踢出了那个世界。它觉察了我的企图，像拖动一个文件夹一样把我放进别的磁盘分区。

于是我试着不要用力过猛，比方说，在即将醒来的边缘，我慢慢松开试图抓住它的冲动，试着再次顺服或至少伪装顺服，任由自己在意识海里下坠。这种态度或者说行为会被它接收，很多时候，我可接续梦境，绵延那不知终点的旅程。

那段时间，我研究有记录留下的自体实验者。或许由于现代以来自然科学作为一种思想模式的影响甚嚣尘上，我能轻易找到的资料里，这些疯子、先知、狂人或祭司多半是科学家。他们割开自己的皮肤，主动感染未知的病菌；或者把恶病患者的"坏血"注射进自己的静脉。也有的把自己暴露于辐射物之中，或者吞下血吸虫。

与其说他们在用自己的身体冒险，不如说这是一场狂妄的搏斗。他们往往天资过人，早早摸索出一套规律与法则。但如同天才的棋手在放下一颗棋子之前，心中已演练了无数次棋路仍跳不出棋盘格恒定的格局，他们的挑衅也预设了法则的完整和暗藏的缺失环节。缺失就可以补全，隐匿就能够显影，科学家跟同一个对手博弈。

了解这些，对我有用，也没用。梦是领地，更是酵母，也可视作炼金的要素。虽然古希腊人在神庙里孵梦时，手术是不可或缺的一个环节，但进入神庙接受梦的安慰和启示仍不可被手术代替。

随着我对梦的训练和控制越来越深，我开始愈加清晰地看见意识和身体连接的边界。而我手中的砝码，除了年轻的躯体、与父亲共有的记忆之外，还有可靠的大脑。

我不再喝咖啡和茶，每天去山林里徒步四十分钟，我申请去药房工作。换工作意味着每天不再是坐在办公室里看诊，而是读取处方、来回走动、配比药剂。跟上手术台时的眼、手、脑的配合不同，在药房我感觉不到损伤，感觉不到手和器具进入病人身体时，病人器官和血液传递的触感和温度。我的身体和精神不用再承担对病人身体负责的直接压力。

慢慢地，早晨醒来时，我能感受到绝对态的清醒——头脑和身体的摆针叠合归零，等待我的指示。而我要做的是若无其事地等待，等待梦境再度降临。

那天下午快下班时，电脑传来一张加急处方。我刚取出苯妥英钠注射液，窗口的紧急铃已被按响，取药的护士已就位。药拿走后，我盯着电脑屏幕看了一会儿。这是张一模一样的处方。父亲颅脑损伤后曾引发癫痫，处方上也是苯妥英钠。癫痫发作往往毫无预兆，他的半边身子猛地抽搐起来，像失控的玩偶。父亲睁着眼，看得出在努力克制，但无济于事，他只能任由肌肉过度收缩、体温升高，与此同步发生的是大脑缺氧和电流紊乱，而癫痫就会越剧烈。药剂注射进父亲静脉后直至抽搐平息之前，父亲的眼神像哀伤待宰的兽。偶尔会有一两滴泪从他眼角滑落，他的意识和情感仍留有尊严的余地。最好的时候，我和母亲一人拉住他一只手，而他的手指已僵直蜷缩。更多的时候，也就是父亲漫长的康复期里，我只能透过手机屏幕跟那头的母亲连线，母亲总是把镜头杵得太近，父亲的脸卡通式地变形。

我望向药房窗外高大的桉树群。医院建在平缓的山丘之上，隔绝开市声与公路，此时国内是冬天。而在这里，南半球的夏日阳光正炽。从医院所在的山丘开车下去不远就能望见海。消波块堆积出几何形状的海岸线，人以此防卫自然的喜怒无常。我闭上眼，设想苯妥英钠从静脉进入身体，体内的躁动被阻断，我像父亲一般安睡过去，脑电波复归平滑的曲线。

抓住它。它——知道这些吗？

当晚，我再次梦见了父亲。不过这一次，在梦里我是他。最开始，我以为跟往常一样，我只是梦的参与者，从梦的拼图里分取属于我的份额。但从峡谷升起来的雾阻断前路，我无意识地踩刹车，而车戛然停在断崖边时，我明白了我的位置。

我接管了父亲的身体，接通了他的意识。我不再是David Tao，不再是神经外科医生，不再是全然的我。我成为陶勇，一个在峡谷边生活的年轻人，一个司机，一个新与旧的意识体。

而跟在梦里延续使用我自己身体的感觉不同，进入父亲的身体，我似乎同时在两条车道上驾驶。车道A让我用父亲的眼睛往外看，车道B让我与其脱离，悬于空中。与这种多重的共时存在相比，这个时空本身并不让我恐惧，因为在此之前，父亲已经跟我讲过太多次了。

峡谷边多雾。车在七拐八弯的盘山公路上蛇行，越靠近峡谷，雾越浓。天还未亮，路上不见其他往来车辆，陶勇弓起背，看黑色路面一点点缩短。黑色即将消失时，当机立断就得左转。下山都是左转。跟陶勇一个车班的老陈，曾因漏掉最后一个左转弯，车头直冲撞上石墩，断了左手。隔着车窗，峡谷水流声仍盛大。及至谷底，水声震耳欲聋，陶勇有些恍惚，不知行进在哪个结界。陶勇将车拐下车道，想停在杂草丛生的黄泥地上歇口气。驶下水泥路面时，车胎被湿软的泥土吸住，像滑入巨型动物的腹部。

石墩下面即是悬崖。峡谷两壁对峙，山势陡峭。大坝建成前，两岸鸟啼猿啸，险滩湍流搅起如雷水声。如今大坝既已建成，昔日被唤作"雷公河"的河段似被驯服，除非雨季涨水泄洪，平常日子里，已不见波涛连天的凶险。人胆子慢慢大了，这才把路修到谷底，架桥，过桥后沿盘山公路爬至坡顶，从水电站进城也就用不了一个小时。像陶勇这样年轻力壮的司机，开四十来分钟，就能把来勘察的领导或技术人员平安送回城。

水雾如蛛网，陶勇比平常更用力地抽烟，吐出的烟雾在浓重的水雾中几乎凝滞。一口气抽掉三根烟后，陶勇拍打身上细微凝结的水珠，转身看见了道路尽头一辆黑色的小轿车。

引擎发动，轰一声之后，陶勇再次上路。车开得慢，跟黑色小轿车擦身而过时，隔着雾蒙蒙的窗玻璃，陶勇仍看见了车里的人。一个男人在驾驶座上，身子后仰。陶勇有时也会把车停在路边打个盹，这边路况差，山高得遮天蔽日，翻一座山少说也要一两小时。也有跑长途的卡车司机，管不住嘴喝了酒，在路边一盹就当过夜，还省了住客店的几十块钱。车轮压上桥面唰唰作响，带起桥面的积水。桥的尽头，一只白狗闪出，横穿而过。陶勇猛踩刹车，桥面震颤。想了几秒钟，陶勇驶下桥，掉头往那辆黑色小轿车而去。

陶勇拍打车窗，车内的男人没反应。拳头印在车窗留下的印子破开水雾，得以看清男人的脸。车门没锁，拉车门时太用力，陶勇身子歪了一下，险些跌进黄泥地里。陶勇伸出左手，靠近男人鼻子，又触电般缩回手，转身走开。在医院守夜照顾病重的父亲时，陶勇有时也会把手靠近父亲的鼻子，父亲会猛地惊醒继而咒骂他。眼前这个男人显然不会了。

警察来得太慢。陶勇不知不觉抽完半包烟。太阳出来了，雾气慢慢散去，峡谷如平日般苍翠，险峻之美摄人心魂。警察问话，陶勇可讲的不多，直至警察翻着驾照问他，死者姓巫叫巫延光、是否认识时，陶勇想起了这个名字。陶勇看着已围蔽、尸体已搬走的黑色小轿车说，不认识。

陶勇赶回小车班时，王主任已经在等他了。陶勇把车钥匙放在桌面上。王主任说，明天你不用跑电站了，北京的专家由小刘去接。陶勇愣了一下说，我闲着也没事啊。王主任说，你赶回来有事？陶勇说，有场喜酒。王主任抬手看看表说，接亲怕是赶不上了。陶勇嬉笑着说，领导，没跟你打过招呼，我也不敢随便拿车出去用啊。王主任鼻腔里似有似无嗯了一声，过了一会儿又说，喝喜酒好，去去煞气，又拱卒子一般把车钥匙往陶勇方向移了一步，说，还是开去？陶勇连忙起身，摆手说，不用不用，背朝门口退去。王主任站起来，送他到门口，又递了根烟给陶勇。烟抽过一半，主任说，那个人是不是你同学？陶勇说，哪个人？主任说，峡谷边那个。陶勇说，主任，人家开桑塔纳的。主任说，你开的不是桑塔纳啊？陶勇说，主任，我是给公家开车，就是个出力气的，人家是自家车子，比不成。主任笑了，拍拍陶勇肩膀。

陶勇去吃喜酒。新郎已听说了上午的事，还跟陶勇开玩笑说，撞上这种事，去买彩票说不定要中大奖噢。陶勇揽着新郎，也就是他的朋友王小蛮说，彭坨坨呢？彭坨坨怎么还没来？小蛮叹气道，等会儿他来了你自己问他吧，这个彭坨坨，是不是脑壳真的少道拐？陶勇说，巫延光，峡谷边那个人是巫延光。小蛮说，听说是自杀？陶勇歪了歪嘴说，法医都没出结果，你消息怎么这么快？小蛮扬了扬下巴指指不远处坐着的一个男人说，今天过了那就是我姐夫了，公安局的。陶勇说，还有什么消息？小蛮压低声音说，他不是一个人，巫延光不是一个人。陶勇说，放屁，车里车外我都看了，有第二个人我跟你姓王。小蛮笑了，说，大坝边上有农民报警，说河边发现一个女的，死了。女的？多大年纪？身份有了吗？陶勇问。小蛮又笑，说，陶勇你搞刑侦啊？巫延光长什么样我都不记得了，就晓得他比我们高三届，但这个女的嘛，你肯定认识。陶勇顿了一下，说，不会吧？小蛮这下不笑了，只嗯了一声。

客来客往，小蛮被叫着往别处去了。陶勇站在迎宾处，从堆得满出来的花生果盘里拣一颗糖剥开吃了。等了一会儿，陶勇看见彭宥年跟在服务员背后进来了。新郎新娘、新郎新娘双方父母都在迎宾，彭宥年却没上前去，三步两步走去侧边挂礼的台子面前，俯身掏钱。待他回身，陶勇堵住了去路。彭宥年讪讪笑着说，我有事，先走一步。陶勇不言语，夹着彭宥年胳膊就往新人面前去。陶勇把恭喜贺喜的好话又说了一遍后，死死揽住彭宥年的肩膀往婚宴大厅里去。彭宥年想在最靠近门口的一桌趁势坐下，只动了半边身子就被陶勇箍住，拽着他往靠近舞台的前方去。亲属主桌之外最近的一桌还空着。

两人坐下后，彭宥年自言自语道："百年好合，早生贵子，幸福美满，白头偕老。"

"彭坨坨，我记得你是教生物的啊，怎么教起语文来了？"陶勇说。

"这是吉利话。我自己说还说不得啊？"

陶勇作势要扇自己耳光，"我啊，不就是嘴巴跑得快。抢了你的话啊？来，来，长点记性。"右手扇下去时，左手稳稳接住右手，啪一声作响，两人都笑了。

新郎王小蛮的姨妈来了，穿了件紫色的旗袍，正在把脖子上红色的丝巾往下拽。她不像要坐下，只是站着跟陶勇说话："人一老啊，出点汗就喘不过气来，我这像什么样子？"陶勇半唱半念道："啊啊啊啊牡丹……百花丛中最鲜艳。"姨妈笑了，"你们小年轻，懂什么？"背挺得更直，丝巾在手上绕了几圈，转头对彭宥年说，"今天的菜好得很，小彭老师你多吃点。小彭老师，都说你上课上得很好。"彭宥年像是吓了一跳，连着摇头。姨妈走到陶勇和彭宥年之间，两只手一左一右搭在他俩肩上，略微压低声音道："我十六岁那年就考上歌舞团，都是我爸，说我要敢去就打断我的腿。现在他老人家也不在了，留我在这里，别说专业了，连个舞伴都难找。小彭老师，趁年轻……"话还没说完，新郎的妈妈过来把她拉起来，姨妈不情不愿，但也被自己姐姐拖回主桌去了。

"她是不是知道了？"彭宥年问陶勇。

"你上课上得好，大家都知道啊。"陶勇说。

"我还是走吧。"

"你要是敢走，老子打断你的腿。"

"我头有点痛。"

"头痛,老子才头痛。马小芸死了,你晓不晓得?"

彭宥年嘴角抽动。

"跟巫延光两个一起,哪个先哪个后现在还不知道。你还别扭啥呢?这些人都搞出人命了,谁还管你那点破事?"

彭宥年掏出手机打电话。电话通了,接电话的是个男的,他说,我找马小芸。对方说,我是马小芸的哥哥,马小芸今天上午已经去世了。

挂了电话,彭宥年复述电话内容给陶勇听。陶勇拍了拍他的肩膀说,是我发现巫延光的。

像是被猛地拔掉梦的电源,我醒了。眼睛适应了房间里的黑暗后,我确认了仍在房间之中,门在左手边、窗户在右手边,墙上的地图在黑暗中仍看得出色彩。双手手指僵直,似乎紧张了很久。我试着让连头皮都绷紧了的身体放松下来,四肢下沉,陷入床垫之中。不久,我闻到了从窗户缝里灌进来的潮湿的海味。我还在珀斯。此时此刻,我还在珀斯。

我躺着不动,试图控制呼吸的节奏,让身体的频率不至于完全脱离梦的频率。然后我闭上眼,脑子里重复演练梦最后的片段。彭伯伯打电话,跟父亲说话,父亲伸手拍了拍彭伯伯的肩膀。但无论我怎么努力,以怎样的倍速重播这段梦的残片,我已无法再度进入梦里,直至完全清醒。

我坐起来,打开电脑,开始记录刚才的梦。其中多半是父亲说过的,也有父亲没说过的。比如,父亲回到小车班交钥匙,跟王主任的那段过手,就是某次我跟父亲一起时亲见的。只是父亲远没有我梦中这般灵活狡黠,递给王主任的烟也因对方迟迟不接而夹回自己耳后了。还有那场喜酒,记忆里,母亲抱着我也在席上。同桌的人边吃边说闲话,打趣彭伯伯的丑事,父亲嘴快多回了几句,差点与对方动起手来。小蛮叔叔和新娘子薛阿姨一起来敬酒时,彭伯伯已经有点喝多了,舌头囤囤着,说自己不是脑壳少道拐,他就是舍不得女儿,要能争取到女儿的抚养权,他什么都愿意。席间吵吵嚷嚷,没人听彭伯伯在说什么,母亲放下我,拽了拽彭伯伯的衣角,让他坐下了。

我把记忆里父亲说的部分标成蓝色,我自己添加的部分标成明黄色。文档变成蓝色和黄色色块的堆积，分属父亲和我的意识体。光标在最后一个字后烁动，提示着选项：我可以写下去，补足这个梦；也可以打出一个句号，让这个梦暂停。

我起身，光脚在房间里走了一圈。房东贴在墙上的世界地图已有些泛黄，但并不妨碍我在上面迅速找到了自己的坐标。在珀斯，语言、季节甚至色彩，都提醒我这是国外，但有些时候，比如现在，我又会因珀斯跟北京处于同一时区而恍惚。在刚才的梦中出现的所有人，包括被隐去的我和母亲，此刻都应在睡梦中。自然，除了父亲。我不确定他现在是否需要睡眠，或者他所在的世界还有没有睡眠这回事。

我走回电脑前，坐下，统计了蓝色和黄色色块的字数，各是1387和1401。我添补进去的部分超过了父亲传递给我的记忆。所以——是这样吗？它发现了。发现我在用自己的色块覆盖父亲的色块，而如果我继续下去，一路推进至章节的终点，我将改变后来的事。

后来的事，父亲也说起过。大部分时候，父亲跟我讲他的经历，多是为了让我体会其中的道义，简单说就是，遇上事的时候，怎么做个人，做个什么样的人。但这件事，从父亲讲述的起始，就不完全是让他得以自证价值的说辞，他被其中圆环般的关系困扰，即使一遍遍重复事情的经过也不能解释到底发生了什么，以及到底是怎么发生的。

他第一次跟我说起这件事，是我大学放暑假回家的时候。我跟父亲第一次一起喝酒。那时父亲的酒量已大不如前，只喝了二两，夹花生米就变成慢动作了。他试着问我有没有女朋友，得到否定答案后，就说起他的女朋友们来。有些我从母亲嘴里听过，更多的让我有些意外。比如母亲一直念叨马小芸是父亲的前女友，但父亲说，马小芸喜欢的是彭伯伯，从中学开始就喜欢，但马小芸那疯样，彭坨坨怎么会喜欢？彭坨坨啊，不是喜欢脖子像鹅的，就喜欢眼睛像鹿的。父亲这神道道的比方只能让我想到长颈鹿，于是我说，彭伯伯又不是动物饲养员。父亲摆摆手说，他一天到晚搞那些花花草草，早就是草食动物了。我说，大象也是草食动物，狮子老虎还不敢惹呢。父亲不听我的话，兀自说，彭坨坨不要马小芸，马小芸不要巫延光，彭坨坨老婆跟人跑了，彭坨坨还是不要马小芸，马小芸跟了巫延光，巫延光跟老婆离婚了，马小芸等不得跟别人了，巫延光把马小芸杀了，巫延光又把自己杀了。

我听完想了一会儿，问父亲道，这是彭伯伯的事啊，跟你有啥关系？父亲想了一会儿说，是啊，跟我有啥关系？顿了顿又说，你还不懂，我的事就是他的事，他的事就是我的事。

后来这故事我听过好些遍，每次父亲的重点都略有不同，不变的是主角永远是他和彭伯伯。虽然在我看来，巫延光杀死马小芸再自杀，这件事离父亲和彭伯伯都有点远。像父亲说的，这事发生前，他和彭伯伯连巫延光长什么样都忘记了。如果说彭伯伯还有马小芸这层关联，马小芸和巫延光的死对他是个刺激，那父亲切身的，不过是在峡谷边发现了巫延光的尸体。父亲只有高中文化，讲起故事来平铺直叙，毫无吸引力。最开始我以为这是本地罕见的情杀加自杀案，父亲才会讲。慢慢又觉得父亲可能有些同情马小芸，毕竟她罪不至死。但随着细节越堆越多，甚至离题千里，跟故事里的人有关没关的亲戚同学都被讲个了遍，我开始觉得，父亲对我隐瞒了什么。我不经意间跟母亲提起过，想让她说一个她知道的版本，可是她毫无兴趣，还说，你爸啊，不就因为那之后，彭宥年就走了吗？走去哪儿，我问。调动走了，去农学院了，以前不是在附中教生物吗，后来才慢慢成教授的呀，母亲说。

我是不太理解。彭伯伯虽然工作变动了，但跟父亲还是好朋友，家里没事两人就在一起消磨时间。项目单调，不是斗地主就是喝酒，持续到父亲生病前。即使后来酒吧多了，他们也不爱出去，还是把对方的客厅当自己半个家。两人见面从不预约，想起了随时拔腿就往对方家去，扑空的话才想着打电话。遇上对方家里有客人，也不回避，坐在那里自己看电视喝茶。

我一度对父亲失去耐性，烦他不懂人和人，准确地说是成年人之间该有的距离。大概因为我长大了，有一套自以为合理的行为逻辑。比如我总反驳他说，什么事那么重要非得见面？时间多么宝贵，你为什么一定要跑到人面前才能说话？跟我越来越多对他的反驳、否定激起的反应相同，他总是怒不可遏，不断提醒我，三岁看老，我从小玩过的玩具转头就扔，没心没肺。我自然不甘示弱，甚至有意刺激父亲，说我的手是拿手术刀的，不是抓方向盘的，我是靠脑子吃饭的，不是靠卖力气。父亲竟然沉默了，然后让我有多远就滚多远。

我也确实滚了。凭实力滚到澳大利亚，够了。直到现在，我只能用黄色和蓝色色块来区分和联结我和父亲。或许不止于此，如果我和父亲之间真如黄色与蓝色色块一般泾渭分明，我不会介意我竟然不了解他，更不会觉得因为对他欠缺了解，所以我自身的许多地方也渐渐不可解释。

我打下句号，另起一段，犹豫着要不要把梦的结尾、我复归自己身体时的感受打出来。

与父亲的身体脱离前的片刻，我的手拍在三十出头的彭伯伯的肩膀上时，他的肌肉反作用于我的手掌，轻微地震颤。即使是在梦中，我的手掌仍被导入了一股电流，传至我的中枢神经激起一阵波动。我知道大脑在迅速比对，这一经验有无类比，该如何归档及储存，也很快告知答案——这体验是我没有过的。不只是亲密，还有别的，是两个颜色极接近但又不同的色块的相互覆盖，彼此一部分的消融。能量在其间涌动，循环，边界消逝，归于平静。

或许父亲说得对，我太无知了，根本不懂一生的朋友意味着什么。

一种思维的积习是：当身体出现疾病，人要到身体以外去寻找救助方法。我的问题不是由身体原发的，但很难界定病灶的位置。苏格拉底的看法是，大部分人终生都在梦游，从来没问过自己在干什么，以及为什么要那么做。他们吸收了父母的价值观和信念，或者父母的文化，毫不质疑地接受下来。但如果他们刚好吸收了错误的信念，他们就会生病。

我是这样吗？不是这样吗？

记下那次我变成父亲的梦之后，我再没做过梦。梦神在惩罚我。我竟然用人类的语言和文字来与之对抗。但除此之外，没有别的办法。渐渐地，我失去了边界感，昼与夜，醒着与做梦，说话与呓语，它们之间甚至不需要衣橱里的一扇纳尼亚之门，而是豪华酒店的旋转门，流光溢彩间，你被推送出来，再推送回去。而我既然无法再做梦，对意识的控制力就平移到醒着的时间里。很长一段时间，我不确定什么是真的发生过的，而什么不是。

乘务员推着酒水车过来了。成年人大多要了啤酒。天气正热，从珀斯到新加坡的飞行时间是五个多小时，啤酒是最佳选择。车推到我面前，乘务员问道，先生，也是啤酒吗？我说，不，谢谢。那你想来点什么？他是个亚裔，但听不出口音。噢不用了，我说。邻座的女人先给儿子来了杯牛奶，再给自己来了杯冰茶。"多一点冰块。"她说。乘务员把冰茶从我脸前递过去时,我听到了冰块的滋滋声,"给我一杯啤酒吧,谢谢。"

淡黄色的泡沫涌进嘴里,我才意识到,这新鲜的感觉几乎像第一次尝到酒的滋味。我的梦境控制计划持续了七个月,也就是说,从至少七个月以前开始,我就再没喝过茶、咖啡和任何含有咖啡因的饮料。酒断得更早。如果没记错的话,第一次起念要戒酒,是在看了父亲的脑部CT之后。从考进医学院开始,八年求学、四年工作,似乎我所受的训练就是为了让我能看懂这张该死的CT图。外人都以为父亲是因为肺癌死的,毕竟,谈癌色变。但我清楚,跟癌症相比,真正让父亲放弃希望的是大脑的萎缩。如果他没有意外摔破脑袋去检查,答案不会那么早就被给出。在医生群体里,有些可以并愿意给自己的亲人做手术,另一些则不能并拒绝。我属于后者。但父亲的脑部CT图仍印刻在了我的记忆里。我有该死的好得不得了的记忆力。

"是去旅行吗?"邻座的年轻母亲问我。

"看亲戚。"我说。

"我也是。你是新加坡人?"

"中国人。"

"我也有亲戚在中国,上海。"

"你是新加坡人?"

"马来西亚。"

孩子打翻牛奶。她左手抱起孩子,右手用纸巾擦拭小桌板。突然靠近我的孩子有一双蓝眼睛,是个混血儿。眼睛之外的五官很像他的母亲,这张脸对于男孩来说太好看了些。

等她收拾停当,我主动说:"我可以帮你抱他一会儿。如果你想喝完这杯茶的话。"

她把孩子递给了我。孩子的脑袋刚好在我下巴下面几寸,我忍不住低头闻了闻他的头顶。

"我猜你还在读书吧?"她笑着说。

"我是个医生。"

"这孩子看起来很健康吧?"

"闻起来健康极了。"

我们一起笑了。我让乘务员再给她加了点茶。她叫朱莉安娜,在一家石油天然气公司工作。我开玩笑问是不是该买更多的能源股票,她很认真地给我推荐了几个公司,建议我关注,还说其中没有她所在的公司。

乘务员把杯子收走后,她给孩子讲起了绘本故事。孩子叫罗伊,三岁了。机舱远处响起鼾声,慢慢地,孩子睡着了。朱莉安娜抱着孩子也闭上了眼睛。我捡起那本故事书,书名叫《大卫,不可以》。书里,一个头发像毛刺、龇牙咧嘴的小男孩正在搞破坏。用锅碗瓢盆奏乐、用棒球打碎家里的花瓶、把盆子里的鸡腿和土豆组装成小人……作者就叫大卫,在短短的作者自述里,大卫说,这本书来自母亲的礼物。

"几年前,我的母亲寄来一本书。那是我还是个小男孩时期的作品,书名叫作《大卫,不可以》。书里的画全是我小时候不被允许做的事。里头的文字则几乎都是'大卫'和'不可以'(这是那时我唯一会写的字)。重新创作这本书的主要原因是,我猜想这会很有趣,同时也是纪念'不可以'这个国际通行、在每个人成长过程中必会听到的字眼。'可以''很好'当然是很棒的词,不过,它显然没有办法阻止蜡笔远离客厅的墙壁。"

客厅的墙壁,嗯,父亲受民营电站行贿受贿案牵连后,曾被调到电站三年。说是调动,其实是下放,从小车班的副班长,变成电站工地上的拖斗车司机。他自己住在电站的宿舍,母亲带着我还住城里。每次去电站看父亲我都很高兴,没人管我在不在墙壁上乱涂乱画。那段时间母亲的心思不在我身上,她到处托人求人,想要把父亲弄回城去。很快,我跟电站的孩子们熟悉起来,在打了几次架,而我胜多败寡后。我们沿着峡谷一路往前,无论是白天还是夜里,大坝都像张着嘴的怪兽吞吐着河流。很快我们也发现,在水电站下游不远的地方还有一座火电站,遍地的煤渣、煤燃烧后喷出的黑烟让那一带肮脏不堪。火电厂的孩子连挂着的鼻涕都是黑色的。我问过母亲,发那么多电干吗?母亲说,卖给用电的地方。我问,哪里?母亲说,珠江的下游。母亲保留着我小时候的玩具和涂鸦,其中一张画印证或加强了我的记忆。一条黑色的龙在喷火,喷出的火焰是一个个三角形,绿色的。虽都是三角形,但涂上不同的绿色,深深浅浅,长大后我看着这幅画,想起了绿色是什么,绿色是峡谷的雨雾、水滴,所以绿色三角形才覆盖了整个画面,似乎龙不是主角,而三角才是。我把这幅涂鸦带回珀斯,在装框时才发现了背面有一行小字:"爸爸37岁生日快乐"。这行字提示着,遗忘比记忆残酷许多,如果没有保留下这幅画,我将忘记当自己还是个小男孩时,如何笨拙地想要让父亲高兴过。

那时,也许母亲意识到了嫁给一个司机的风险与后果,她不再为父亲忧心忡忡,开始把重心放在督促我学习上。我的手指很长,母亲曾让我跟着彭伯伯学小提琴,但不知哪天开始,母亲说我不用学了,说手指长可以干别的更有用的活儿,比如像外公一样,当医生。如今看来,我的人生有多符合母亲的设想,就多偏离了父亲的阶层和轨道。

跟大卫一样,我的规矩都是母亲立的。

到樟宜机场排队过海关时,朱莉安娜和我交换了Facebook账号。有机会再见,她说,去小印度转转。

我入住乌节路的酒店。豪华酒店的空气、植物甚至光线,都透出钱的底色。母亲来珀斯时,我给她买了头等舱机票,事先没告诉她。她在飞机上拍了不少照片,还发朋友圈。可能女人还是比男人乐观一些,或者母亲对父亲了解得足够多,彼此身上堆叠的时间足够长,才不会像我一样,只能在记忆的碎片中费劲拼组,得到的仍是一个不确定的父亲。并且,我是父亲遗留给母亲的某种纪念,而从母亲身上,我并不能索求父亲。同时我发现,当我把话题稍微触及自我的痛苦或父亲留给我的痛苦时,母亲就迅速滔滔不绝说起她的麻烦事来,她对自我的痛苦过于沉溺,对她自己之外的痛苦缺乏耐心。每个人都想讲述自我,不是吗,可是没有那么多耳朵。

从地图上看,离植物园已经很近了。我不确定是不是应该马上动身往植物园去,还是需要做点准备。落地玻璃窗外是乌节路的车水马龙。除了街道上偶尔闪现的简体中文,这里跟珀斯没有区别,跟北京上海也没有区别。我真的来了吗?

就在我犹豫不决时,手机响了。我接起来,彭伯伯问,毛毛,你到哪里了?

我来过新加坡两次,但每次都没想到要去植物园。这里本身已是植物蓊郁的热带,跟树木花草的相遇无须刻意。但进入植物园后,我才意识到,如果没有在这个马来半岛最南端的城市拓殖,这里会一直是植物与鸟兽的天堂。

彭伯伯在电话里说,我到了雾园门口就给他打电话,他来接我。但进了植物园没多久我就放弃了地图,只任意走着。去彭伯伯家学琴时,我总是抄小道。弯弯曲曲的巷子走多了,变成连接彭伯伯和我相处的那些时间的通道。那时候我还不知道,我那么喜欢待在彭家客厅里,是因为那里有我们家没有的氛围。虽是一样的沙发、茶几、边柜和电视机的布局,但这屋子里没有女人的气息,不会有人让我把香蕉皮马上扔进垃圾桶里去,任它摆在桌面也没什么问题。但类似摆在桌面的香蕉皮这样的细节多了,我发现了彭伯伯和父亲的不同。父亲那时已从电站停薪留职,去广东做生意。最开始进了一批牛仔裤,卖得不错。后来又不知从哪儿拉回一车椰子,大赔。运气最好的时候,父亲靠电饭锅、电磁炉这样的小家电赚了不少。彭伯伯却一直在教书。我练琴的间隙,他点支烟,坐在窗户边翻书,像是不知道世界的变化。母亲不让我学琴后,我还是时不时溜达到彭家去。那时我对彭伯伯的女儿平平嗤之以鼻,女孩子,整天就给洋娃娃穿衣服脱衣服,穿了脱,脱了穿。男孩可不是这样的。一次,我偷了父亲五十块钱,父亲从游戏室把我抓出来当街打了两耳光。我跑到彭家去,彭伯伯照旧问,吃饭没有?我说没有。彭伯伯就给我下面条。又从冰箱里端出半盘回锅肉,全拨进我碗里。我说不想上学了,想出去挣钱。彭伯伯说,进工厂怕是都不要你呢,年龄不够是犯法的。又问,零花钱不够吗?是不是有女朋友了?我说,我不想用陶勇那个狗日的钱了,花他的他就瞧不起我,老是骂我:有本事你养活自己啊,没有你爹你得睡大街去。彭伯伯起身进平平房间去了,抓着几颗巧克力回来塞给我吃。我吃了一颗,继续说,我要给陶勇看看,我跟他是不一样的人。彭伯伯笑了。我说,你是不是也不相信我?彭伯伯说,要被别人看得起,不是力气大、挣钱多就可以的。力气大、挣钱多,别人只是怕你,或者趋利避害,有求于你,当然,你现在也可以用零花钱、漫画笼络些人在身边,但这样的人不会是你的朋友。我说,陶勇不会是我的朋友的。彭伯伯起身,在书柜里找了半天,抽出一本书递给我,你是个聪明的孩子,我相信你会有出息的。

到了雾园我没急着给彭伯伯打电话,先自己转了转。细密的水雾从四面八方喷出,蕨类和苔藓遍布。指示牌上说,这是模仿高原云雾缭绕的低温环境,以适宜了兰花的生长和培育。沁凉湿润的空气是模拟出来的，雾的漂流状态也是，但我仍有瞬间恍惚，这里就像我梦里峡谷的切片。雨雾大的天气，峡谷里也有人背着背篓寻找野生的兰花。野生的兰花颜色并不艳丽，往往平平无奇，但如果你闻过它的香味，就很难忘掉。跟梦里不同的是，在这里，峡谷只是一种氛围和想象，而在梦里，峡谷是峡谷本身。

彭伯伯从木板铺成的道路尽头走来，穿着工作服。几年没见，他头发几乎全白了，脸却没太老。彭伯伯伸手用力拍我的肩膀，说我壮实了。

你在干活啊？我问。

他们照顾我，让我也能用实验室。

要我等你下班吗？

不用，没有任务。我带你看看？

好。

彭伯伯很高兴，边走边跟我介绍雾室的布局和植物，还说他来之前，平平担心他不会英语不方便，给他买了个新手机，里面装了好几个翻译软件。他举起手机，说了句，欢迎毛毛。手机回答他说，Welcome Maomao。彭伯伯指着玻璃大棚说，那是岚烟楼，低温温室，里面是兰花，兰花的种类很齐全，按旧世界、新世界分成两部分，我们进去先会看到旧世界的兰花，就是亚洲、非洲的兰花，然后慢慢就是新世界，美洲的兰花。原种兰花有一千多种，杂交的就更多，有两千多种。彭伯伯时不时扯低叶片，让我看颜色、脉络和花纹。他跟我一样，有一双灵活的手，这样的手可以用来弹琴、画画，也可以像我一样用来做手术。

彭伯伯蹲下身，手指戳进土里，捻碎一些青苔说，这里的土用的是调配土，松软，跟我们那儿的土不一样。起身时他喊了声头疼，我问是不是颈椎病犯了，他说老毛病了，时好时坏，又问我，听你妈妈说你一直在休息，现在怎么样，好点没有？我说，你不是还夸我壮实了吗？在澳洲就是运动得多。我一个劲儿往下说，沙滩啊冲浪啊，徒步啊游泳啊，就欺负彭伯伯没去过澳洲。等我终于不说了，彭伯伯说，工作要是不喜欢，就换一换。我愣了一下说，也不是不喜欢，就是想调整一下。

"他们都说是我害死了我爸，你觉得呢？"我对着棵不知道是什么的植物说。

"谁说？"

"我接我妈去过澳洲，他不肯去。怎么说都不去。"

"年轻时跑东跑西，折腾坏了。光是在广东那些年，他就没少受罪啊。"

"我自己过不了的是，我好歹是个医生，可自己爸的病一点办法没有。"

"那你外公不也是医生，自己的病也没办法。"

我对着一丛淡黄的兰花站着不动。我不确定自己到底要不要告诉彭伯伯，我像个神经病一样在搞梦境控制练习，而我梦见和没有梦见的东西，会不会一旦对着另一个人说出口，就像肥皂泡泡一样噗一声破了。我要赌一把吗？还是再等等？

"彭伯伯，陶勇到底是个什么样的人？追悼会上，好些来跟我握手的人，都要说几句对他的评价。说他软弱，说他窝囊。但我疑心那根本不是他。我盯着那些人的眼睛、嘴，心想你们怎么还不他妈闭嘴？"

"老陶啊……"彭伯伯的视线升高，一群鸟低空飞过。

鸟群扑打空气，空气中遗留下动物的气息，一片绒毛缓缓下坠。我们俩都发现了那片绒毛，谁也没作声，直至绒毛在水雾中比平常更加慢地坠落。

是不是对着认识父亲的人说出他的名字，或者在心里默念"不要害怕不要害怕不要害怕"，父亲就能从语言中显现。还是说，我和父亲共同拥有彭宥年这个朋友是我们最好的运气，如果没有彭伯伯的存在，我再不能找到一个人，一个活生生的人，却是时空的容器。想到这里，我几乎不想说话了，只要彭伯伯还是彭伯伯，而我能在这里再待一会儿。

我们绕着岚烟楼又走了几圈。顺时针。顺时针绕圈的次数如果足够多，就能形成隐秘的能量场，我的瑜伽教练告诉我的。我记得这一点是因为我相信。但现在我不确定我和彭伯伯要用这些能量做什么，我们能对兰花做些什么。

沉默许久后，彭伯伯开口说话。我虽想到了，他沉默是因为在想跟我要说什么，但当他真的开口，还是让我意外。比如他说，父亲之所以能在峡谷边发现巫延光的尸体，是因为父亲那阵老失眠，半夜三四点醒了就再也睡不着，那天早上才天不亮就开车回城。父亲觉得是巫延光和马小芸替他挡了煞，虽然他说不准到底这煞是个什么煞，但彭伯伯确定，父亲已经被那个东西逼得快走不下去。还有，他们俩每年都会在那个日子聚会，是约定，也是秘密，似乎他们认定，在点忙前的那一天，发生的事比实际的更多，而他们只是侥幸从峡谷边生还了。那么比实际更多的是什么事呢？

"那时候我呢……也跟团烂泥一样。平平判给我了，我高兴，可怎么带她？出了那种事，人看你的时候只一眼你就知道他们在想什么了：你没资格做个男人了，连老婆都管不住。也不是没有想过死。胆子还是小。死了可能更让人笑话。但你管不住别人的嘴。我们明明是平常人，但什么东西却在失控。就是你所有的事情都在该在的位置，结果你就一动不能动。可能那个年代，人都那样，钉死在格子里。你见过昆虫标本的，就那样。

"王小蛮婚礼上，你爸打了人。何止那次呢，后面几次三番，都是差不多的事，都是你爸上。开始我觉得他是替我生气，慢慢我明白了，不劝了，让他打。

"马小芸被杀死，对我刺激太大。我觉得不能再这样下去了，可是要怎么下去，我也不知道。老陶也一样，一样找不到出路，找不到办法。

"后来平平被她妈藏起来，我差点疯了。老陶跟我到处去找人，找到的时候平平妈撒泼，她男人也作势要打人，老陶这才把他打坏了。我听见那男人骨头断开，咯嘣一声。老陶也听见了，停手了。我知道，他这次会停手了，警察要来了。

"那是个特殊时期，人想的事、做的事，离疯狂近一点，但反过来说，是生存的本能。不这样，就会真的疯狂。后来你也知道了，我下决心走了，反复几次终于走掉了。老陶没走成。他想过走，但各种巧与不巧……最后他说这是他的命。我不信。"

我蹲下，把手指像彭伯伯那样戳进土里。湿润的，松软的。"什么特殊时期？"我问。

彭伯伯没回话，继而笑了，"1992年春节前，我记得很清楚。老陶弄了一车椰子回来，分了两筐让我帮着卖。我没胆子摆摊。好笑吧？摆摊都不敢。找了小蛮，把椰子拖去他的烟酒批发部门口寄卖。反正是按个数卖。卖到大年二十八，餐馆要放假了，椰子还剩一筐半。那时候，过年哪有什么花样，全部店铺关门，大家躲在家里。大年二十八没卖出去，到正月十五也卖不出去。老陶拿个砍刀，椰子给砍出个洞，把水倒在玻璃杯里，瓢子掏出来让我们尝。问我，这是不是好果了？我说是。他说，那咋没人买？小蛮说，不是外来货都灵的。

你卖牛仔裤火了,有人也去广东进货回来,现在人人都买了牛仔裤,也不好卖了。老陶说,骗人的事我不想干。小蛮说,把钱从人兜里掏出来,这事哪有那么简单。他俩越说越多,后来小蛮请客,吃饭喝酒,椰子么,老陶也不要了。"

"我爸死,王小蛮没来。"

"小蛮嘛,后来挣着钱了。"

"骗得了自己?"

"他也可怜。"

"我爸后来不疯了?"

"要是我说,老陶自始至终都一个样。你能明白吗?"

我摇头。

"你看我,疯不疯?"

我摇摇头,但又迟疑了。

"也有人说我有病,是不是?"

"谁没病?"

"他不变,他不走,他代我把一半补上。很多人没这运气,才会失魂落魄。"

"我妈倒是说过,你走了,他是失落了。他想像你那么活。"

"老陶问过我,要不要留在广东,那边生活容易些。我当时觉得,他一个人留在广东,日子长了,你和你妈就麻烦了,就劝他回来。但现在回头看,那时候谁也想不到中国会变成这样,留在广东算什么呢?如果老陶不回来……"

"我倒希望他不回来。"

彭伯伯低下头,踢走草的断茎,"在哪儿,老陶都是强人。"

我抬头,想看看彭伯伯的脸,看他是不是在骗我。过于善良的安慰,跟欺骗没有区别。他引我看高大的蕨类。

"植物有智慧吧?"我问。

"有,但不是动物,尤其不是人类的智慧结构。"

"光合作用算吗?"

"植物是向光而生的,光合作用可以获得养分,但向阳植物为了追求阳光都拼命纵向生长,放弃横向发展,有时候会病态。"

"可能因为根扎在土里跑不了吧。"

"也有树冠羞避。起作用的是风。风吹过来，树冠和树冠之间自然留出缝隙来。这是智慧吗？我觉得是。"

"陶勇到底是个什么样的人？"我似乎陷入循环之中，不自觉地重复之前的问题。

"我有时候也会想这个问题。后来我发现，每次我想这个问题的时候，其实我是在想：我是个什么样的人？"

"那么，你是个什么样的人呢？"

"你妈送你来跟我学琴的第一天，你就问我，弓重要还是弦重要？我说，弓和弦各自摆着，是不会有曲子出来的。得上手，把位，握弓，运弓，才会有声音。要奏出曲子，那就更复杂了。如果你真喜欢小提琴，得勤学苦练，才能奏出曲子，让人感动。然后你问了个让我吃惊的问题，我没有想到你是这样一个孩子，以至于回答了你之后，我开始高兴又担心，老陶有你这么个儿子。你问我，陶伯伯，学琴这么辛苦，就是为了感动人吗？我说，是，就是为了感动人。"

我没有提那些跟父亲有关的梦。临别时，我伸出手揽住彭伯伯，像梦里的父亲那样，想拍拍他的肩膀。彭伯伯给了我一个男人的拥抱。短暂，有力。像我们的谈话一样，绕行于雨雾中，但止步于峡谷边。来之前我就明白，不能指望任何人。但此刻，有些东西微妙地溢出。不属于梦，也不属于世界。

有那么一秒，我想起很久以前，我在一个域名为 iaskgod.com 的网站上玩问答游戏。页面只有一个对话框，你输入问题，God 就会回答。最开始我像测试算命先生一样问它我的性别、年龄、性格，后来慢慢地，就跟它讨论更深入的问题。它回答了些什么，现在我已经不记得了。只一次，当我像厌倦父亲一样厌倦它，而想关掉窗口结束对话时，它突然说，祝福你孩子，记住常常来跟 God 谈话。我不信神，可一股电流穿过身体直击心脏。跟我对话的真的是一个计算机程序吗？

此刻，我看见空气中的省略号浮现，消失，又浮现。对方正在输入。

彭伯伯的身体跟父亲不同，他的拥抱传导出的肌肉还是肌肉，骨骼还是骨骼。最后的日子里，我把双手插进父亲腋下就能轻松抱起他。我的左手揽住他的背，手掌握住他的脖子，这样就能扶住他的头。他轻得像个小孩，耷拉在我身上。小孩才需要别人做决定。而我的决定是，等待。

在峡谷边，总有雾。天气不好时，雾就变浓。我和陶勇之间，雾越来越厚，越来越浓。语言、动作、情绪再无法穿透。我知道母亲要我回去的原因。她走出病房，轻轻带上了门。医生向我确认，我确认。半小时后，陶勇的身体停止了呼吸。我把手松开，从被单底下缩回来，揣进兜里。陶勇的手指保持着被我握住时的形状，在被单底下鼓起一块。手指是陶勇的手指，手指属于陶勇。手指和陶勇的关系如此确定，几乎让我嫉妒。它们之间至死不渝。

在岚烟楼门口，我转身走开。彭伯伯问我，你想好了吗？

他的话激起回声，像从我内部发出，被许多个我反射，再回到我耳朵里。

回到宾馆，我打开电脑，把那个关于父亲的梦的文档打开，另起一行加了一段："陶勇没有告诉彭宥年，看见巫延光的脸时，他看到了自己的后半生。即使没有马小芸这样的变数，他也跟巫延光一样，迟早会结果在这峡谷边。峡谷边没有什么不好，也没有什么好，只是他本不该在这里度过一生。陶勇还没想好去哪里，但无论去哪里，他都决定，不要再回头。"

我跟朱莉安娜约在小印度见面。约会前，我看到她 Facebook 上的状态写的是单身。有点意外，更多是高兴。她推着车来了，罗伊坐在上面。我们沿着小印度有些混乱的街道随意走着，沿途路过供奉天后娘娘的天福宫，后座供有孔子像，也经过印度教神庙，主神是破坏女神伽梨。朱莉安娜说她不信教，问我信吗。我开玩笑说，听说墨西哥有玉米神，我喜欢吃玉米，如果玉米神来考验我，我愿意相信他。朱莉安娜指指不远处花柱一样的印度神庙说，我应该相信象鼻神，我长得像他。我笑了，问她知不知道象鼻神为什么长了象头人身。朱莉安娜说不知道。我说，象鼻神的爸怀疑他是私生子，一怒之下把他的头砍掉了，还跟他妈说孩子死了我们可以再生一个，但他妈不愿意，非得让他爸把孩子救活。他爸到人间走了一圈，把大象的头接到了儿子身上，儿子复活了，成了人见人爱的象鼻神。朱莉安娜说，还是印度人有意思。

罗伊说要撒尿。找到公共厕所后，我说可以带罗伊去。朱莉安娜看着我笑了一下，把罗伊从车里抱起来递给我。罗伊像小猴子一样双腿夹住我的腰。进了男卫生间，把罗伊从我腰上掰下来，我才意识到他还没有小便池高。我愣了一下，抱起罗伊，让他的小鸡鸡对着小便池，"对准了，发射！"父亲就是这么教我的。

(原载《文学港》2021年第5期)

味甘微苦

◎鲁　敏

1

薄薄的渔网抛撒到半空，好似巨大的花瓣，张开，渐慢又渐快，悬浮，呈饱满的大圆，瞬时罩住水域。闪闪发亮的铅坠，咕噜噜潜入。略显浑浊的微澜中，小鱼儿们吐出它们最终的几口泡泡。

多美啊。徐雷看了足有几百条这样的短视频，完全入了迷。尤其一个自称小西湖的，撒得特别圆满。徐雷第一次线下约人，就是跟的小西湖，兴冲冲地初试撒网，姿势便十分之漂亮——只是把腰扭过了头，一下勾动原有的腰椎肩盘突出症，其痛若穿，当即石化。送到医院，得动一个椎板切除手术。躺在病床上，成了死鱼。

金文拖着的脚步老远就能听出。她烧了乌鱼汤过来，没用保温盒，已半凉，徐雷勉力喝了半碗，一边掀起眼皮留意金文。她还是满身的魂不守舍，替他摇床时忽高忽低，倒碗汤泼洒得满地，去水房拿个拖把，回来竟然走错到隔壁病房。徐雷悄声长叹，她的心，真是在外头了。还以为这病房，多少会唤她想起些往昔。

十三年前，他们就是在病房认识的。一个大房间六床病友，他们算挨着，中间只隔一个胃切除的老头，镇日昏睡。徐雷和金文都是急性阑尾炎，同病，又同龄，自然就近了。病房本就不分男女，护士什么不看到，医生哪里不摸到，查房也不像现在讲究，还拉起帘子隔开，就是开放的，腰腿全露。金文初时还有羞意，到术后第二天，就跟徐雷互相掀开衣服，比较伤口形状与刀口软硬，聊医生刀法，追念阑尾的功能。徐雷突然说道，他是第一次看到女孩子肚皮，没想到她的肚脐眼那样秀气，女孩儿都这样吗？金文一下结巴了，答非所问，说她可没乱看他的肚脐眼，随即也脱口而出，说真没想到，男人到处都是毛啊，连肚皮下面也有。此话一出，两人都愣住，又争抢着讲起别的。就此，更近了。包括一周后拆线，也是约了同去，彼此帮忙数针脚。到针脚长到皮肉里，模糊不清了，他们还在见面，并共同探索起身体上别的部位。直至结婚，直至生下小雷，直至像许多夫妇那样，没有了浓烈的感情，当然，他们还没有阑尾。

也许她想见识一下有阑尾的男人？徐雷让自己这样想，尽量轻松。这世上，变心之事，最是司空见惯不是吗？就像撒网，一万个祷祝着，全心全意地抛下去，拉上来，十之五六都不如意。能想得通的。

"你下午，不用特地做汤，也不用过来了。我让隔壁床家属替我打个饭就行了。"他主动这样讲，重音放在了隔壁床，想再试探一下。

金文是机房值夜班的活儿，白天其实很空，但这半年多，她总没头没脑地往外面跑，一跑大半天。啥事呢？高中同学聚会。部门政治学习。帮助残疾人的义工活动。免费瑜伽课。郊区奥莱中心大打折。徐雷随意验证过几次，都是明晃晃的说谎。真是叫人心灰，都不能好好掩饰下吗？等到徐雷差不多适应、默认之后，金文都不再费心编什么理由了，随时一抬脚，就走了。

金文默然点头，并无愧色，一边从徐雷手里接过碗，就着他的碗筷，把余下的鱼汤倒出来，就着早上徐雷没吃完的馒头，木木地吃喝起来。不小心卡到一根刺，拉着舌头干咳了几声，"有点淡了，也忘了放姜。你不觉得腥吗？"

"还好，我吃着还好。"心里有点感念，她还愿意吃他的残菜剩羹哪，那，就还是亲的。

他们一起动阑尾手术的那天，姨娘巴巴地给他送来鸽子汤，说是大补，鸽子可贵哪，姨娘一边催他喝一边讲。这样的时候，徐雷难免还是会想，到底是过继儿子，要是妈妈还活着，要是送鸽子汤来的是亲妈，怎么可能强调鸽子有多贵呢？举起勺子往嘴里送，觉得毫无滋味。那金文隔着一张床，倒眼巴巴地嘀咕起来，说长这么大还从没喝过鸽子汤呢。徐雷有点发窘，叫她拿碗来，金文大咧咧地，捂着小腹下床就过来了，说用你的勺子尝几口好了。徐雷犹豫着，只好替她托着碗。看她噘起两片俊俏的唇，粉红舌头伸出来一带，轻啜进去几口乳白。一时心烦意乱，浮念滚动，像被魇住了，想要凑上去与她同饮，更有种长久的渴望，渴望与她同锅同灶，同席同枕，成为亲亲热热的人。而后确乎成真，成真久矣，却是两样情形了。

"小雷在姨娘那边，都挺好。你放心。"金文洗好碗筷便有点坐立不宁，嘴里没话找话，笼统地说起小雷，像说邻居的孩子。也是看金文恍惚，不放心，才请姨娘帮上两个月的忙。小雷，真能"挺好"吗？那小子整天想一出是一出。前不久，突然嫌弃起自己的名字，死活要改。其实当初徐雷是费了心思的，想了有半张纸的，都觉不够特别，上户口的时间又到了，烦恼与毛糙中，只得急就章了。徐雷给小雷讲道理。许多大艺术家都是这样取的，你不是喜欢孙悟空吗？六小龄童，就是这样的。他爸爸叫六龄童，他哥哥叫小六龄童，小六龄童还被周恩来周总理给抱在手里上新闻呢。可，你又不是六龄童，你啥也不是啊。儿子尖锐地指出问题。徐雷一时失语，随即自豪地把这段对话挂在嘴上，转述给别人，也转述给金文。别看是小孩子家，反应多快。金文也笑了，安慰他，一样啊，谁都"啥也不是"。可她脸上显出一种渺茫，那是她最常有的表情。

金文对小雷，还是上心的，原先都是她接送上放学，嘘寒问暖，买帽买裤。但这半年，儿女心上，她也一样的疏淡了。一出去就没了点，根本接不了小雷。早上，又困睡不醒，起来就急忙忙拖起小雷，跑到学校才发现，不是落了水壶，就是没戴红领巾，没带手工作业。算了，还是统统由徐雷管吧。金文这样子，让徐雷觉得分外亏欠儿子。他自己打小由姨娘带大，有所短少，心里总念着，在小雷身上，三口之家，能尽可能的"完整"，不能因为金文这样，就一下破散了。

不过小雷很难缠，因改名不成，他翻了脸，莫名其妙地，只肯穿迷彩服，外套，衬衣，鞋袜，帽子，配齐了各种迷彩色。然后动不动就躲到路边上，尝试用灌木丛掩护起自己，怎么喊都假装听不见。这让徐雷想到他自个儿这么大时，那时妈妈才走了一年，刚跟姨娘一起过活，他也是整天想着，要能把自己藏起来就好了，叫姨娘再找不到才好。这一想，便纵由着小雷，如此折腾月余方罢。可最近，又闹起新花样了。风筝。

完全中了蛊，一放学就趴到网上，各处搜"风筝"二字，工艺说明，古鸢图集，日式绘本，童话传说，玩具摆件。每到周末，必纠缠着徐雷，带他跑公园跑郊区，跑大桥跑山坡，一路跟着风筝高手跑。还想跟卖风筝的老头儿学手艺摊摊子，徐雷只得见招折招，勉力地奔命作陪。

这还不算完，小雷提出，要去风筝博物馆看一看，不远，日本就有。当然，这被徐雷一口回绝。小家伙这才将就似的，提出潍坊，那里也有博物馆，还有风筝节呢。他把一本年历拍到徐雷面前，翻到下个月，上面早已用红笔标出一串红圈圈。也不用全程，去三两天，也可以。他那口气，像是退让了好几大步。打那之后，上学放学路上，就天天儿地聒噪潍坊之行。徐雷面上未置可否，但一想到前因后果，就心疼——小雷什么时候开始瞎折腾的？就是打金文"外头有人了"那前后哇。小孩子才不傻，肯定的，知道妈妈心里没他，冷落他了。这样一想，心里是早就松口了，正准备着张罗起来时，他撒个网躺倒了。又不可能指望金文，她这心不在焉的，搞不好连大人带小孩，能一起搞丢了。

"没什么事，我就走啦。"捧着手机硬坐了五分钟，金文还是起身了。她穿了件样式陈旧的外套，蓝色发了灰，腰身难看地勒紧，可能是生小雷前买的。徐雷忍不住提醒道："过年前我给你买的那两身，也算有牌子的，怎么不穿？越是贵的衣服，越要穿，才拉低成本。"

金文扭回半边脸，眼角似有水亮一闪，"甭管了，我就想穿这。"她那样子，似也在忍辱负重一般。这又何苦，她也不开心嘛。

想起差点儿看到的那个男人。对，他尾随过金文一次，也没有怎样的谋划，金文实在粗枝大叶，戴着口罩和头盔，一身旧衣旧衫，好像这便是改头换面，不可能被认出似的。她急于赶时间，破电动车开到有四十码，偶尔还闯红灯，抄近路逆行。徐雷远远跟着，不停踩他摩托的油门，一边替金文的安全担心，心里愈加成了黑洞，黑洞里还有可恶的好奇。那家伙，除了阑尾，还有什么呢？能让金文这样地分秒必争。

金文最终进了一处老小区，铁丝网在空中缠扭，露天楼道斑驳发黑。她熟门熟路停好电动车，又歪着身子拎下充电电池。是靠路边的第二个单元，就在一楼，没有敲门，她一靠近，铁栅防盗门就从里面自动开了。隔得远，暗乎乎中，能看到一个男人的侧影，身量不高，似也是久等的样子。伸出手来，拎过电池，把金文让进去。

他们那动作很简单，不像是有什么，反倒带些哀戚的家常之意。徐雷使劲扭过头，破烂的院子尽头，一株歪脖子老树，叶子都落光了。

2

老展每次都早早地在门后候着。一关门，就上下打量一通她。嗯，不仅外套是旧的，裤子、鞋、包，也是过时的难看的要坏的。挺好。老展点头表示满意，然后才张罗着给她的电池接上电源。

金文也溜一眼老展，还是那猥琐矮小的模样，就算在家里，仍然半提着裤子，像刚从马桶上起来，或马上就要坐到马桶上去。

老展有屎频之症，尤其在吃饭前后，临要出门，上车前后，稍微有一点时间上的压迫，或空间上的移动，他就会发生强烈的便意，马上就要去蹲马桶。据他说，是痔疮手术做坏了，反落下这毛病，但凡出门，一大半的时间都在找厕所。他第一次跟金文搭话，就是打听哪里有厕所。当时，他们正聚在那个据说是胡大住处之一的欧亚别墅区外头，看人多势众能不能"冲进去"。那是"胡大卷款失踪"讨债群的一次失败行动。第二次、第三次的搭话，依然是讨债苦主的大集合，他一开口，也都是为了问厕所。

你怎么回事，吃错东西了？闹肚子？金文没好气地问。周围所有人都是情绪恶劣，大家交换被胡大骗掉的数目。30万。60万。83万。听到比自己多的，好像心里多少就好一些。金文问过别人，也反过来被问。她前后两次，投给胡大的，总共是13万。怕讲出来叫人家糟心，便胡乱翻了三倍报出。

从厕所回来，老展仍是那种时刻提着裤子的模样。为表谢意，他对金文小声吭哧道，我刚才跟你讲40万，其实不是，我20万。本想着，投到胡大这里，起码能翻个小跟头的。你想，我快退休的人了，还能赚几个呢？你不理财，财不理你。

金文一听到"你不理财……"，胸口就直犯恶心。就这八个字，被胡大那几个助手，整天挂在嘴边。金文听啊听的，听顺了，便动了贪念，掉到这大坑里来了。我13万，她恨声地，也跟老展小声更正了自己的数目。

老展眼色一闪，意思是两人都要替对方保密，然后嘴里接着诉苦，其实我不方便出来的。也不顾忌金文是女的，也不顾忌讨债队伍左右的吵闹，他指指自己下身，详详细细讲起他的屎频，诸多的痛苦与不便。可群里一招呼，我还是来啊,多个人多份力嘛,能叫上面多重视一些。

其实上面又能怎么重视呢?他们每回出来,都是按讨债群群主的指令,到政府东门、到公安机关大楼、到金融监管局,类似这样的地方。并闹不成什么,好不容易聚拢齐了,分分钟就被劝退解散。最好的情况,是有次出来个处长级别的干部,拿着扩音筒跟他们说了几句。胡大跟你们讲20、30的利,就信了?前面每个月给分红,你们不也美不滋滋地拿了?哪能尽想好事儿呢?别说胡大这几千万了,外头卷了几个亿十几个亿的,照样跑路。真要是天灾,政府会替你们兜,可这是你们自己惹的人祸,得愿赌服输……这话说的,他们也有些哑然了,尤其是群主,给戳得跑气了,再不肯出来牵头,不久还心灰意冷退了群。也有人四处串讲,说群主的那150万,通过第三方说合,私下里给解决掉了。所以……

群里余者一片嚎啕,骂上面骂下面骂胡大的娘,也有互相劝慰的,用外头更苦的命来自解——做生意还赔本呢,一赔能赔掉几套房子。想想地震台风洪水,但凡碰上一个试试呢。还有股市,一夜睡过来,几百万没了。就我楼上邻居,得个癌,治得倾家荡产啊。要是养个不成器的小孩,或赌或吸毒,那是多少的血汗钱养老钱也架不住啊。没看新闻吗,好好地走在路边上,还能被跳楼的给砸死呢——人就是这样,人比人气死人,有时也能救活人。大家比赛似的,找来各种道听途说的坏消息,弄得外面全像悲惨世界一样,可这么一来,心里真就好一些了。算了,咱们也不能算最惨的。

金文实在不能够算了。13万,确实不算顶多,还没老展多。可这是她的私房,绝对的私房。从能赚钱以来,那时还没谈恋爱呢,所有明面儿上的进出用度之外,但凡有些小零碎,蒙住别人也蒙住自己的眼睛,只管悄咪咪往一个账户里投。对这笔私房,她有一个小清单,并随着时日变迁,在不断涂涂改改地增删之中:全功能按摩椅。外教一对一学英语。鹅牌羽绒衣。歌诗达豪华邮轮。紧肤抗衰热玛吉。美国黄石公园。最贵的和牛霜降牛肉。女表一只,牌子还没想好。无非吃喝玩乐用,挺自私的,全是给她自己一个人打算的。可这,不就是私房钱嘛。

现在她知道了,这是报应。她发誓——只要能从胡大那边讨回13万本金,就立即向徐雷坦白,并把脑子里那张狗屁清单撕个粉碎,然后把13万都用在别人身上，家里、徐雷、小雷、姨娘，失学儿童，网上求助，赈灾。一分半厘也不会跟自己有关。不仅这13万，这辈子、下辈子，再不做任何关于自己的大头梦了——咒越狠，找回的可能便能大些吧。

老展，看来也跟她一样难以释怀，发现整个讨债群再无动静之后，他约金文私下里见了一面，就在他家，方便跑厕所嘛。金文没多想，一听就来了。她太苦闷了，得有个人一起说说，起码在老展面前不用瞒不用装的。老展那矮矬样儿，也安全得很。

老展倒了一杯白水，开口便向金文分析。大部分人都是起码投了50万以上的，像他们两个，这十几二十万的，实在是小虾米。但小虾米也有小虾米的一丝优势和希望。你想，连群主的150万都能解决掉，他们两个加一块儿，33万，绝不算多。耐心地等一阵，等大家的潮水退了，他们再悄悄地独自行动，不放弃，一直走到底，走——苦情戏。

讲到这里，他提起裤子跑了一趟厕所，然后才搓搓手，郑重地，打开一间紧闭的卧室门。那房朝南，窗户下坐着个人，背对着他们，阳光太强，金文一时都没看清。老展等她眯着的眼睛渐渐适应，才稍带点夸张地，像献宝，也像揭秘，把那人转过来。是个轮椅，吱溜溜推到金文跟前。

叫双全，是老展女儿，生下来就是小脑偏瘫。她妈妈呢，早就跑南方去了。

金文忙站起身，脚步滞住，不敢近前。双全样子挺怪，手腕和手指都向内倒卷，脖子短且缩，头和嘴巴向左歪。最触目的还是胖，把个轮椅挤得满满登登。双全压着眉毛，却又往上翻抬眼睛，瞧了两眼金文，然后伸过来她那肥肥的内卷的右手，摸摸金文的衣襟，算是打了个招呼。继而又扭动脖子，嘴里含混滚了几个音节，冲老展把脸上的肉挤皱起，又松开。那算是笑吧，金文认为。

不是哎，丫头，别替老爹操心了。老展摇摇头，又冲金文解释，家里从没外人过来，她挺喜欢你。我家双全其实啥都明白。可瞧她这，也28了呀，能有人要她吗？我既是生了她，就得管她活着，管她到死。所以才把钱投到胡大那儿呀，想着，能多一点是一点。现在好了，全玩儿完。他摸摸双全脑袋，不避不让地讲着，语调里并听不出痛苦，反倒有几分兴奋似的。多好的牌啊多好的牌。他面露一丝微笑，手里把轮椅又吱溜溜转了回去，仍然让双全坐到窗户下的太阳里去，好像她是一株什么植物，就得晒着。

多好的牌啊。他关上门，更加大声地感叹，有点陶醉于自己的机智。

双全会乐意的，这也算取之于她，用之于她。你想想，要把她推出去闹事，会多么引人注目啊，效果是要翻好几倍的。老展给金文续白开水。可这么好的牌，他打不出手，不是有该死的屎频吗？还没出巷子呢，恐怕就先得跑回家两趟了。所以，我请你过来——老展随后详详细细，提出了他要与金文合作的动议，强强联手，不，弱弱联手，由金文推着双全和轮椅出去跑，而且吧，金文是妇女，有优势，随便怎么撒泼，工作人员也不至于太动粗……

工作人员？金文当然已经猜到了。其实从双全的轮椅一转过来，她的心就被捏成了一团。老展太惨了，比她可惨一百倍。想想她那张浮华的小资产阶级清单，简直不要脸。愣是谁，看到这样的双全，能不羞愧吗？要是能叫胡大看到、叫外面所有人都看到这样的双全就好了。老展真是宏图大略啊，舍不得孩子套不着狼。她心里又从疼痛转为喜悦，像一下子被拯救了，从快要触底的深渊里又往上提了起来。事情还不是完全的绝路。

这是我们两个的秘密同盟。老展脸上显出老男人的谋算模样。这不刚转过年嘛，一年之计在于春，市里大活动可多呢，每有好事，必然都有市长、书记、区长、局长什么的出来，剪彩啊讲话啊握手啊采访啊，都是大场面，都会组织群众现场鼓掌什么的，不仅会有记者，现在还时兴搞直播。这些，我自会去打听，我在上头呢，有个老乡朋友。你呢，只要按我指定的时间，到我给你指定的地点，推着双全，去哭，去跪，去打滚，去喊冤，去求青天大老爷为民作主。我想上面肯定有他们的办法，最起码能给胡大或什么中间人捎到话。你想想，哪怕就给咱的33万打个九折八折呢，也值当了。成败关键，就在于苦戏。你呢，要受点累，我家双全，是有点重的。

金文使劲儿点头，把桌上的白开水一饮而尽，像喝了一杯烈酒，心里烘地烧起来。她往闭着的房门那边瞅了一眼，别说推个轮椅，别说双全胖，别说扑地哭闹，什么累活丑活，她都干，越是没皮没脸，越好。

今天在徐雷那儿耽搁了，来得迟，老展都没来得及给她倒白水，"两点半就得到，你们现在最好就出门。"径直地就去推双全出来，"是二把手副市长，姓杨。区里的书记，姓季。两个都胖胖的，都戴眼镜子。你注意听身边人的称呼。一定要带着姓，带着官职，大声叫唤出来。"老展一边相送，一边絮叨着进行老一套的战略性指导。

是啊，下午她确实也没办法替徐雷做饭送饭，得去城西的桃园市民广场。那里原先有一截子最脏最臭的护城河，现在给整成了治污排污的民心工程，有音乐喷泉，有格桑花丛，有荷花池，有健步跑道，漂亮得不得了。今天搞正式的开放仪式，领导们要去"与民同乐"。徐雷在医院里流露出来的种种心思，她都看得清清楚楚。他越是这样，她越是无法忍受，越是急于出来"行动"。继续憋着气深潜吧，直等她要回13万来，再从头交代，给他一份惊，也给他一份喜，那才是赎罪补过的时候。市里二把手市长、区里书记，够大的了，没准是特别好的一个机会，她热切地想着。

老展提着裤子送她们出门，突然想起什么，又回身取了一小包东西塞到金文包里，她用手一捏，明白了，双全来月事了。她量特别大，就算是成人尿裤，也撑不了两小时。今天这一仗不好打，双全每到这几天，脾气坏不说，还会加倍的沉，要抬她上公交车，得求两个大男人帮忙的。可也有好处，真要被驱赶了，双全会冲他们吐唾沫，吐得又远又准，真是不容易近她的身。

3

帮着照管两三个月小雷，对姨娘来说，实在不算个事儿。徐雷过继来时，差不多就这么大。徐雷的生母，是姨娘的表妹，出车祸走的，表妹夫后来另娶。姨娘本也是老姑娘，这等于现成有了儿子，又有了儿媳、孙子。挺好。

把小雷送去学校，姨娘照旧出她的门。看过这一周的天气，今儿最合适了。保温水壶，折叠小马扎，消毒纸巾，吃食干粮，双肩包塞得满满，管够她大半天的。徐雷成家后，她等于又成了单门独户，最恨日长呆坐无事，总千方百计出门转悠，身上还有一股子风风火火的老姑娘劲儿。

去哪儿呢，不是瞎来，姨娘可都有分教，隔段时间来个主题。寺庙道观，爱国主义教育基地，文保遗址，博物馆，图书馆，市民绿地广场，名人故居或纪念馆，新开楼盘。不拘，以不花钱、有看头为主要原则。有了这些类型和范畴上的大致计划，跑起来就有趣多了。

比如寺庙道观，不走不知道，城里的且不论，光是五郊六县，跑一圈，就得费时大半节。小山包上、老街顶里头、桥头水边，老远打听过去，慢慢近到眼前，就看到个老庙或小观，不惊不乍地蹲着，里头供着尊土像，香火也还续着呢。她跑一家拜一下，心里勾掉一家。到晚上双腿酸胀，挨枕头便着，这一天便过去了，十分的充实。

楼盘也挺好的，且常跑常新，四面八方都在扩张嘛，过跨江大桥过江底隧道过绕城公路，姨娘喜欢这样地不断加码，越甩越偏。有时她也发笑，她这巡游路线大概跟规划局长或城建局长什么的也差不多吧，只是没公务车，得靠公交地铁一路转换过去。因路途迢递颇费周章，去了就特别认真。容积率，楼间距，样板房，二期三期规划，物业情况，周边菜场超市，学校配套。嘿，能瞧上大半天呢，有时还管盒饭。她心里也算小账，还有三年就满70岁了，到时有敬老卡了，公交地铁全免，也差不多等于坐公务车了。

最近这些时日，姨娘看的是墓园，听起来有点瘆人吧。其实无妨，平心静气想想，跟楼盘的道理是差不多的。

其实她从没想到要转这样的地方。只因年前有个老同事去世，原先都在同一个车间，感情深厚，于是四五个老姐妹约起，找个好天气，一起去墓上小祭。也不是太伤心，老了哪有不死的呢？因而她们有些像郊游。那墓园不大，但清爽紧凑，边角旮旯都利用起来做成墓地，见缝就插地栽着绿油油的小柏树，挺拔地在墓侧站岗守护。把个姨娘，瞧得直咂嘴。她挺喜欢。

切，这算什么呀。别几个七嘴八舌聊起来。四车间的老段长，埋在西北郊那公墓，我去过，拾掇得更好。另一位不同意，要我说，最好的要数殡仪馆边上的西天寺，我替我家老头子、也是替我，就选在那儿。听口气，她们都很熟悉，早有打算的。姨娘听着，有点着急和好胜起来，心里生出迫切的想法。怎么早没想到这个呢，大可以好好地转一转，关键还实用——她不也老大年纪了嘛，能指望谁哪。她这辈子的所有事情，都是亲力亲为的呀。跟老姐妹们打听了一圈，心中便排下了这个系列的计划。

墓园一般都在城郊外廓，且爱傍山而建，像今天去的这处，便在岱山脚下，跟她以前去过的一家老庙，是一个方向，转三趟公交，摇摇晃晃两个小时，也就到了。

确实比上次那家宽绰多了，有个大草坪，一圈子果树，有各种雕像，仙鹤、天使、观音。还堆了个镂空假山，着实讲究。指示牌上扁扁地写着，仁字区、润字区、天字区。一一指示分明。姨娘避让开几家前来祭奠或下葬的小型队伍，选了人少的润字区，往深处走。

一路瞧着墓碑上的文字，名字其实很耐看，她会轻声念一下，像是打个招呼。还是三个字的多，大部分取得很端庄、上进。也有的名字，读起来拗口。同穴夫妇是最多的，她喜欢算他们的年纪，看彼此相差几岁。又比较各自走的时间，看留下来的那个，独自撑了多久。有的还贴着烤瓷的照片，丈夫是年轻时的戎装，妻子却是老来白头。也有跟自己差不多年纪的，倒死了，不免要替那人算算，是错过了多少年的人间。就这样一路走着瞧着，姨娘都出汗了，这墓地像梯田那样，越往里越是高出几分，一直高到绿树葱郁的岱山，岱山再往上，仰起脖子瞧，便是蓝莹莹的高天。好哇，上有照，后有靠，姨娘半通不通地在心里念叨一句，满意极了。相比上周和上上周看的两处，她最喜欢这家。

时近晌午，正好饿了，她就在那蓝天之下，岱山近边，把随身带的面包给吃了。切片面包配涪陵榨菜，两只茶叶蛋，热烫的红茶水，都是原食滋味，姨娘吃得很舒服。一边吃，一边闲闲地想着小雷。

这小雷，吃喝上不挑，接送学校也简便，公交车直达。可就是没精神头儿，小脸闷得黑瘦。问他怎的，闷声不讲。

前天夜里，听他在梦里呜咽，姨娘披衣服去瞧。见他书桌上摊着本年历，翻开的那一面上打着一行红圈圈，看看日子，倒是近了。姨娘大感好奇，主要也是不放心，想了想，轻轻摇动小雷，还在梦里抽噎的小雷都没等她动问，就开腔讲起风筝、风筝节、风筝博物馆，说了满心要去的潍坊，说了好不容易讲动爸爸答应请假……小雷撇开嘴大哭。

何至于呢？你爸腰坏了，叫妈妈带着去呀。姨娘觉得这根本不是个事。不提妈妈则已，一提，小雷哭得更凶了，绝顶伤心，像触动最大的一个烦恼机关。

我去——不了——潍坊——看——风筝——抽抽噎噎，真要背过气去了，那种梦里的背气。姨娘轻轻拍肩膀，让他重新躺下，复又盖好被子。小可怜儿的。这金文，也真是，那机房夜班，有当无的，叫人代个班嘛。不过，她突然想起来，徐雷动手术那天，在医院看到金文，讲话前言不接后语，是不得劲，也难怪，谁能在医院笑哈哈的呢？除非像十来年前，他们两个割阑尾，那倒是起来眼去的。姨娘有一搭没一搭地想。

一边抬头看看天，蓝得比刚才全了一些，这样的天上，要是飞几只风筝，肯定再好看不过。别说小孩子，就她这把年纪，也想看的。一边收拾背包，东西都吃光啦。双肩包上身，分外松快。挺圆满，可以打道转回了，直接去学校等着小雷放学也行。

岱山到学校，绕点路，转三趟，不绕路呢，得转四趟，都可以。这么些年奔走下来，姨娘对公交线路最是熟稔，尽管这样，每到一个公交站点，一边等车，总还要顺便校验一番，看有无线路或站点的变动。到第二个转站点时，哟，突然发现，301路站牌上，新改了一个桃园广场站，白底上五个簇簇新的绿字。姨娘记得清楚，这一站原先是叫精工电子管厂。

啊是了，早就听新闻说过，那里在搞个大的市民广场，但凡这样的去处，可正是姨娘的巡视范围啊，看到这新冒出来的桃园，很想即刻就去补上这一篇，眼下也正好顺路。不不，少安毋躁，不必要这么急忙忙。得专门去一趟，好好地待上大半天，正经坐在树荫下的长椅上，不急不忙地吃东西，看景儿。不就是要打发时间的嘛。

301路开到桃园广场时，公交车堵上了，姨娘也就伸长脖颈瞧了瞧。广场那边果然正热闹呢，乌泱乌泱的全是人，大气球，彩旗，横幅，黄黄绿绿的演出服，四处挤着过马路的人与车，真是堵得一团糟。亏好今天没有上赶着去。姨娘靠在座位上，挺闲适地隔窗看景。

忽见一团人球，从广场大红横幅下头，向十字路口这边滚动过来，像有一只屎壳郎在后面没头没脸推动着。公交车是密封空调，听不清外头声音，却也有种尘烟滚滚声浪喧嚣之感。只见那人球，一路滚，差不多都要滚到慢车道这边，两个戴白手套的交警扎进去，又见白手套伸出来四处挥挥，人团才慢慢稀了，小蚂蚁似的，各自往不同的方向爬散。

公交车上的人此际都拥到朝向路口的这一侧窗户，看那显露出来的人团的核心。确实，有好看的。

一个被拉扯得歪扭的轮椅，陷坐着一个极胖大的女人。看年纪倒是轻，歪头儿，手指蜷缩，头发披散，衣衫上全是灰，还有水渍。脏裤子被撕扯出个大口子，里头的白秋裤时隐时现。呀，作孽，姨娘一眼就看到，那秋裤的大腿处，细长的血印子正慢慢洇成大红花。歪头女人也不自知，正鼓着腮帮积攒口水，然后撮着嘴巴往四处吐。力气不够了，吐不到任何人，全落在她自己脚面上、轮椅上。看得大家都发笑起来，纷纷猜测，这女人多大了，是个瘫子还是个痴子还是装疯卖傻。总之注意力全在轮椅上。

有人在推那轮椅，因轮子歪了，推得很吃力，姨娘稍微搭看了一眼。立即认出来，又觉得认不出。是金文？

姨娘跟金文确实也不亲，尤其不欣赏徐雷跟她的姻缘背景，哪能在医院里头一见钟情呢？但那是拦不住的，也不好拦，到底不是亲儿子。金文嫁过来，也不是亲儿媳，更是客气避让。最主要的，是这金文，同样是一般人家出身，身上却有种莫名的骄矜气，好像她只是暂时将就着，过过凡人的生活，她实质上是不一样的。就那个意思吧。

可这会儿的金文，简直比轮椅上的歪头女人还不如。虽则好手好脚，却更加的上下邋遢、没法落眼。可能是跌在哪处水洼里了，衣角湿了一大块，没湿的地方，粘着各样的纸屑儿树叶子塑料彩条，还有痰与口水，灰堆里爬出来一般。更没法瞧的，是她那泼皮死狗一样的疯癫，撅着屁股，难看地矮着身子，一手使劲推那歪歪的轮椅，另一只手巴掌腾出来，冲人群挥舞，嘴里在不歇地龇牙咧嘴，冲人群喊个不停，叫喊什么呢？姨娘听不清，只见她歪开的领口里两根筋暴涨。

亏好听不清，也不忍听，姨娘实在看不懂这一出。金文怎么成这个样子了？想起跟小雷提到他妈妈时，梦里的孩子哭得那样的憋屈。啧，就说徐雷最近犯怪，还冷不丁跑出去看人撒什么网。原来家里有事。

屁股下一晃，301车慢慢挪动起来，要向路口左拐了。姨娘最后张一眼金文，她低下头，好像才注意到轮椅女人秋裤上的大红花，跺跺脚，艰难地改变轮椅方向，一边四处张望，看来是要找个地方收拾下。哼，这么大个十字路口，一走岔，能多出两里路。姨娘蹦起来，摇摇晃晃跑到前门司机那儿，"师傅帮个忙儿。我内急。可别弄脏您车子。看我年纪份上，开个门，赶紧的。"

4

金文突然觉得手上一轻,姨娘的老脸现在边上,绷着脸,眼皮挂塌,牙缝里短促道:"向左,过斑马线,上那小台阶,进到穆家巷,里头有个公厕。"

金文忽然感到浑身上下跟熟虾子似的,火烧火燎地红了,恨不能弯起来,藏头抱尾。头一次啊,被人瞅到,还是姨娘。这下可有好的了。

姨娘仍旧不看她,"那边有个穆状元故居。边上就是厕所,示范级的,装了小电视,有残疾人专用,还有母婴房和淋浴间。可好使了,全都免费。"

金文硬着头皮,张嘴介绍:"嗯,这是双全,老展家女儿,身体不大方便。双全,这是我姨婆。"姨娘冲双全咧咧嘴,双全把嘟到嘴边的唾沫咽下了。脚下正好到台阶了,她们合力抬起轮椅。姨娘像干农活似的,六级台阶,她"吭唷"了六声号子。别说,有效果,连双全都跟着哼哼。她一上劲,秋裤上的红花更大了。

台阶后又是一截子石板巷,轮椅歪了不说,又有姨娘在侧叫她烧心,金文直走得满身大汗,抵达终点却是个大安慰。端的好一个厕所!四处锃光透亮,绿植错落有致,一排镀铬椅子虚席以待,并有隐隐熏香扑鼻,简直是天上人间。整条巷子,连同边上的穆状元故居,都寂无人声。这么个绝顶气派的厕所,就是她们三个的天下了。

金文也顾不上双全了,先自钻到淋浴间去,哗啦啦收拾,这才看到自己身上头上的不堪,一阵子干呕,恨不得连嗓子眼也翻出来洗上一番。

然后搞双全。果然,纸尿裤在闹哄里给撕裂开,都成开裆裤了。金文气得抱怨,"这老展,什么都挑最便宜的。"亏得有姨娘,两个人手脚并用好一阵折腾,才替双全把下半身给冲洗擦干替换上了,外裤的长裂口,姑且用双全的一根皮筋给扎拢。

"老展,谁啊?"姨娘这才慢悠悠地问。可能是金文多心,她觉得姨娘的口气是伺机而发的,也是瞧不下去了。

这才意识到,自己已好几次脱口提到老展。确实也是这样,每次一浸入到讨债闹事的情境里,就觉得她跟老展、双全、轮椅,是完全一体化的,是整个儿的捆绑，那种彻底的交付，倒让她放松。反而是回到家里，在徐雷、小雷身边，三心二意的，人裂成几瓣，很不舒服。有可能……她真是把老展当自家人了。可，老展，他算谁啊？金文咳了一声。

双全身上清爽了，脸上几块肉凑紧，算是露出笑，又晃晃她的歪脑袋，意思是要搞头。也好，手上能有事最好。没带梳子，金文就用手指替双全慢慢地梳，尽量地顺拢。脑子里盘算着，一边跟姨娘交代。

对，就好好介绍下老展吧。金文十分详尽地铺陈开来。屎频、轮椅、老婆跑了、胡大、20万、卷款、讨债群散了、四处扑找大人物。确实没一句谎话，只没提她那13万。涉及自己的参与时，她含糊带过，像只是出于同情，一种见人有难的出手相救。

姨娘听得直咬腮帮子，嘴角纹加深了好几道。几次张嘴，又几次合上，"哦，老展。那不容易。20万血汗钱哪。"她小声重复着，看一眼双全，把眼睛挪开，往上看，似乎让自己用力跳过什么东西，并往更高的方向爬升，"你别看我这一辈子，从来没个男人……可我能懂。"姨娘居然脸红起来，带点热情地，她轻轻地点头，飞快看一眼金文，"你帮帮他，也对。我不会小家子气的。"

金文愕然。姨娘显然误会了，可这误会似又不容去辩驳、推翻，那会是对老人家理解力，乃至整个情感能力的某种否定。

她本来是想着，反正不是亲婆婆，平常走动也少，就拿老展这么抵挡一番，大概支吾过去，就得了。她不愿提她的13万。那不只是秘密，还是自私与愚蠢，以及说不清的耻辱，能瞒下，还是瞒下吧。可现在路数不对了，姨娘怎会从她这支吾里想到私情呢，老展那都什么样儿呀，姨娘这还叫"懂"？还这样大义凛然的，表示她没有替徐雷争面子。这太荒唐了，哪儿跟哪儿啊。瞥一眼姨娘脸上还未褪却的晕涩，她不得不祭出她的秘密了。姨娘越是自认为她"懂"，越是要给出足够的证据。

双全头发很厚，握在手上重重的，厕所门厅的玻璃擦得像没有一样，阳光透来，直接照在双全的头发上，多亮啊。金文梳拢起它们，又放下，磨蹭着，像一直退到墙角，这才清清嗓子，更为详尽地道出她这一半的原委。

……你看，这么多年，攒下这13万，没人知道，突然一天，这私房没了，也没人知道。现在姨娘你，全都知道了。金文难看地笑了笑，这就能解释啦，她从侧面要跟老展混一块儿了。想想也蛮久的了，金文对姨娘轮流竖起两三根指头。从胡大事发，前面连着两个多月的大群行动不算，光是跟老展的这个秘密联盟，也有三个多月了。垂死中扑棱，拖着死沉的双全，满大街地丢人现眼。她可实在，是有些疲沓了。

尤其今天。没想到桃园广场这样的大，前面的节目表演那样的长，也没想到，杨副市长还是区里头的季书记，根本就没坐到前排看节目，也没剪彩或讲话，说现在不搞形式主义了。等节目差不多快完，不知从哪里站出四五位蓝黑夹克，看上去也没什么大派头，就随便四处走走看看，笑笑说说，跟人亲切握手。金文蹲在双全边上，一直守在大红横幅附近盯着舞台方向，等她觉悟过来，被簇拥着的那几位已走到后面几排，一时凑不近前了。金文这个急啊，忙放开手段，扯起嗓门叫起冤来。既想说清事情首尾，又想着得言简意赅。她语不成句地舌头打架，一边慌急地低头端轮椅下台阶，就这霎时的工夫，再抬头，那一群蓝黑夹克早一阵风地全都不见了。

万事皆是迟了。领导走了，秘书们走了，摄像机也走了。金文这声嘶力竭的一番吁号，该听的没听到，反招来一大帮子闲客，正好演出结束，现在统统都调转眼睛来看双全了。前面的凑近了问长短，后面的要往前面推。挤挤搡搡中，把金文都给绊倒下来。这一倒，众人哄叫，更往前挤了一浪，把她们两个活活地给挤逼到小花圃里去，两排新栽的、根还没扎牢的月季花丛哪里经得住，被侧翻的轮椅和双全的胖身子给碾倒一地。这还了得，刚开放第一天的市民绿地广场！有人叫来了管理人员，后者先是痛心地检点损失，说要罚款，看她们两个，头发、面皮、衣衫上各种的勾勾戳戳，实在也是狼狈，挥挥手。你们赶紧的，走吧！

这回，算得上是一次特别的重创吗？也谈不上。一直都是屡战屡败吧。老远就被拦下，被保安拖走，被看热闹的人群围挡住，时间没掐准，地点搞岔了，领导有事临时取消——到最后，差不多都是这样收尾，被人们的好奇和怜悯捆绑住，驱动着，艰难地滚离现场。

金文一口气地讲，讲得太急了，还急里偷闲笑了好几次。她和双全一起跌跤，像大小两个肉球一样滚动。双全的独门武器：吐唾沫，害得看热闹的人想近也近不得。公家人凶狠地气喘吁吁赶来，一见她们两个，反会张口结舌、束手无策。不都挺可笑的吗？她自己可能都没有意识到，她的语速像泥石流一样，带着灾难的气势，而泥石流中的笑，可真有点儿硌耳朵。

姨娘一直闷头听着，脸上一会儿太阳一会儿阴天地变幻不定。能看出来，起码有三四成的，她并不太接受金文新讲的这一段儿，的确也是，她算是好不容易地从情感上说服了自己，大义灭亲了，怎么搞，又来了这么一大秃噜子。

"可你，搞私房钱干吗呀？"姨娘最后这样问，语调痛心，更主要是迷惑。好像她能想得通私情，但想不通私房。

都已经讲到这一步了，金文觉得整个人都完全散架子了，再也收拾不起来了。她在心里冲自己嘲笑了一声，索性地，把她那自私的清单也给供出来了。在厕所里，对着老姨娘讲这些个东西，真有点别扭。这都是她最美好的寄托，并且好像只有保留在内心，才更有那种慎重的美好意味。这一讲出来，就等于是永久的道别吧……可姨娘真不省事啊，她特别认真地，如同参加什么推广咨询会，不时地打岔。

这样贵的？鹅牌是个什么，就凭狼毛领子？非得穿它才能去南极？你一定要去南极吗？

按摩椅我坐过的，健康讲座时，我们排队坐过。你这也是带红外降压的吗？更高级？那能到什么程度？哟，哟。说得我都想试试了。

整容医院你也敢去的？还线雕，以为你是个石膏像吗？还热玛啥吉，皱纹能像个熨斗似的，给烫平吗？

豪华邮轮。外教一对一。黄石公园。和牛雪花肉。世界前十腕表。

姨娘越听越来劲，像是突然被启蒙、被开化了似的，满脸的嗷嗷待哺，要知其然，还要知其所以然，知其所以不然，把个金文常常给问住，好在百度也方便，不行就现查呗，好家伙，越查越多，有的连她也不知道。

再说还有双全在边上呢。双全平常看电视多，啥都懂，歪脸儿上撑出最大的笑，粉红牙龈全都出来了，两只手东捏西摸，老想发表意见，但她注意地克制着，只在听到歌诗达邮轮时，没忍住，含着舌头，两手爪子直抽，嘟嘟囔囔一串，迫切表达了她的意见。

姨娘听不懂，直着急。金文不得不岔开来，讲解下那部美国大片，解释了冰山，并转述双全的劝阻。她着急的是，金文又不是露丝，万一出事，哪里会有一个杰克来给她生命机会呢？这个险不能冒。姨娘听得身子直往后仰，赞赏地直冲双全点头。

而等金文终于开始讲到她本人特别向往、因此都不需要用任何百度的黄石国家公园时，姨娘却又拉回去了，要重新讨论，表示异议。泰坦什么号，那不是一百年前的老邮轮嘛，现在不可能出那种事了。再说，她那被皱纹层层包裹的眼睛，像大屏幕上的老年露丝一样，闪烁着平静的深思熟虑。要是我，能死在豪华邮轮，死在大西洋还是太平洋里，我觉得挺好。总之，她用慎重的口气让金文重新考虑，清单上，还是保留邮轮吧。

金文苦笑着点头，接着讲回黄石公园的超级火山。姨娘又连声咂嘴，"活火山我知道啊，我看过地质博物馆。你，连活火山都要去看啊。"带着几分佩服，恍然大悟地直拍巴掌，"怪不得，就说你身上总是傲滋滋的，原来整天憋着这些个。有意思呐，你真有意思。"

姨娘的拍手有点突兀，在空荡的厕所前厅回荡，疲劳中一惊，金文突然有种午夜梦回之感。干吗呀，是在哪里？这个白发老太婆，轮椅上肥胖的歪头女人，她们是谁？在聊什么呢？她们脸上为什么带着那样兴奋的笑意？金文惊讶地瞪视，一边在心里用力地唤喊自己。得了，醒吧。她的13万，她的私房清单，统统不存在了。金文听到自己语速慢下来，耳边的笑声也压了下来，那些刚刚被热烈讨论的邮轮、黄石公园、霜降牛肉，重新又成为漂浮着的名词了。她的兴致与力气，也一并统统退潮了。就看姨娘吧，她反正，是完全地交代了。

姨娘在拍完巴掌之后，手里倒突然找到活儿了，正非常仔细地，替双全把粗呢外套上的碎树叶片和断头发，一点点摘掉，神情严峻而专注。摘完了还反复检查了一遍，然后才把抿着的嘴松开，吁一串气，开了口。

可她说的是什么呀，简直没头没脑，好像根本没有先前的这一大段，好像她刚打公交车下来，才碰到金文，"我主要，就是来给你指一下厕所的。这么大个十字路口，可不好找。不早了，我得接着坐301车，去接小雷。"

也是，外面的天色，不知啥时已暗了下来，巷口里开始有了回家的车声人声。金文嘴里发涩，浑身骨头酸痛，她听出姨娘的意思了，老人家在一番不知是怎么样的斗争之后，决定要替她保密了。

可这并不让她感到高兴，她在心里复盘姨娘今天的所有反应，感觉心里有了个疙瘩，也可能这疙瘩一直就有，可被姨娘这么一点出来，就涨大了，堵在心头，堵成个大石头了。她真是没办法领姨娘的情。姨娘这样，让她觉得自己不仅蠢，还有点脏，脏得像片大乌云，揣着即将裂开的暴风雨，而徐雷，将要毫无防备地被浇个透。

她跟老展，真没什么吗？

其实老展并不是每天都给她任务的，可没任务她也常去，准确地说，是天天去。是实在没法跟徐雷踏实待着，尤其徐雷那种忍让的、装糊涂的样子，还有他烧好饭菜，带着小雷愣是不动碗筷，等她回家才开饭的样子，看不了，还不如去老展那儿。

老展也就是一杯白水，有一搭没一搭地跟她叨咕。没什么话题，主要就谈钱上的事儿。当然了，钱，就能扯到所有的事。比方说，会扯到双全。这双全，打小到大，从瘦子到胖子，从女宝宝到大姑娘，父女两个，可真是闹出太多的尴尬与狼狈。老展呢，讲话有点啰嗦，老爱打没用的手势，听起来很吃力。可他模仿起双全来，倒是有一套。冷不丁皱巴起脸，把手里毛巾往头上一搭，缩起脖子翻起手足，嘴里口舌打架唾沫子涌出来。可实在太像了。三个人会没心没肺地笑上好一会儿。尤其双全，因为吸了太多空气，笑得都打起嗝来。

双全笑完了，就会从眉毛下抬起眼睛来，极其期待地睃着金文。金文能谈啥呢？除了那倒霉的13万，她跟老展可实在没啥共同语言。老展把毛巾从头上取下，给她续上白水，提示性地问，你，到底怎么攒的呀，不就是机房值班的嘛，能搞出13万？欲扬先抑的赞赏口气。

所以才小零小碎的呀。金文倒有点不好意思。讲实话，她没任何的本事，同时也不愿太明火执仗地吃苦力。所谓的零碎，其实也是她自己的一个算法。比如替同事代班。白天嘛，她并不喜欢在家里头拉上窗帘死睡。那太浪费了。只要有同事一喊，她就跑去替人代个半天班。这钱，她是留下的。

再比如买东西的差价。这算她特有的巧劲儿，再怎么地明码标价谢绝还价，她也能设法跟营业员谈出总店优惠、员工折扣或样品打折之类的好处。有次家里换热水器，是跟徐雷一块儿去买的，都已约好周末上门安装了，想想不服气，转天就去退了，换了家商场，同牌同款，她跟厂家驻店代表攀出一段老步天乐，生生抠下350块。

有年夏天，工会组织到"农家乐"，看到有家蓝莓农场急招采摘工，那挺好玩啊，田园色彩嘛。金文暗中记下号码，问明条件，次日就悄悄晃荡过去，防晒帽加墨镜口罩把脸遮得严严实实，十天不到，落下小小一笔外财，顺带还吃个肚儿圆。

有时也是个赌气。要过年了，人人做头，店长总监亲自出来，烫个花定个型配个色，优惠价，只要你500块。洗头小伙计在耳边说出花来，什么一年忙到头啦、对自己好一点啦。她冷着脸只管一抬手，你们显示屏上滚着呢，洗剪吹，40一位。完了，她把那460，也自欺欺人地，给昧进她的小肥猪账户里头了。哼，什么叫对自己好啊，她打算集中起来，大大地好一番呢。

这些个，实在也是提不上筷子的，可双全特别爱听，因为她并没什么机会花钱，更没什么能力赚钱，随便听个什么，都是好玩得不得了。金文明白她的乐趣所在，就更加仔细地，把每笔钱的前因后果、细枝末节都给讲上一遍，直把双全给说得满意了，老展再推她回南屋窗户下晒太阳去。"13万。不容易哪。"老展回来，把白水往她跟前推了推，一张老脸显得更黑了。金文喝一口白水，舌上似有滋味，觉得她刚才，是把那些钱，又重新赚了一遍。

有次聊得差不多了，她在老展家里兜兜，四处瞧，想找出张双全妈妈的照片。老展一直跟着她，走到末了，冒出一句，原来有的，她走了，就一张没留。钱之外的闲话，也就谈过这一两句吧。反正她这里，可打死也不想说起徐雷或小雷，只要一出口，她的13万就更加可耻了。

当然每一趟闹事完毕，她送双全回转来，也会在老展家逗留一阵子，把满身的脏污收拾好，一边跟老展倾倒她们的惨败，或是抱怨策略上的失误。这通常跟几个小时前的作战动员有所呼应，像是高开低走的后戏和收尾。相濡以沫的低沉情绪中，她会接收到老展简陋的慰问，还是一杯白水。他从来没拿出比白水更好点的招待。可这刚刚好。你想，她怎么还配喝别的呢？只有老展明白她的疾苦，以及处置这种疾苦的方式。

慢慢消化完当天的糟糕之后，老展又会以他那种自以为是的谋算，有鼻子有眼地讲起下一次的战斗计划。老展会做出点领头人的气派，一边只手，搭在她和双全的肩上，替他们这个联盟打气：苦肉计嘛，持久战嘛，就得这样，得吃99个苦头,直吃到最后一回,才能苦尽甘来,得到1块小糖。金文也会尽量振作地,拉起双全那变形的肥手,满嘴附和:是啊是啊,就凭着我跟双全这样的辛苦,这样的没皮没脸,最终肯定能摇动到那不知在哪里享福的狗胡大,从他那干巴了的良心上掉下一点屑子来,33万最好,33万打九折,也行。

——其实这个时候,金文是最绝望的。她知道这一切都是白费,99场苦头一定会有,但最后那1块糖绝对没有。这样的绝望使她产生了某种敏感,一阵古怪的激情,感到肩膀上老展的手很重很热乎,她于是也更加用劲地攥紧双全的手,脑里闪过自甘堕落的画面,一头蠢猪抱着另一头蠢猪,它们在泥水里打滚,永远翻不了身。她甚至不合时宜地想到了她跟徐雷的最开始,不就因为两人都刚刚割掉了阑尾吗?她和老展,所被割掉的,可远远不只是那节子无用的小肉肠。人们哪,都会因为失去而共同沉陷吧。

……双全在耳边哼哼,很不高兴姨娘的提前撤退,又叫她回家,离开这么漂亮的示范厕所,她更不乐意了。金文劝了好一通,慢慢推转轮椅又参观了一圈,脑子里也各个角落里搜罗检查——其他没了,她跟老展,也就这些,并没啥。可老展于她,确实又是个什么,算是个洞口吧,小小的,但能透气,或者,是另一只破罐子,烂兮兮的,一样的有疼有痛,反倒可以彻底交付。金文越是想,越是感到脑袋沉重起来,浑身酸痛之外,还加上了头疼,脚下走一步,太阳穴就疼得一跳。

赶紧地,把双全给送回去,今天决不在老展那边逗留了。提了电池就回家,蒙上头,狠狠睡一觉。明天,等明天她能够再聚起力气了,再好好想这个问题。她甚至巴望着,也许一夜过去,姨娘改变主意了,一大早就跑去,统统告诉徐雷了。能那样最最好了。省得她想,也省得她讲了。

5

小西湖心重,其实徐雷跟他,也就线下见过那么一次,打过几次电话要来看,劝不住。今天一大早就在楼下等,直候着医生八点半查完房,夹着两只脚进来,局促地丢下两尾草鱼,还有一提袋小杂鱼,有的还在吧唧嘴儿呢,病房里立时一股子河腥气。未等徐雷表谢,小西湖影子一闪,已是走了。徐雷倒给他弄得挺过意不去，心想，光是视频点赞不够，等伤好了，再去跟他撒一回网才是。

只有喊姨娘拿回去烧了，正好给小雷补补脑。就不劳烦金文下厨了，她，从昨天那碗温吞的乌鱼汤，到现在，连信儿都没一个。真是堤崩水泄啊，收不回来了。徐雷躺着，盯着天花板上一盏日光灯，一盏紫外线消毒灯，浮想。想到当初结婚的细节，也想到将要离婚的细节，想到家具物用的处置，想到如何跟小雷解释——要给他的"完整"，还是不能够了。

姨娘没一会儿就到了，脸色红通通。"真巧，我正好出门早。来，趁热的！"她从保温桶里倒出滚烫的汤，又从怀里掏出手绢包，里头一层塑料袋，袋子里两只小烧卖，"喏，老陈包子铺的。"

热香气裹住眼鼻嘴，徐雷往隔了一张的病床看看，金文从前就是那个位置。那里是空的，腿骨折的男人昨天出院了。真是多少年没喝过姨娘的鸽子汤了，也多久没吃到老陈家的烧卖了，松子在牙齿里隐香，心里起了一阵软弱。他跟姨娘，情分上是亲的，但又不敢当真地去亲。那年他都10岁了，妈妈的音容笑貌，记得太清楚了。

姨娘替徐雷把细汗擦拭掉，重新把床放平。闲聊了几句腰部保养的偏方，接着很随意地说："我呀，最近想出趟门耍耍，跟你借下小雷，算陪我。你给孩子请个假吧，周五一天就行，连上周末，耍三天也够了……"

"啥？您这，打算去哪儿？"徐雷大为惊奇，这话从何说起，怎么冷不丁地突然来了这一出？他身边的人这都怎么啦？

"不太远，就潍坊。小雷没身份证，恐怕要去你家拿个户口本。我先回家收拾你这堆鱼，然后去你家，再去火车站。这不节不年的，估计买票都不用排队。"姨娘一口气地讲，不容徐雷打断，像已考虑得极为周全。

明白了。徐雷心口大堵，"这哪儿成。你这都67岁了！死小子，还以为他放下这事了，怎么纠缠到你那里啊？"徐雷从枕上昂起头，"就算买票，网上就能买。哪里还要跑来跑去？"

"火车站离大润发就两站路，顺便，我本来也要去那边买特价筒子骨的。行行，你别动，网上买就网上买。"姨娘摁住徐雷，"小雷他可没跟我闹半个字。这孩子，太招人疼了。不是为他，是为我自个儿，你想想，我出去玩过吗？"

189

徐雷心里明镜似的，一百个着急地要拦下姨娘，"所以说啊，你老人家从没出过远门，何况还带个孩子。你外头随便问问谁去，绝不能够的。"徐雷讲到这里，舌头却也打起趔趄。他好歹也算是过继儿子，怎么从来没想过要带姨娘出去转转的？莫非姨娘所讲的，也真是心里话，她想出去见见世面？这想法一冒出来，觉得好受点了，也很惭愧，等腰全好了，他要陪姨娘出去走走。

嘴里还是在劝阻，"退一万步讲，就算姨娘你，能跑到潍坊，可那边你完全不认识啊。风筝节，什么概念，全是人，本地人外地人外国人，多乱。旅馆肯定爆满，你连叫车软件都没吧？地图导航都没使过吧？哪能摸到风筝博物馆呢？你知道小雷多皮吗？他撒丫子跑起来，我都追不上的，一身迷彩钻到路边，找也找不见，唤也唤不出。"他有意说得语无伦次，病人式地拍床，手总能用上劲的。

姨娘不为所动，等他静下，才笑嘻嘻的，不掩得意，"那我，倒是问问你，就我们这城里头的，兵器博物馆，气味博物馆，直立猿人博物馆，中华指纹博物馆，失恋博物馆，知道在哪儿吗？去过吗？"

徐雷哼哼着，不明所以地摇头。

"我，都去过。就我一个人，不上网，也没叫车。怎么着，鼻子下面不就是路吗？区区风筝博物馆算什么。小小潍坊又算什么。别瞧不起老阿婆。"姨娘摆出老姑娘那种过时的飒爽。

徐雷仍在使劲摇头，幅度很小，因为一摇头就摇到了尾骨，疼。但尾骨还没心口疼。都是金文给弄的，她哪怕能有半片肚肠在家里、在小雷身上，怎至于要让老人家出门奔路？他开始打乱拳，"姨娘你不是胃不好嘛，还有眩晕症，万一在外头咋的，可是大麻烦。别理小雷，小孩就这样的。还吵过要改名字呢，闹一阵其实就好了。"

"谁还没个想头呢，别说小孩子了，就你，不也瞎折腾着，要去看人家撒网嘛。一样的。小雷给我看过潍坊的照片，满天的都是风筝，真是看一眼，就赚了。哪像你这撒网，看一眼，腰坏了。"姨娘顺带着嘲笑起他，气势完全占了上风。

徐雷给她说得惭愧，勉强分辩，"你是没看过，其实撒网有意思的，抱在怀里，相当于个大面团子，撒得好呢，摊成一个大饼，要技术不行呢，只能撒成包子、锅贴。"好一会儿，他回过神来，狐疑起来，"姨娘你跑那许多博物馆，干什么呢？"

姨娘嘎嘎大笑出声，显然乐于进一步地解答，"别说博物馆了。12床睡着呢，咱别吵着人家，我就大概其跟你说说吧。"小声地，带点吹嘘地，姨娘把这些年来的几个巡游系列摆了一大通，讲到最后，还挤挤眼睛开个玩笑，"就这么说吧，你随便讲上面哪个地方，桃园广场，魏源故居，乾清观，你问我一个好了，那附近的公厕，我全都熟，都上过。"机灵地拉回主题，"我这啊，等于在家门口拉练，拉练成老手，再出市出省，就不在话下了。将来搞不好，我都能去日本韩国呢，能去歌诗达邮轮，能去黄石公园呢。"她嘴里冒出些半洋不土的词来，讲得有点费劲，可也很带劲。她虚拟地拍一拍包，进一步地豪放补充，"左右不过十来万块钱的事儿嘛，哪天回家数数看，也不是拿不出。"

听听姨娘这牛，都吹到哪里去了，徐雷苦笑着，尽量刁难地，又追究了几个问题，姨娘一一对答，显得成竹在胸。徐雷心里真有点儿妥协了，他也情愿姨娘这一趟能成行的。这次腰伤，自己吃苦倒在其次，真正的痛，在两桩事情，一是带小雷看风筝的事，黄了。对不住孩子。二是金文这外心，连手术与病房也不能唤回了。他与她，彻底完了。

"那，您实在坚持的话，车票我来买。旅馆网上替你们订好。各项花销，也由我来出，出门不能省。支付宝你有吧？小雷倒是也会，我再教教他，那个方便。"徐雷嘴上铺排着，说服自己往好里想，不管怎么说，这算圆了小雷之梦，可等一等——他终于后知后觉地想到，姨娘这一出戏，是不是演得太过了？她怎么就不想到问问金文呢？照理说，他这里躺倒了，理当是金文带小雷出门啊。莫非连姨娘都知道金文变心了吗？就像常说的，所有人都看到绿帽子了，只有戴绿帽子的人最后才晓得。

这样一想，心肝肺脏里又加倍搅动起来。他巴望着姨娘早点走，把小西湖的鱼尽快拿走，那腥气实在逼人。他想专心让自己痛苦一会儿。看看，事情都到这么个人人尽知的地步了，金文还躲闪着。这算什么。她不也把自己给拖累坏了嘛，看她昨天那灰不落拓的，早年的好样子全没了。有话直说，离就离，他不会死拽着不放的。

姨娘的大屁股纹丝儿不动，眼神尖尖的，"你哪里不对噻？养伤的人，心里可不能有事。不论有什么难处,"直盯着,颇有意味地顿一顿,"跟姨娘说说,别拿我当外人。"

不说。就是亲娘他也说不出口。说了有用吗?这可不是跑一趟潍坊的事儿。"没,只是在想打鱼的事。可惜,我只撒了一手,都没能玩到收网。收网更好玩,就跟猜谜似的。那水面,像是死的,啥也看不出,偶尔咕噜冒个泡。小西湖说过,这时就全靠手感了,轻轻地、但最好加速地收拢。水下的力道怪得很,好像有一群鱼在跟你拔河。有时紧,有时松,有时左,有时右,有时它们突然全都松手,网一下轻了,拉来看,缠了几把水草。空军,他们管这叫空军。"徐雷讲讲也有点失笑。他到现在还觉荒唐,他一直是优柔寡断的性子,怎么突然就抽风了,在小西湖的抖音下互动,立时三刻地就要跟着去耍。这人哪,要霉起来,真是奔着跑着,急先锋地,也要赶着去倒霉。

姨娘盯着他,脸上全是话,嘴角努动,像在寻找化解他的突破口,以及突破后的好词好句。真是叫人紧张的沉默。别说,求您老人家什么也别说。徐雷在心里一个劲儿地祷告。快点走吧,让我独个儿待着吧。

外头一阵拖着的脚步声近了,听出来是金文。徐雷先是吁一口气,随即胸口一阵灼热,恐惧地预感着,拖到这么迟才来,看来终于是想妥了?要来说出她的决定了?得赶紧地,打发姨娘走,遂又抓紧补了一句,"您老人家就别操心了,权当我点儿背吧,啥都凑一块儿了。"

姨娘早已收起神情,面带春风地招呼金文,"来得早不如来得巧。记得你也喜欢喝鸽子汤的,正好还有小半锅。"说着,已麻利地盛出一大碗,快步往茶水间打了一个来回,那里有微波炉。

金文脸色灰蒙蒙的,盯着姨娘好一会儿,好像才认出是她,徐雷看到她眼皮明显跳了一下,不大自在地招呼,"这一大早上的,您就过来了?"她两手空空,啥也没带。连衣服都没换,还是破旧兮兮的苦刑犯样。

"是哎,我这不要出趟远门吗?想请小雷陪我。来跟徐雷商量的。"姨娘不等金文发问,又啰嗦了一遍她四处奔走的大能耐,"刚才,就一直讲的这些个。"姨娘摊着手,好像要向金文证明什么。

很怪,徐雷看到金文显出失落的样子,身体变得更加硬撅撅的。"风筝,去潍坊?"她看来是头一次听说,惊怔地用两只手推揉着腮帮子,推成一个接近于笑的表情，"那敢情好呀，一老一少，挺好。"脸上其实看不出多领情的样子，只是在推动牙齿和舌头寒暄。

看看，她对姨娘所说的，根本没往心里去。她甚至都没反应过来，不管小的，还是老的，应当是她带着出门才合适。徐雷忍不住了："不知能不能劳驾你，抽出一点空，去跟小雷班主任讲一下？最好当面请假，毕竟是出去玩。"

金文没听出徐雷讽刺的口气，犹豫一下，推卸，"我也怕见老师的，还是你打电话吧，就说小雷生病好了，横竖老师都会不高兴。"

"呸呸，好好的说什么生病。有徐雷一个躺着还嫌不够啊。对，我突然想起来，放风筝还有个大好处，老话怎么说的，就是放晦气放倒霉嘛，去病行毒消灾。不光我跟小雷放，你们想，整个风筝节，小十天，所有人都在放呢，那得放掉多少的倒霉啊。看看，我这头一趟出门，可真是出着了，家里什么事情都会好的。"

徐雷这回是真的发笑了，"照这么说，那所有老百姓，所有的长官，直至联合国官员，就整天放风筝好了。"看一眼金文，她黄巴着脸儿，也笑了一下，可身上仍然紧张得像块铁板。

姨娘还以为得了他们的赞赏，更加乐不滋滋地一拍手，"我还没跟小雷讲呢。真是等不及要看他什么反应咧。那小臭东西，总不会嫌弃我这老骨头吧。"

远远听得微波炉"叮"了一声，姨娘跑去端回，卷起衣角端来，直送到金文嘴边，"热乎的，赶紧吃喽。"热气升腾，金文的脸，摇晃着让了一下，凑近。

姨娘重又稳稳地坐下，嘴里咂了一下，脸上使劲克制着，张张嘴，闭上，最终还是开口了，"正好都在。讲个好玩的，你们不要怕，其实这阵子啊，我还逛了好几处的公墓呢，清清爽爽的，挺好。尤其那些枝叶繁茂的老夫妻，左下方的挤挤挨挨一长溜红色名字，都是儿媳子孙哪，排着，陪着，大太阳照着，瞧着可真舒服。也难得有个别的，碑石上空落落就一个名字。我要看到这，才会猛然想起，哟嚯，跟我一样，光秃秃的独门独户嘛。"姨娘挤眉弄眼地笑起来，好像这是多滑稽的一个事情。

徐雷赶忙接话，姨娘很少谈及此事，嘴上也顾不得避讳了，"姨娘你不是有我们嘛。到你百年之后，我、金文、小雷，一样会排在碑上，太阳下陪着你老人家的。"心里却是一记闷痛，谁知道金文的名字那时还会不会跟他排在一起呢。

"倒也不是一定要这样。不过，能有你们这一家子三个陪我，当然是我的大福分。"姨娘显然很受用，看一眼正埋头于鸽子汤的金文，她把上身抬直，凑近二人，"我其实是想说——也怪，我怎么挺喜欢逛墓园呢，逛上一次，心里就会很好。嗯，也不能叫好，怎么说呢，就觉得活着吧，挺了不起的，挺不错的。除此以外，都不能叫个事情。你们两个，也想想呢，我说得对吧？能有什么过不去的呢，还有比生死更大的吗？"姨娘放慢语速，像在宣讲天下独一份儿的人生要义。

这无非就是，老年人的老话儿，根本抵挡不了心里正漫涌上来的伤感。徐雷还是点点头，"姨娘讲得对。没什么事算大事，没什么过不去的。"他有意重复着，倒是希望金文能听进去，别再闷葫芦摇了，说开来吧，放过她自己，也让他死心算了。他看一眼金文，汤已喝得差不多了，高举着汤碗挡在脸上。可她另一只手，搁在桌上的手，正紧紧捏成个干拳头，好像憋不住了，马上就要挥起来，对着空气搏打一通。

姨娘这才抬起她的大屁股，收拾好保温壶之类，提起小西湖的两袋鱼，窸窸窣窣地往门外走了。

"我，要跟你讲个事。"金文的拳头依然捏着，都没等它松开，就急急忙忙小声开口了。

姨娘的声音忽又从门外传来，她招手唤出金文，十分要紧似的，撑开两只塑料袋，极为满意地与金文分享，"差点忘了给你看，瞧，腥得多新鲜哪！直冲鼻子的泥塘味。这个叫小西湖的，也是个好孩子，我还差点怨怪他。"她生硬地拽着金文，直往走廊深处去，声音越来越远，徐雷听不大清了，"加个老太太，效果肯定更加好……不是吹，起码各处的厕所……那清单如果能……我倒也要入个伙呢……"

（原载《北京文学》2021年第11期）